* 외국어는 현지 발음에 가깝게 표기했습니다.

이 도서의 국립중앙도서관 출판시도서목록(CIP)은 e—CIP홈페이지(http://www.nl.go.kr/ecip)와
국가자료공동목록시스템(http://www.nl.go.kr/kolisnet)에서 이용하실 수 있습니다.
(CIP제어번호: CIP2015026175)

이호준의 아침편지

자작나무
숲으로 간
당신에게

이호준 지음

마음의숲

들어가는 말

한적한 바닷가 마을에서 한철을 난 적이 있습니다. 그 마을에는 여름 내내 꽃이 피는 연지蓮池가 있었습니다. 아침마다 그곳에 가서 오랫동안 앉아 있었습니다. 숨소리조차 귀에 거슬릴 만큼 고요해서, 마치 그림 속에 들어앉은 것 같았습니다. 연꽃과 부평초, 왜가리와 논병아리, 잠자리와 벌들이 작은 저수지를 사이좋게 나눠 쓰고 있었습니다. 가끔 안개가 배경을 바꿔주는 것 외에는 늘 변함없는 풍경이었습니다.

놀라운 일은 열흘쯤 지난 뒤 일어났습니다. 익숙한 풍경이 안개처럼 흐려지더니, 그동안 보이지 않던 것들이 하나씩 눈에 들어왔습니다. 누군가 어제까지의 풍경을 쓱쓱 지우고 새 그림을 그려 넣은 것 같았습니다. 큰 꽃들 속에 가려져 있던 별 닮은 꽃, 풀끝마다 조롱조롱 매달린 이슬, 끊임없이 오고 가는 작은 벌레들…. 풍경의 진짜 주인은 그들이었습니다.

그날 아침부터 다시 편지를 쓰기 시작했습니다. 《세상에서 가장 따뜻한 안부》 이후 쓰다 말다 한 '아침편지'였습니다. 그늘 속에 빛나는 작은 생명들의 이야기를 하고 싶었습니다. 부끄러워서 감춰놓았던 가난했던 날들을 털어놓아도 될 것 같다는 생각이 들었습니다.

세상을 떠도는 내내 의심을 버리지 못했습니다. 빛과 그림자의 영역은 정확하게 반반일까? 늘 그림자의 영역이 더 넓어 보였습니다. 눈길 닿는 곳마다 부자보다는 가난한 사람이, 행복한 사람보다는 고통에 겨운 사람이 더 많았습니다.

어느 날, 어린 딸을 시골의 아버지에게 맡기러 가는 젊은 아빠의 눈물을 보았습니다. 명절을 앞둔 저녁, 종이 상자를 켜켜이 이고 어두운 골목을 더듬어 가는 노인과 마주쳤습니다. 그들의 이야기를 쓸 때마다 세상에는 그림자만 있는 게 아닐까 하는 의구심을 지울 수 없었습니다.

하지만 참 다행스런 것은, 그림자 속에서도 착한 꽃들이 쉬지 않고 피고 있었습니다. 지하철 계단에서 구걸하는 노인에게 지갑을 털어주는 외국인 근로자, 장애인을 따뜻하게 돌보는 버스 운전사, 아이와 눈높이를 맞추기 위해 무릎을 꿇은 시골 경찰서장, 무도한 시대를 고발하기 위해 광화문 광장에 선 젊은이… 그들이 몸으로 전하는 이야기를 꼬박꼬박 받아 적었습니다. 편지를 쓰는 내내 행복했습니다.

당신이 그렇듯, 순백의 자작나무를 사랑합니다. 제 글들이 세상의 표백제가 되기를 감히 소망하면서, 그동안 쓴 편지를 모아 자작나무 숲으로 간 당신에게 부칩니다.

오늘도 안녕하신지요?

2015년 이호준

차례

2
흐린 날의 자화상

3
백수로 살아가기

4
바닷가에서 한철

1
인생은 여행이다

기차 안에서 만난 부녀

아빠 노릇을 하기에는 너무 일러 보였습니다. '청년' 같은 아빠, 그리고 그 손에 매달려 들어오는 여자아이. 서너 살쯤 되었을까? 옷차림은 화려하지 않았지만, 한눈에도 예쁜 아이였습니다. 그들 부녀가 객실 문을 밀고 허겁지겁 들어온 건 기차가 출발하는 것과 거의 동시였습니다.

아이를 안고 얼마나 뛰었는지, 아빠는 자리에 앉아서도 헉헉 숨을 몰아쉬느라 한참 동안 입을 다물지 못했습니다. 기차를 놓칠 뻔했던 것이지요. 그들이 표를 끊은 자리는 하나뿐이었습니다. 두 자리를 살 만한 여유가 없었던 모양입니다.

마침 비어 있는 옆자리에 딸을 앉힌 아빠는 주섬주섬 먹을 것을 꺼내 아이 입에 물리며 다짐받듯 말했습니다.

"이 자리 주인이 오면 비워주고 아빠하고 같이 앉는 거야!"

"왜? 그냥 앉으면 안 돼?"

"여긴 우리 자리가 아냐. 넌 아빠 무릎에 앉아서 가면 돼."

여행길에 기차를 타면 책을 펼쳐 들거나 부유하는 생각을 메모라도 하기 마련인데, 그날은 도저히 그럴 수 없었습니다. 저도 모르게 눈길이 젊은 아빠와 어린 딸에게 자꾸 건너갔기 때문입니다. 왠지 조금 슬퍼 보이는 아빠의 눈 때문이었던 것 같기도 합니다. 그의 눈이 왜 그렇게 슬퍼보였는지는 기차가 출발하고 한참 지난 뒤에 알 수 있었습니다. 젊은 아빠가 누군가와 통화하는 중에 언뜻 언뜻 들리는 말이 날카로운 유리 조각처럼 폐부 깊숙이 박혔습니다.

"시골 아버지에게… 아이를 맡기고…."

아! 그렇구나. 그 이유까지는 들을 수 없었습니다. 실직했거나 사업에 실패했거나, 혹은 이혼했거나…. 그런 '흔히' 일어나는 사연일 거라고 짐작할 뿐이었습니다. 도저히 아이를 건사하면서 살 수 없는 상황이 발생했고, 결국 시골에 사는 부모님에게 맡기러 가는 것이겠지요. 아버지에게 맡긴다는 말로 봐서는 그 역시 어머니가 없는지도 모릅니다.

얼마 전 가까운 분이 들려준 이야기가 생각났습니다. 그는 작은 도시의 초등학교 교사인데, 자신이 맡고 있는 학급의 상당수가 결손가정이거나 부모와 떨어져 사는 아이들이라고 합니다. 즉, 홀아버지나 홀어머니 슬하가 아니면 할아버지 할머니의 품에서 자라는 아이들이라는 것이지요. 심지어 친척에게 맡겨진 아이들도 꽤 있다고 합니다. 물론 결손가정의 아이들이라고 해서 모두 불행하다고 단정 지을 생각은 없습니다. 하지만 한참 돌봄을 받아야 할 아이들에게 부모 중 한쪽이 없거나, 떨어져 살아야 하는 상황을 행복이라고 할 수는 없을 것입니다. 외부의 자극에 약해지는 것은 물론, 때에 따라서는 삶 전체를 관통하는 심각한 상처로 남기도 하겠지요. 아이들의 상처는 결국 사회의 상처가 되고 우리 미래의 상처가 됩니다.

제 시선은 다시 기차 안으로 돌아왔습니다. 아빠의 심정을 헤아리기에 아이는 너무 어렸습니다. 처한 형편 역시 알 수 없겠지요. 왜 기차를 탔는지, 이 느닷없는 여행이 끝나는 곳에서 무슨 일이 벌어질지 짐작조차 못 하는 표정이었습니다. 아이는 옆자리의 주인이 타는 바람에 아빠 무릎에 앉아야 할 때마다 칭얼거렸습니다.

"아빠, 언제 다 가? 아직 멀었어?"

"조금만 참아. 이제 거의 다 왔어."

"아까도 조금 남았다고 했잖아. 아빠는 거짓말쟁이야! 우리 그만 내려. 응?"

"아니야. 이젠 정말 다 왔어. 아빠 말 들을 거지?"

대화는 쳇바퀴를 돌듯 제자리를 맴돌았습니다. 그런 환경이

처음일 아이에게 아빠가 약속하는 '조금만'은 멀고도 지루했을 겁니다. 아빠는 준비해온 군것질거리를 자꾸만 아이의 입에 물려줬지만 나중에는 그조차 별 효과를 발휘하지 못했습니다. 하지만 그것 말고는 아이 손을 잡고 객차 사이를 오가는 게 그가 할 수 있는 일의 전부였습니다. 그렇게 슬픈 눈의 아빠와 어린 딸의 여행은 계속됐습니다.

저는 자주 눈길을 창밖으로 던질 수밖에 없었습니다. 전날 밤을 거의 뜬눈으로 새웠지만 잠은 오지 않았습니다. 온갖 상념이 머릿속을 스치고 지나갔습니다. 이혼하고 저 아빠와 비슷한 과정을 전전하다, 결국은 극단적인 선택을 하고 말았던 먼 친척의 얼굴이 겹쳐지기도 했습니다. 아빠가 떠난 뒤에도 아이들의 유전流轉은 끝나지 않았다는 말을 들은 게 얼마 전이었습니다.

세상살이가 왜 이렇게 자꾸 팍팍해질까요. 분명 나라 전체의 부가 늘어나고 있다고 곧잘 수치를 들이대는데, 사회의 그늘은 더욱 짙고 넓어지는 것 같은 느낌은 혼자만의 착각일까요?

열차 안의 부녀를 보며, 제가 기껏 할 수 있는 일은 기도뿐이었습니다. 저들 부녀의 이별이 짧기를. 아이가 상처를 입기 전에 함께 살 수 있기를. 제 기도에 도장 하나 찍어주듯, 약속해줄 수 있는 분이 있었으면 좋겠다는 생각이 뇌리를 떠나지 않았습니다.

내려오는 게 더 무섭더라

정말 그럴 줄 몰랐습니다. 그리움을 배낭 한가득 지고 몇 달 만에 든 지리산이었습니다. 이번에 택한 코스가 조금 길다는 것 정도는 예상했지만, 현실은 건성으로 취득한 예비지식을 가차 없이 배반한다는 사실은 미처 몰랐습니다. 노고단을 거쳐 설렁설렁 걷는 능선은 얼마나 아기자기하고 평온했던지.

지리산의 정기를 듬뿍 받아오라던 가까운 이들의 격려가 내내 등 뒤를 밀어주었습니다. 걸음은 날 듯이 가벼웠습니다. 게다가 가을입니다. 아직도 저 아래 세상은 뜨거운 햇살에 시달리고 있지만, 지리산은 이미 가을 속으로 깊숙이 걸어 들어가 있었습니다. 새벽안개가 아우성치며 들개 떼처럼 몰려다녔습니다. 선뜩하다는 표현이 생각날 정도로 선선한 날씨가, 발갛

게 노랗게 물들어가는 나뭇잎들과 어울려 새 계절을 노래하고 있었습니다. 그때까지만 해도 말이지요.

길고 긴 악몽은 하산 코스로 피아골을 선택할 때부터 시작되었습니다. 느닷없는 급경사가 나타날 때만 해도 그러려니 했습니다. 어느 길인들 비탈이 없으며 어느 길인들 험한 구간 한둘쯤 품고 있지 않을까요. 하지만 경사는 끝없이 이어졌습니다. 육산肉山이라 불리는 지리산답지 않게 한없이 이어지는 너덜겅. 돌들은 날을 세우고 속진에 물든 한 사내를 뾰족하게 노려봤습니다. "불어라. 불어라. 네가 지은 죄를 불어라", 소리라도 지를 것 같았습니다. 한 걸음 한 걸음이 살얼음이었습니다. 남은 생을 몸으로 때워야 할지도 모르는데 예까지 와서 뼈 하나 부러트리고 갈 수는 없지, 조금만 가면 좋은 길이 나올 거야, 반드시 나올 거야…. 하지만 그 길은 희망과 예단쯤은 배신하도록 설정된 길이었습니다.

"평생 산에 다녔어도 내려오는 길이 이렇게 힘든 건 처음이야."

일행 중 한 사람이 말했습니다. 그건 제게도 마찬가지였습니다. 내려간다는 것은 얼마나 큰 안온을 전제하는 것인지. 하지만 그 길에 안온 따위는 존재하지 않았습니다. 단풍은 더는 아름답게 손짓하지 않았습니다. 쿵쿵, 온 산을 울리며 달음박질치는 물소리와 귓전에 속삭이는 새소리. 평소 같으면 그들과 함께 노래 부르며 내려와야 할 길이, 신음을 삼키는 길로 바뀐 지 오래였습니다. 도시에서는 쓰지 않던 다리 근육들이 마구 비명을 질렀습니다. 다리에 매단 납덩이는 갈수록 무거 워지고 몸 안의 모든 수분은 땀으로 바뀌었습니다. 그래도 끝 은 아득하게 멀었습니다.

아! 내려가는 길이 더 무서운 거로구나. 살면서 처음으로 절 절하게 실감하는 교훈이었습니다. 그래서 지금 내 인생도 이렇 게 힘든 거로구나. 정상에서 한 시절을 신나게 노래한 적도 없 건만 시간이라는 이름에게 등 떠밀려 하염없이 내려가고 있는 것입니다. 버틸 수도 하소연할 데도 없는, 그렇다고 다시 올라 갈 수도 없는. 내려가는 길이니 조금 순탄해도 좋겠다는 기대 는 그저 희망사항일 뿐이었습니다.

이런 자각은 곧 작은 깨달음을 동반했습니다. '그래 어차피 혼자 걷도록 정해져 있는 거야. 너는 지금 절대 돌아갈 수 없 는 길을 걷고 있는 거야. 그러니 끝까지 걸어야 해. 누구도 널 부축할 수 없어. 앞으로 가야지. 자신을 일으킬 수 있는 것은 나 스스로밖에 없으니…. 나와는 아무 상관없다는 듯 하늘은 눈이 부실 정도로 맑고 파랬습니다.

힘을 내자는 다짐보다는 현실을 제대로 인식하는 생각이 훨씬 효과적이었습니다. 돌아갈 수 없어서 앞으로 갈 수밖에 없는 현실은, 산속에도 산 아래에도 저를 기다리고 있었습니 다. 피해 갈 수 없는 분명한 사실이었습니다. 사람 사는 세상

이 조금씩 가까워지고, 어느덧 험한 길에 적응한 몸도 견딜 만
하게 가벼워지고 있었습니다.

맷돌 만드는 노인

노인은 큰길까지 나와 있었습니다. 제 차가 보이자 반색하며 손을 흔드는 것을 보니 꽤 오래 기다린 눈치였습니다. 그제야 노인 뒤에 보일락 말락 한 간판이 눈에 들어왔습니다.

전곡맷돌.

뻔히 보이는데도 찾지 못하고 헤맨 끝이라 자연스럽게 저 간판은 노인이 앞에 서 있을 때만 보이는지도 모르겠구나, 하는 생각이 들었습니다. 노인과 간판, 둘은 같은 색깔로 퇴색해 있었습니다.

이 땅에서 마지막으로 맷돌 만드는 노인을 찾아가는 길이었습니다. 작업장은 비나 간신히 가릴 정도로 추레한 임시 건물이었습니다. 노인의 외양도 별로 다르지 않았습니다. 허름한 작업복, 먼지가 켜켜이 앉은 운동모자, 운동화, 작업용 장갑, 그리고 덥수룩한 수염까지 보이기 위해 꾸민 흔적은 조금도 없었습니다.

"여긴 주소가 없어. '산 번지'라 내비게이션에 안 찍혀."

그래서 근처 주소를 불러줬다는 말을 전쟁 후일담 들려주듯합니다. 쉽사리 찾지 못하고 헤매는 건 필연이었던 거지요. 작업장 안에는 완성하지 못한 맷돌들이 어지럽게 눕거나 서 있었습니다. 돌은 구멍이 숭숭 난 현무암이었습니다. 입으로 훅, 불면 바람이라도 샐 것 같은 검은 돌들. 돌에도 고뇌가 있을지 모른다는 엉뚱한 생각이 들었습니다.

작업장에서 굳이 돌이 아닌 것을 찾자면 돌아가기는 하는지 의심스러운 선풍기, 날짜만 크게 보이는 달력, 그리고 작은 손거울 하나. 그들은 돌가루를 분가루인 양 뽀얗게 치장하고 있었습니다. 작업을 준비하는 노인과 '문명의 이기'들… 어찌 그리 닮았는지. 돌가루는 노인의 인생에도 저렇게 켜켜이 쌓였을 거라는 생각이 들었습니다. 가슴에도 쌓여 화석이 되었겠지요.

노인이 작업을 시작했습니다. 맷돌을 만드는 첫 과정은 넓적하게 자른 돌을 마냥 두드리는 것이었습니다. 맷돌에 필요하지 않은 여분을 정으로 따내는 과정이지요. 기계라면 금방 해낼 일이 지루할 정도로 계속됐습니다. 울퉁불퉁한 돌덩이에서 둥근 맷돌을 상상해내는 건 쉽지 않았습니다. 탁, 탁, 탁, 소리와 함께 망치와 정은 마치 저절로 움직이는 것 같았습니다. 노인의 얼굴은 선정에 든 노승처럼 평온했습니다.

한때 뜨거웠던 돌, 현무암은 꽤 고집스러워 보였습니다. 노인의 평온한 얼굴이 보여주는 경지와 달리 두 손 아래의 현실은 쇠로 이뤄진 망치와 정이 한편이 되고, 화산석이 다른 편이 되어 용호상박의 싸움을 벌이는 전쟁이었습니다.

"여기 연천 전곡은 현무암이 많이 나는 곳이야. 산이든 강이든 밭이든 지천이었어. 그래서 옛날부터 맷돌 만드는 사람들이 많았지."

돌조각들이 시간만큼 쌓이자 노인이 묻지도 않았는데 말을 술술 꺼냈습니다.

"그럼 재료 구하는 건 어렵지 않겠네요?"

"웬걸, 그것도 다 옛날 얘기지. 지금은 없어. 땅을 깊이 파야 조금씩 나오지. 그래서 기계로 땅 파는 곳이 있으면 달려가. 거기서도 잘 안 줘. 실어다 팔면 돈이 되니까."

"그 많았던 돌이 다 어디로 갔을까요?"

"이 집 저 집 담장으로도 가고 외지로도 많이 실려 나갔지."

그렇게 실려 간 돌들이 누군가의 정원에서는 '애완석'이 됐을 거라는 생각이 들었습니다.

이렇시리 구해온 돌은 먼저 수작업으로 쪼갭니다. 바위 원석에 구멍을 뚫은 다음 해머로 내려쳐서 일정한 크기로 나누는 것입니다. 그 모든 일을 일흔넷의 노인이 오직 밥이 만들어내는 힘만으로 합니다.

맷돌 만들기 두 번째 순서는 어느 정도 다듬어진 돌의 표면을 쪼는 것입니다. 날 없는 도끼로 덜어내고 '다대기'라는 도구로 조금 더 섬세하게 다듬고. 이렇게 몇 번을 쪼고 또 쪼아야 맷돌로 쓰기에 적당한 표면이 완성됩니다.

돌에서 나온 먼지가 온 사방에 날아다녔습니다. 노인은 마스크조차 하지 않았습니다. 저 먼지를 50년 가까이 먹어왔다는 것인데. 폐고 내장이고 전부 돌이 됐을 거라는 생각에 안타까웠습니다.

"이놈의 먼지 때문에 죽겠어. 가장 어려운 게 돌 구하는 거고 그다음이 먼지야."

노인은 작업 내내 고개를 들지 않았습니다. 아니, 한눈을 팔면 안 되니 들 수가 없었습니다. 그래서 겸손이 몸에 밴 것일까요? 하지만 비굴한 기색은 없었습니다. 낮추어 당당할 뿐이었습니다.

"하루에 몇 개나 만드세요?"

"쉬지 않고 부지런히 하면 한 세트 만들어. 위짝, 밑짝…"

이 고생을 해서 고작 한 틀을 만든다니. 정말 아무나 할 일은 아닙니다.

"아이고 힘들어. 10분간 휴식!"

노인이 군대식 구호와 함께 허리를 툭툭 털며 일어나더니 담배를 하나 피워 물었습니다. 가슴에 쌓였을 돌가루를 담배 연기에 실어 훅, 불어내는 것 같았습니다.

"이 일을 언제부터 하셨어요?"

"어릴 적부터 안 해본 게 없어요. 구두도 닦아봤고 신문 배달도 해봤고 식당에서 일도 했고… 우리 집이 이북에서 내려와서 얼마나 어려웠던지…."

말동무가 그리웠던지 노인의 이야기는 실타래 풀듯 이어졌습니다.

"형님이 여기서 맷돌을 만들었어. 그때 어깨너머로 조금 배웠지. 그러다가 군대에 가고, 1965년에 제대했는데 당최 해먹고 살 게 있어야지. 취직할 데도 없고. 형님은 분가를 했으니 어머니 모시고 동생들 가르치는 것도 내 몫이 됐고. 그런 참인데 맷돌 만들던 친구들이 '딴생각 말고 이거나 하자'고 하데. 그래서 만지기 시작한 돌에 평생 발목을 잡혔어. 허허!"

"다른 일은 안 해보시고요?"

"여러 번 도망가고 싶었지. 돌에 파묻혀 평생을 살고 싶은 사람이 어디 있겠나. 하지만 마음뿐이더구먼. 돌을 만지기 시작한 뒤로 단 한 번도 다른 일을 못 해봤어."

가지 못한 길에 대해 아쉬움을 모두 지운 건 아니지만, 그렇다고 서글픈 표정은 아니었습니다. 아니, 탈색을 마친 옥양목처럼 은은한 빛이 배어 나왔습니다.

노인은 그래도 옛날이 좋았다고 두 눈을 가느다랗게 좁혔습니다. 재료는 가는 곳마다 지천이지, 맷돌은 만들기 무섭게 차떼기로 실어갔지. 비록 가격은 지금보다 훨씬 쌌지만 워낙 잘 팔리니 신명이 났답니다. 호시절은 다시 올 가능성이 없을 때 더욱 그리운 법이지요. 노인은 그런 기억을 조금씩 떠먹으며 오늘의 노고를 견디는 것 같았습니다.

돌을 다듬는 과정 뒤의 작업은 제법 '과학적'입니다. 끝이 휘어진 철사를 돌의 맨 가운데에 박더니 끝을 한 바퀴 돌립니다.

"이건 무슨 과정이에요?"

"이젠 정말 정밀하게 다듬어야 하거든. 그러니까 맷돌에 맞는 정확한 원이 필요하지."

그런 다음 또 돌을 쪼는 작업이 계속됐습니다. 맷돌 하나 만드는 과정이 이렇게까지 지난할 줄은 몰랐습니다. 다음 과정은 손잡이인 어처구니와 중쇠가 들어갈 구멍 만들기. 구멍을 파는 작업은 더 어렵습니다.

"이렇게 애써서 만드시는데 잘 팔립니까?"

"아직도 쓰는 사람들이 제법 있어. 전국에서 주문이 와."

"그럼 돈 많이 버시겠네요?"

"에구, 나 혼자 만드는 것도 다 안 팔려서 남아. 그렇게 많이 팔면 부자 됐게?"

"한 짝에 얼만데요?"

"응, 저기 작은 게 15만 원이고 큰 건 18만 원"

생각보다 싼 가격은 아닙니다. 그래도 하루에 하나를 만들고 그게 15만 원에 팔려간다면 그리 옹색한 것은 아니니, 사는 사람이 아니라 만드는 사람의 입장이 된 제가 괜스레 어깨춤이라도 출 듯 흥겨워졌습니다. 물론 그만큼 팔려야 한다는 전제가 있지만….

"우리나라에 맷돌 만드는 분이 또 있어요?"

"없어."

"그럼 어르신 돌아가시면 누가 만들어요?"

"만들 사람이 없지."

"아드님 시키실 생각은 없고요?"

"절대 안 시켜."

"왜요?"

"할 게 못 돼. 군대 갔다 와서 놀고 있는데도 이 근처에 얼씬도 못하게 해. 젊은 놈이 하기에는 전망도 없고…."

그렇게 자부심이 조금도 없을 만큼 허무한 삶이었을까. 노인이 지나가는 말처럼 던진 한마디가 귓전에서 윙윙거렸습니다.

"전에는 돌쟁이라고 놀렸어. 요즘은 그나마 대우해주더구먼. 석공이라나? 허허!"

작업은 이제 마무리 단계에 들어섰습니다. '아구리 구멍' 파는 절차만 끝나면 누군가의 손에서 돌돌돌 돌아갈 맷돌 하나가 태어나는 것입니다.

"이놈의 아구리가 있어야 곡식을 넣고 갈지."

노인이 붉은 염료로 입 모양을 그리더니 거기에 맞춰 구멍을 파기 시작했습니다. 구멍을 뚫고 나서도 뒷마무리가 만만찮습니다. 그 두꺼운 돌을 뚫어 이쪽과 저쪽이 만나게 하는 것, 아무리 봐도 노인이 하기에는 벅찬 일이었습니다.

"일 배울 때 굉장히 힘드셨지요? 망치질 하다 다치진 않으셨어요?"

"어이구, 말도 마. 돌을 친다는 게 손을 쳐서 깨지고 피도 나고… 만날 그 짓이었어. 요즘은 뭐, 숙달돼서 일 년에 몇 번 때릴까 말까 해. 허허!"

노인 딴에는 우스갯소리로 한 말이었습니다. 하지만 제 가슴엔 금이 하나 쩍 가고 말았습니다. 일 년에 몇 번…. 그게 그리 쉽게 할 말인가요.

"손 좀 이리 줘보세요."

손을 당겨 장갑을 벗겨보니 아니나 다를까. 신산한 삶의 흔적이 지도처럼 그려져 있었습니다. 세월로도 미처 지우지 못

한 상처의 잔해들. 손에도 한 인생이 그려질 수 있구나. 모든
게 탈색되고 슬픔만 무겁게 남았습니다.

구멍을 뚫은 뒤, 아구리를 만드는 게 가장 힘들어 보였습니
다. 그 뒤에는 중쇠 끼우기를 합니다. 파놓은 구멍 크기로 나
무를 깎아 끼우고 그 가운데 수쇠를 박고 똑같은 과정을 통
해 암쇠도 박습니다. 이제 중쇠 한 쌍은 소멸하는 날까지 살
을 섞으며 돌아갈 것입니다. 마지막 작업은 어처구니 달기. 구
멍에 나무를 깎아 넣고, 미리 손잡이에 달아놓은 쇠꼬챙이를
박아 넣습니다.

길고 긴 작업이 모두 끝났습니다.

"맷돌 언제까지 만드실 거예요?"

'힘닿는 데까지는 해봐야지'라는 대답을 기대하고 던진 질
문이었습니다. 하지만 노인에게 누구의 기대가 중요할 리가 없
습니다.

"글쎄, 금년까지나 하려나 모르겠어. 생각이 많아. 이쯤에서
끝낼까, 아니면 조금 더 해야 하나."

"큰일 났네. 그렇게 그만두시면 어떡해요. 맷돌 쓰고 싶은
사람들은 어쩌라고…."

"뭐, 전자제품이 오죽 많아? 믹서 같은 게 얼마든지 있는
데."

아쉬움을 말끔하게 지워버린 목소리는 아니었습니다. 하지

만 그 정도의 아쉬움이 이 노인을 얼마나 더 돌 앞에 불러 세울지는 의문입니다.

탁, 탁, 탁! 돌 쪼는 소리만 정적을 밀어냈습니다. 한쪽 구석에 기둥처럼 서서 노인을 오랫동안 응시했습니다. 저 노인이 자리를 떠나는 순간, 이 나라에서 맷돌을 만드는 사람은 더이상 없을 것입니다. 어디 맷돌뿐이겠습니까. 이 땅의 민초들과 수천 년을 함께해온 숱한 것들이 그렇게 비명조차 질러보지 못하고 세월의 뒤안길로 사라졌습니다. 그래도 우리는 별아쉬움 없이 살아갑니다. 아마 달이 떠오르지 않아도 그러려니 하고 살아갈 것입니다. 달빛으로 밤길을 밝히던 시대는 지났으니까요. 그럼 그걸로 끝일까요?

쉽사리 긍정하지 못하는 낡은 사내 하나가 그 자리를 서성일 뿐이었습니다.

기차역 소묘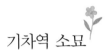

기차 타고 떠나는 여행을 좋아합니다. 운전할 때보다 훨씬 여유로운 시선으로 세상이 흘러가는 모습을 볼 수 있어 좋습니다. 매 순간 바뀌는 풍경을 온전히 훔쳐올 수 있어서 좋습니다.

저만치 냇둑의 이태리포플러 어린 잎들이 바람의 희롱에 깔깔거리며 몸을 뒤집습니다. 부끄러운 줄도 모르고 희끔한 배를 내놓고 마냥 팔랑입니다. 벼가 한참 키를 키우고 있는 논둑 저쪽 언덕 위에는 예배당 종탑이 우뚝합니다. 가슴을 활짝 열어젖히면 종소리가 뎅뎅 달려와 안길 것 같아 차창에 귀를 대보고는 합니다. 기차가 앞으로 갈수록 풍경이 바뀌듯 승객들도 달라집니다. 지역마다 달라지는 사투리는 얼마나 정겨운지요. 눈을 감고 말만 들어도 어디쯤 가고 있는지 알 수 있을 정도입니다.

시골 역, 노인 한 분이 플랫폼에 서서 들어오는 기차를 바라보고 있습니다. 기차가 서고 엄마와 서너 살 정도의 아이가 내립니다. 노인의 얼굴에 함박꽃이 활짝 핍니다. 고단에 찌든 얼굴 어디에 저런 웃음이 숨어 있었을까요. 고랑 깊은 주름들이 한꺼번에 우르르 달아납니다. 시집간 딸과 외손자가 모처럼 다니러 온 모양입니다. 아이도 할머니를 발견했습니다. 두 팔을 벌리고 뒤뚱거리는 걸음으로 달려갑니다. 노인도 마주 달립니다. 감격의 상봉입니다. 할머니!! 아이구, 내 새끼! 아이구, 내 새끼!! 기쁨이 찰랑거리는 목소리가 귓전에 아른거립니다.

만남이 있는 곳에는 작별도 있습니다. 아빠와 엄마, 그리고 꼬마 형제가 기차에 타고 플랫폼에는 노인이 남았습니다. 노인은 핏줄의 모습을 놓칠세라 까치발을 딛고 연신 손을 흔듭니다. 벌써 그리움이 잔뜩 묻어 있는 손짓입니다. 얼굴에는 7월의 메꽃 같은 미소가 떠나지 않습니다. 금방 떠날 줄 알았던 기차는 주춤거리며 한참 서 있습니다. 반대쪽으로 가는 기차를 기다리는 것 같습니다. 이별은 그렇게 잠시 유예됩니다. 노인은 여전히 손을 흔듭니다. 자리를 잡은 자식들이 얼른 들어가시라고 손짓해도 막무가내로 그 자리를 지킵니다. 메꽃 같은 미소를 자꾸자꾸 피워내면서….

장인어른도 우리를 보낼 때 매번 저런 심정이었겠구나. 느닷없이 떠오른 오래전의 기억에 코끝이 찡해집니다. 심장병을

앓았던 장인은 수술 뒤 경북 울진 죽변에서 노년을 보냈습니다. 성류굴이 멀지 않은 동해안의 어촌입니다. 여름이면 온 가족이 그곳으로 휴가를 갔습니다. 큰 처남, 작은 처남, 처형, 그리고 우리 가족. 아이들까지 합치면 열댓 명에 가까운 대가족이었습니다. 당신은 자식들이 도착하기 며칠 전부터 이것저것 준비했습니다. 집이 좁으니 옥상을 치워 식구들이 머물 곳을 만들고, 바닷가에 포장을 쳐 아이들이 놀기 좋도록 해 놓았습니다. 우리 형제들은 그저 먹고 놀기만 하면 됐지요. 그렇게 여러 날 동안 진을 빼고 돌아가도 당신은 늘 아쉬워했습니다. 바로 그게 부모의 마음이겠지요. 그런 연례행사는 당신이 더 이상 자식들을 볼 수 없을 때까지 계속됐습니다. 장인은 어느 겨울, 점심식사를 마치고 잠깐 누웠다가 끝내 일어나지 못했습니다. 우리의 화려했던 휴가도 다시 돌아오지 않았습니다.

기차는 꽤 오래 서 있습니다. 노인 역시 메꽃 같은 미소를 여전히 입에 물고 미동도 없이 거기 서 있습니다. 작별의 시간은 짧을수록 좋다는데. 저렇게 서 있다가 화석처럼 굳어지지나 않을까 괜한 걱정까지 듭니다.

기차를 타고 가는 내내 그런 만남과 헤어짐은 반복됩니다. 세상에는 숱한 어머니와 아버지, 그리고 그 핏줄들이 살기 때문입니다. 제가 쉽사리 차창에 기대어 잠들 수 없는 이유입니다.

곰소에서 만난 고부姑婦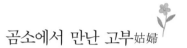

"여행을 그렇게 자주 다니면 맛있는 건 실컷 먹겠네요?"

심심치 않게 듣는 질문입니다. 그 말을 하는 상대방의 눈에는 부러움이 가득 차 있습니다. 하지만 천만의 말씀입니다. 혼자 여행을 다닐 때 가장 곤혹스러운 게 바로 끼니를 때우는 문제니까요. 가령 세상에서 가장 맛있는 삼겹살집이 있다고 해도 저는 들어갈 수 없습니다. 삼겹살을 1인분씩 파는 집은 거의 없으니까요. 물론 2인분을 시켜놓고 혼자 먹는 방법도 있지만, 저는 그 정도로 먹는 것에 집착하는 사람은 아닙니다. 결국 만만한 국밥집이나 찾아볼 수밖에 없지요.

제가 터득한 식당을 고르는 유일한 노하우는 작고 허름한 집을 찾아간다는 것입니다. 저뿐 아니라 혼자 오래 떠돈 이들은 호화로운 음식점을 피하는 습성이 있습니다. 허름해 보이는 집에서 어머니 솜씨에 가까운 음식을 만날 가능성이 높거든요.

부안 땅 곰소는 젓갈백반으로 유명합니다. 아니, 거의 젓갈백반을 파는 음식점만 있다고 해도 과언이 아닙니다. 한정식이나 백반도 혼자 먹기에는 좀 미안한 상차림입니다. 하지만 굶을 수는 없으니 어떻게든 한 끼를 때워야 합니다. 저녁때가 되면서 역시 비교적 허름한 집의 문을 열었습니다. 손님은 저 하나뿐입니다. 젊은 여자와 허리 굽은 안노인이 단 하나의 손님을 위해 부지런히 움직입니다. 고부간일까, 모녀간일까? 심심했던 저는 괜한 걸 점쳐보기도 합니다.

저만치 서서, 허겁지겁 밥 먹는 저를 지켜보던 노인이 젓갈을 고루고루 더 얹어놓습니다. 젊은 여자는 주방으로 들어간 모양입니다. 안 그러셔도 되는데… 노인의 마음이 음식에 맛을 더 얹습니다. 이런 경우도 악순환이라고 하나요? 행복한 악순환이겠지요. 노인은 손님이 비우면 채워주고, 손님은 채워준 마음이 실망할까봐 열심히 먹고… 입안이 짜고 매운 기운으로 얼얼할 지경입니다.

노인과 나그네의 '은밀한 거래'는 젊은 여자의 등장으로 끝나고 맙니다. 주방에서 나오던 여자의 눈동자가 고등어 뱃바닥처럼 하얗게 변합니다. 노인은 생선을 훔쳐 먹다 들킨 고양이처럼 슬금슬금 뒷걸음질 칩니다. 아마도 '초범'이 아닌 것 같습니다.

"혼자 오는 손님만 보면 저러신다니까."

젊은 여자의 볼멘소리에 제가 괜히 고개를 떨어트립니다.

그녀 역시 야박한 마음에 그러는 건 아니겠지요. 혼자 먹는 밥상에 짜디짠 젓갈을 자꾸 얹으면 결국 남기지 않겠느냐는 걱정일 것입니다. 하지만 노인들 마음이 어디 그런가요? 자식 또래의 나그네는 자식이나 진배없고, 그 입에 밥이 들어가면 흐뭇한 것이지요. 옛날 제 할머니가 그랬고, 지금의 제 어머니가 그렇습니다. 괜히 무람해진 저는 창밖으로 시선을 던집니다. 혼자 서 있던 가로등이 씩 웃습니다.

숙소로 가는 길, 바람은 차갑지만 마음은 포근합니다. 새 울음소리가 제법 깊어졌습니다. 숙소의 창문을 조금 열어놓습니다. 희미하게 비껴드는 달빛을 당겨 덮고 모처럼 꽃잠으로 빠져듭니다.

두 딸과 어머니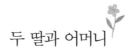

"엄마, 벌써 나갔대!!"

허공을 가르는 새된 목소리가 역사驛舍 안의 공기를 팽팽하게 긴장시킵니다. 저도 모르게 시선이 그쪽으로 향합니다. 사십 대 중반쯤의 여자 하나가 당황한 표정으로 허겁지겁 달려갑니다. 맞은편에서 한 여자가 역시 당혹스런 얼굴로 달려옵니다. 언뜻 봐도 둘은 닮았습니다. 그녀들은 반가워할 새도 없이 목소리를 높입니다.

"언니는 거기 앉아서 대체 뭐한 거야? 기차가 벌써 도착했는데 엄마가 나오는 것도 못 보고."

"내가 왜 안 봐. 여기 앉아서 뚫어지게 쳐다봤다구. 엄마, 아직 안 나왔단 말야."

"아, 글쎄 전부 나왔다니까. 어떡해. 어디 가서 찾느냐구."

서로 머리채라도 잡을 듯 목소리가 높아집니다. 시골에서 올라온 어머니를 마중 나온 딸들인 모양입니다. 어머니는 기차에서 내린 뒤 다른 사람들 꽁무니를 따라 마냥 걸어나간 것 같습니다. 그런 어머니를, 먼저 도착해서 기다리던 언니가 발견하지 못한 거고요. 사람이 살다 보면 그렇게 결정적일 때 어긋나는 경우가 한두 번이 아니지요.

그나저나 저렇게 탓만 하고 있으면 안 될 텐데. 도시 지리에 깜깜한 노인이 어디선가 헤매고 있을 거라 생각하니 제 가슴까지 타들어갑니다.

여보세요, 지금 싸울 때가 아니에요. 얼른 찾아봐야지요. 그리고 그렇게 화난 상태로 만나면 그 화기가 고스란히 어머니에게 가게 된다고요.

자매가 제 혼잣말을 듣기라도 한 듯, 서로 나뉘어 부지런히 어머니를 찾기 시작합니다. 역사 밖으로 나가지 않았기를 빌수밖에 없습니다. 분주하게 한참 오가더니 저만치서 감격의 해후가 이뤄집니다. 작은딸이 상가 근처에서 헤매고 있는 어머니를 찾아낸 것입니다.

"대체 어디 갔었어? 왜 가만히 안 있고 돌아다니는 거야?"

이번에는 큰 목소리가 어머니에게 향합니다. 노인은 마치 죄라도 지은 듯 고개를 숙입니다. 언젠가 저 딸이 어렸을 적, 반대의 풍경이 펼쳐지기도 했겠지요. 그래도 생각보다 쉽사리 만날 수 있어서 다행입니다. 오지랖 넓은 저는 또 입 밖에 내지도 못하는 말을 한마디 합니다.

여보게, 놀란 노인 너무 몰아세우지 말게. 딸들을 못 만난 어머니는 또 얼마나 당황했겠나.

걱정과 사랑이 서로 다른 말이 아니라는 사실을 실감하면서 눈은 세 모녀에게서 오랫동안 떨어지지 않습니다. 저는 오늘 밤 이 도시를 떠나겠지만 저들의 저녁 밥상에 웃음꽃이 활짝 피었으면 좋겠습니다.

카메라감독 C모씨의 경우

그의 카메라는 집요했습니다. 화장실이라도 따라올 기세였습니다. 제 콩팥이라도 찍어 시청자에게 보여주고 싶어 하는 번득이는 눈동자를 보며 저는 나날이 여위어 갔습니다. 아! 무사히 집까지 돌아갈 수 있을까? 〈세계테마기행〉 터키 편을 찍을 때 이야기입니다. 프로그램을 찍는 스텝의 구성은 생각보다 단순합니다. PD와 카메라 감독, 그리고 출연자가 전부입니다. 코디(코디네이션)라고 부르는 안내 겸 통역은 보통 현지에서 합류합니다.

보름을 훌쩍 넘기는 촬영 기간 내내 쉴 틈이 없습니다. 보통은 새벽부터 한밤중까지 강행군합니다. 카메라 감독이나 출연자나 녹초가 되기 십상이지요. 그렇게 오래, 그리고 열심히 찍어서 고작 삼십오 분씩 나흘 동안 방영합니다. 촬영지가 주로 오지이다 보니 고생은 말할 것도 없습니다. 멤버들끼리 호흡이 안 맞으면 심각한 문제가 발생하기도 합니다. PD·카메라 감독과 마찰을 일으킨 출연자가 촬영 도중에 귀국해버렸다는 전설 같은 이야기도 있습니다. 특히 카메라 감독과 출연자와의 관계가 틀어져버리면 촬영 내내 냉기류가 흐를 수도 있습니다. 알게 모르게 화면에 반영될 수밖에 없고요.

저와 함께 했던 카메라감독 C. 그는 오로지 하나의 문장만 구사할 줄 알았습니다.

"선생님, 한 번만 더…"

유난히 영상에 대한 욕심이 많은 사람이었습니다. PD의 오케이 사인이 나와도 자신의 마음에 들지 않으면 예의 "한 번 더!"가 터져 나왔습니다. 그의 요청에 맞춰 몇 번째 올라가는 언덕은 숨을 헐떡거려야 할 만큼 높거나 가축들의 분뇨로 뒤덮여 있거나 눈이 녹아 질척거렸습니다. 그래도 저는 묵묵하게 오르고 또 올랐습니다. '좋은 그림'을 향한 그의 뜨거운 열망을 외면할 용기가 없었습니다. 신발은 늘 진창에서 꺼내 신은 듯 더러웠습니다.

하루 열세 시간을 이동하던 날. 잠시 쉬는 틈에 산허리로 양 떼가 지나갔습니다. 쿠르드 반군이 출몰한다는 지역이었습니다. 모두가 내심 그곳에서 빨리 벗어나기를 원했습니다. 게다가 느닷없이 폭설이 내렸습니다. 잘못하면 오도 가도 못할 수 있는 상황이었지요. 하지만 차를 세운 C가 순식간에 눈앞에서 사라졌습니다. 잠시 후 그를 발견한 건 산마루였습니다. '그림'을 잡기에 딱 좋을 만한 위치에서 부지런히 뛰어다니고 있었습니다. 대체 그 무거운 장비를 들고 언제 저기까지 올라갔담. 감탄이 끝나기도 전에 그는 곁에 내려와 있었습니다.

그런 날이 계속되었습니다. 사십 대 중반. 무거운 장비와 함께해야 하는 카메라감독으로는 젊은 나이라고 할 수 없습니다. 하지만 그는 평소에 수중촬영 같은 고난도 작업을 염두에 두고 끝없이 훈련한다고 했습니다. 이십 대 못지않은 열정과 삶에 대한 긍정적 태도가 가장 큰 밑천이었습니다. 프로의 경지는 치열이 아니라 치사致死를 각오해야 완성하는 거구나! 저는 자주 감탄할 수밖에 없었습니다.

마지막 날, 비행기에 오르기 전까지 강도 높은 촬영은 계속됐습니다. 적당히 해도 되련만…. 비행기에 오른 뒤에야 그가 모처럼 긴 문장을 구사했습니다.

"선생님, 이래라 저래라 해서 죄송했습니다. 그런데 체력이 대단하시던데요. 전 선생님 연세에 그렇게 할 수 있을까… 내내 그 생각만 했습니다."

우리는 서로 모르는 사이에 서로에게 감탄하고 있었던 모양입니다. 서로의 체력이 아니라 프로정신에 말이지요.

터키에서 만난 사람들 1

샨르우르파는 터키의 동남부, 시리아 접경지대에 있는 도시입니다. 다른 곳과 마찬가지로, 도착하자마자 시장 구경에 나섰습니다. 시장에서는 주로 실크 제품을 파는데 제법 북적거렸습니다. 시장 안으로 들어서는 순간, 누군가 저를 주시하고 있다는 느낌이 칼날처럼 다가와 박혔습니다. 낯선 땅을 여행하다 보면, 조상들이 밀림을 벗어나는 순간 잃었던 동물적 감각이 맹렬하게 살아나는 경험을 하게 됩니다.

누구지? 오래 두리번거릴 것도 없이 사내 하나와 눈이 마주쳤습니다. 짧게 자른 머리, 아무렇게나 기른 수염, 그리고 갈무리했지만 미처 다 숨기지 못한 날카로운 눈빛. 카이사르의 갈리아 정복 전쟁이라도 따라갔다 온 듯, 창날 같은 절도가 몸에 배어 있는 사내는 주변 풍경과의 불화를 애써 감추지 않았습니다.

눈이 마주치는 순간 그가 성큼성큼 걸어왔습니다. 제 눈동자에 박힌 시선은 바늘 끝만큼의 동요도 없었습니다. 하지만 눈동자 어디에도 적의는 보이지 않았습니다. 저도 경계심 따위는 없었습니다. 앞에 선 그가 제 몸을 당겨 안았습니다. 왼쪽, 오른쪽? 아니면 오른쪽, 왼쪽? 분명한 건 뺨을 교대로 맞대었다는 것입니다. 그리고 그가 손을 내밀었습니다. 기다리고 있었다는 듯 저도 손을 내밀었습니다. 맞잡은 그의 손이 용암처럼 뜨거웠습니다. 제 손도 그만큼 뜨거웠는지는 알 수 없습니다.

서 있던 자리로 돌아간 그가 거수경례를 붙였습니다. 저는 답례를 하는 대신 셔터를 눌렀습니다. 메르하바, Where are you from, Brother!! 따위는 없었습니다. 서로의 눈동자와 온기를 담았을 뿐입니다.

애당초 우린 남이 아니었구나. 윤회의 수레바퀴 어디쯤에서 헤어졌던 것일까.

정적을 깨고 강물이 다시 소리 내어 흐르기 시작했습니다.

터키에서 만난 사람들 2

　터키 중부에 있는 말라티아는 살구의 도시입니다. 전 세계 마른 살구시장의 80% 이상을 차지하고 있다는 것이 그곳 사람들의 가장 큰 자랑입니다. 여객기에서 나눠주는 살구는 대부분 말라티아 산이라고 생각하면 됩니다. 그곳에는 카라반사라이가 있습니다. 낙타와 말을 타고 실크로드를 오가던 대상들의 숙소를 카라반사라이라고 합니다. 지금은 말끔하게 수리해서 관광객에게 개방하고 있습니다. 그곳에서 그림 그리는 사람, 노래하는 사람, 전통공예품을 만드는 사람들이 작품 활동과 공연과 전시를 하고 그들의 작품은 관광객을 대상으로 판매하기도 합니다.

　16세기 고성古城을 연상시키는 조금 음산한 방도 있습니다.

아무 생각 없이 들어갔다가 조금 이상한 광경을 보았습니다. 조그만 여자아이 혼자 피아노를 치고 있었습니다. 피아노는 극도의 불협화음을 냈습니다. 하지만 아이는 멈출 생각이 없는 것 같았습니다. 누가 들어오든 말든 열심히 피아노 건반을 누르고 있었습니다. 진지한 얼굴로 짐작하건데 심심해서 두드리는 건 아니었습니다. 그냥 지나칠 수 없어서 물었습니다.

"너 피아노 칠 줄 아는 거야?"

"아뇨. 못 쳐요."

"그런데 왜 그렇게 열심히 쳐?"

"저 강아지가 심심할까 봐서요."

"강아지? 강아지도 데려왔어? 어디 있는데?"

"저기 있잖아요. 저 그림 속에…."

아이의 뒤에는 벽에 걸지 못하고 세워놓은 대형 그림이 있었습니다. 그리고 그 그림 속에는 아이보다 훨씬 큰 개 한 마리가 웅크리고 앉아 음악에 귀를 기울이고 있었습니다. 감동이 가득한 표정으로….

터키에서 만난 사람들 3

아브라함이 태어났다는 동굴은 실망부터 안겨줬습니다. 유대교·이슬람교·기독교 3대 종교 믿음의 아버지가 태어났다는 곳이니, 뭔가 있으리라 잔뜩 기대하고 들어간 참이었습니다. 꼭꼭 숨겨뒀던 아브라함의 흔적 하나쯤은 보고 갈 줄 알았던 거지요. 하지만 그 기대는 동굴 입구를 지나자마자 가차없이 깨지고 말았습니다. 동굴은 평범했습니다. 특별히 꾸며놓은 흔적도 없었습니다. 관람 창 안쪽에는 물이 가득 고여 있는데 그곳에서 아브라함이 태어났다는 것이었습니다.

물에는 구경하는 사람들의 모습이 얼비쳐 번득거렸습니다. 열심히 셔터를 눌러봤지만 카메라의 눈이라고 특별한 것을 발견할 리가 없었습니다. 앉아도 보고 엎드려도 봤지만, 제가 던지는 그물에는 피라미 한 마리 올라오지 않았습니다. 대체 본 것이 있어야 기록을 할 텐데 조금 초조해졌습니다. 그런 제 입에서 불만 한두 마디가 쏟아지지 않을 리 없습니다.

그 순간 제 어깨를 살짝 두드리는 손이 있었습니다. 돌아보니 수염을 길게 기르고 머리에는 하얀 터번을 두른 노인이었습니다. 그가 제 눈을 보며 활짝 웃었습니다. 산신령인가? 〈전설의 고향〉에 나오던 산신령과 흡사한 모습이라 엉뚱한 생각부터 들었습니다. 그가 제게 물었습니다.

"왜 이렇게 방정을 떨고 다녀?"

"아무것도 안 보이잖아요. 보라고 만들어놨으면 뭔가 좀 있어야 할 게 아니냔 말이지요. 대체 이따위로 해놓고 뭘 보라는 건지."

그는 그들만의 언어로 물었고, 저 역시 저만의 언어로 대답했습니다. 말은 통하지 않아도 서로를 읽는 데는 조금도 문제가 없었습니다. 노인이 껄껄 웃었습니다.

"허어! 이 사람아, 동굴에 와서 동굴을 봤으면 됐지 뭘 더 보겠다는 게야. 죽은 아브라함이라도 살아올 줄 알았던가?"

노인이 자꾸 웃었습니다. 대체 얼마나 많은 것들을 눈으로 확인해야 만족하게 될까요? 저는 끝내 웃지 못했습니다.

나를 일으켜 세우는 것들

　그런 날이 있습니다. 살다 보면, 세상에 나 혼자라는 생각으로 고통스러워지는 날이 있습니다. 사람들의 시선이나 말이 날카로운 칼날로 바뀌어, 나를 찌르는 것 같은 느낌이 들 때가 있습니다. 대부분 스스로 만들어낸 비극입니다. 하지만 파고들다 보면 저 깊은 곳에 단초 하나씩은 있기 마련입니다. 사람으로부터 다친 경우도 많습니다. 그럴 땐 대중 속에서 잠시 벗어나는 것도 좋은 치유 방법입니다.

　극심한 허탈감 속에 여러 날을 보냈습니다. 마음은 찢어진 신문지 쪼가리처럼 펄럭거리고, 몸은 무너질 듯 지쳐 있었습니다. 작은 배낭에 시집 한 권 달랑 넣고 열차를 탔습니다. 발길을 멈춘 곳은 한적한 어촌. 어김없이 찾아오는 밤은 쓸쓸했고 혼자 마시는 술은 썼습니다. 하지만 술잔을 기울이며 자신을 들여다보는 것 외에는 달리 할 일도 없었습니다. 시집은 펴보지도 않은 채, 그렇게 웅크리고 있었습니다. 하늘과 바다가 몸을 합해 하나가 되는 시간, 상처 입은 짐승처럼 신음을 삼켰습니다.

초저녁부터 마신 술로 비몽사몽간을 오갈 무렵 전화벨이 울렸습니다. 본능적으로 전화기를 들었지만, 정신은 쉽사리 돌아오지 않았습니다. 조금 지난 뒤 친구의 목소리를 듣고서야 현실감을 찾을 수 있었습니다. 평소에는 전화를 거의 하지 않던 친구였습니다.

"어? 이 시간에 웬일이야?"

"호준아! 네 책이 왜 여기 있냐?"

"책? 뜬금없이… 무슨 소리야?"

"아, 그게 말이야. 오늘 친구가 아이를 여읜다고 해서 갔더니 답례품으로 책을 하나씩 주는 거야. 집에 와 펴보니 네 이름이 쓰여 있잖아.《세상에서 가장 따뜻한 안부》. 이 이호준이 내 친구 이호준 맞는 거지?"

평소의 급한 성격대로, 친구는 제 설명이 끝나기도 전에 서둘러 전화를 끊었습니다. 끊기 전에 자식을 결혼시켰다는 이의 이름을 말해줬는데, 전혀 모르는 사람이었습니다. 누군가가 자식 혼사를 앞두고 서점에 갔다가 제 책을 발견했던 모양이지요. 읽다 보니 하객들에게 하나씩 나눠주면 좋겠다 싶어서 일괄 구매했을 테고요. 제 짐작일 뿐입니다.

상대방이 떠난 전화기를 들고 잠시 멍하게 앉아 있었습니다. 책이 많이 팔렸을 거라는 기쁨보다는 뒤통수를 한 대 맞은 기분 때문이었습니다. 우연한 일만은 아닐 거라는 생각에 술이 확 깨는 것 같았습니다. 제 친구가 하필 그 결혼식장에 갔다는 것부터가 뭔가 설정 같아 보이지 않습니까? 누군가(신의 이름을 빌려도 좋고 아니어도 상관없습니다) 꾸며놓은 상황극 같다는 생각이 들었습니다. 사람에 실망하고 세상에 등을 돌리고 앉은 저를 다시 일으켜 세우기 위해 준비한 깜짝 선물. 끊임없이 의심하고 조바심칠 때, 저를 사랑하는 이들은 여전히 저를 향한 박수를 치고 있었다는 사실을 전해주기 위한 선물.

다음날 아침 배낭을 꾸려 도시로 돌아왔습니다.

경상도에서 취재하기

'우리 전통주'에 관한 책을 써달라는 의뢰를 받고 경상도 술 도가를 취재하던 중이었습니다. 저를 가장 많이 괴롭힌 건 역시 소통의 문제였습니다. 친절한 분이 훨씬 많았지만, 간혹 만나는 무뚝뚝한 분 앞에서는 당혹하기 일쑤였습니다. 특히 말을 극도로 아끼는 분들과는 대화를 끌어나가는 게 보통 고역이 아니었지요. 예를 들면 이런 식이었습니다.

"이 양조장에서 만드는 술 자랑 좀 해주세요."

"자랑할 게 뭐 있겠노?"

"아니 그래도… 우리 집에서 만드는 술은 남들과 어떻게 다르다든가."

"다를 게 뭐 있다고. 공장서 나오는 술이라는 게 다 그게 그

거지."

이쯤 되면 등에 땀이 흐르기 시작하고, 원고지 10매 분량을 어떻게 채울지 아득하기만 합니다. 그래도 안간힘을 쓰며 대화를 이어갑니다.

"재료나 빚는 사람에 따라서 맛이 좀 다르지 않을까요?"

"똑같다."

"먹어본 분들은 뭐라고 하세요?"

"맛있다카더만."

"어떻게요? 어떻게 맛있다는데요?"

"먹어본 놈이 알지 내사 어찌 알겠노? 자꾸 묻지 말고 직접 먹어보고 써라마."

그러면서 말릴 새도 없이 술을 한 잔 콸콸 따라줍니다. 허참… 술 마시면서 일을 할 수도 없고…. 대체 이 일을 어쩐단 말입니까? 원고지는 채워야하는데, 대화 내용을 모두 정리해봐야 "나는 모른다", 한 줄뿐이니.

그런 때 유일한 해결책은 안주인을 찾아보는 것입니다. 시골 양조장은 대개 부부가 함께 고생하며 일궜기 마련입니다. 그러니 어느 쪽에서 들어도 내력은 비슷할 수밖에 없지요. 안주인을 만날 땐 나름대로의 방법이 있습니다. 정공법으로 딱딱한 질문부터 들이대면 씨알도 안 먹힙니다.

"어머니, 어려운 시절에 양조장 하신다고 고생 많이 하셨지요?"

이때 중요한 것은 따뜻한 마음을 그득 실어서 손을 꼭 잡아야 한다는 것입니다.

"야, 야, 말도 마라. 내사 고생한 거 생각하믄… 다 적었다 카믄 책으로 열 권이다. 아이고!"

이 정도면 무조건 성공입니다. 질문을 따로 할 필요도 없습니다. 인터뷰가 끝날 때까지 모든 대답은 자동입니다. 양조장을 설립하기 훨씬 이전, 시집을 때부터 역사가 줄줄이 열리기 때문입니다. 경우에 따라서는 코흘리개 때 이야기부터 들어야 합니다. 사실 이건 이 나라 어머니들의 공통 사항이기도 합니다. 경상도든 전라도든 충청도든 다를 게 없지요. 이야기보따리를 한 번 풀면 밤이 새는 것도 무섭지 않습니다.

한데, 이런 식의 인터뷰는 자주 예기치 못한 문제점을 드러내기 마련입니다. 첫째는 다음 인터뷰에 무조건 지각하기 마련이라는 것입니다. 중간에 말을 끊기가 난감하거든요. 보따리 좀 풀어달라고 사정해놓고 다시 묶으라는 것은 도리가 아니지요. 다음으로는 막상 글로 쓰려면 별로 쓸 게 없다는 것입니다. 술에 대한 이야기는 거의 없고 신세 한탄이 대부분이기 때문입니다.

"어머니, 이제 술 이야기 좀 해주세요. 그래서 술맛이 어떻다고들 합니까?"

"쪼매 기다려봐라. 얘기하는데 자꾸 끊지 말고. 그래가, 둘째 아가 태나던 날…"

이런 형편이니 쓸 게 있어야지요. 그래도 저는 뿌듯했습니다. 구비마다 눈물이고 고개마다 한恨인 우리네 할머니, 어머니, 누이들…. 그들의 이야기를 육성으로 들을 수 있다는 것, 아무나 할 수 있는 일은 아니잖아요.

인터뷰 내내 만난 분들은 무뚝뚝해도 속정이 누구 못지않게 깊었습니다. 마치 바위 아래로 도도한 수맥이 흐르듯이. 여관에서 먹으라고 막걸리 몇 병 실어주며 제 차가 보이지 않을 때까지 손을 흔들던 모습은 가슴에 깊이 새겨져 있습니다. 취재를 마친 뒤부터 제가 소주 대신 막걸리를 마시는 이유이기도 합니다. 그분들이 오래 건강하게 사셨으면 좋겠습니다. 물론 양조장도 잘돼야 하겠지요.

명함이 구겨진 까닭은

어느 소도시 농가형 와이너리winery로 인터뷰하러 가는 길이었습니다. 전화로 통화할 때부터 상대방의 목소리에서 호의를 찾기가 쉽지 않았습니다. 가는 길을 물어보는데 돌아온 첫마디가 "내비 없어요?"였으니까요. 알아서 찾아오라는 것이지요. 양의 창자처럼 꼬인 골목을 몇 개나 지나서 어렵게 찾아간 집에는 사내 혼자 있었습니다.

역시 그는 친절하지 않았습니다. 나름대로는 사람을 많이 만나봤다고 자부하는 저는, 인터뷰이interviewee를 만나는 순간 인터뷰의 성패를 어느 정도 예측할 수 있습니다.

오늘도 어렵겠구나. 예감은 한 치의 오차 없이 적중했습니다. 말을 이리 돌리고 저리 돌려도, 농담으로 혹은 칭찬으로 풀어내도, 사내의 대답은 단답형이거나 딴전에 가까운 반응으로 이어졌습니다.

게다가 저를 불쾌에 가까울 정도로 불편하게 하는 일이 벌어졌습니다. 그의 손이었습니다. 처음엔 제가 준 명함을 살짝 쥐더니 조금 지나면서부터는 돌돌 말기 시작하는 것이었습니다. 인터뷰이의 눈에 가 있어야 할 시선이 자꾸 손으로 갈 수밖에 없었습니다. 급기야 명함이 구깃, 형태를 잃었을 때는 제 마음도 무참하게 구겨졌습니다.

손바닥만큼 물려받은 땅에 어릴 적부터 농사만 짓다가, 와인 제조 붐을 타고 어느 날 사업가가 된 사내. 운명이라도 되는 양 투박함을 평생 지고 온 사내. 그에게 세련된 언변을 기대하는 것 자체가 불가능에 가까운 일이라는 건 알았지만, 또한 매끄러운 도시적 예의를 기대한 건 아니었지만, 그래도 참담한 심정은 어쩔 수 없었습니다. 그렇다고 거기서 포기할 수도 없는 처지였습니다. 주어진 명단의 인터뷰는 반드시 해야 했으니까요.

시간이 지나면서, 제 집요가 사내의 말문을 조금 열기는 했지만, 여전히 인터뷰의 진도는 외곽을 맴돌고 있었습니다. 제가 필요한 대답들은 끝내 오리무중이었습니다. 이쯤에서 정리해야 한다고 판단했습니다. 다른 인터뷰 일정이 급하기도 했지만, 말라가는 행주에서 짜낼 수 있는 물은 한계가 있는 법이니까요. 그래서 끝내기용 질문을 꺼냈습니다.

"끝으로 제게 하고 싶은 말이나 부탁 같은 건 없으세요?"

"저어…"

"괜찮습니다. 뭐든지 말씀하세요. 사장님 자랑을 하셔도 되고요."

"그럼…요… 저도요… 대학을 다녔다고 좀 써주세요."

"예?"

"제가… 늦게 공부를 시작해서… 작년에 전문대를 졸업했거든요."

아! 그랬구나. 그 순간 모든 걸 한꺼번에 이해할 수 있었습니다. 사내의 투박함은 천성적인 것이지, 일부러 나를 그리 대한 건 아니라고. 인터뷰 내내 평생소원이던 대학을 졸업했다는 말을 어떻게 꺼내나 고민했다는 것도. 초조한 마음에 손에 쥔 게 방금 받은 명함인 줄도 모르고 구겨버린 것도. 그만큼 배우지 못한 한이 깊었던 것이었겠지요. 그걸 처음 보는 사람에게 이야기한다는 자체가 어려웠던 것이겠지요.

제가 고개를 끄떡이자, 흰 이를 드러내고 환하게 웃는 얼굴에서 제 짐작을 확신과 바꿀 수 있었습니다. 실패했지만 후회 없는 인터뷰였습니다.

무뚝뚝한 사내가 준 홍시

시골 길을 돌고 돌아 찾아간 양조장. 늦가을 햇살이 비껴드는 건물은 겉모습만 덩그러니 컸지, 퇴락하는 것 특유의 을씨년스러움이 잔뜩 포진하고 있었습니다. 양조장을 마지막으로 가동한 게 한참 전이었다는 것을 어렵잖게 짐작할 수 있었습니다. 서너 번 기척을 하고 나서야 허름한 안채에서 사내 하나가 문을 열고 나왔습니다. 오십 중후반쯤 되었을까? 얼굴에는 미처 감추지 못한 고단이 숯검정처럼 묻어 있었습니다.

방으로 안내되어 들어갔지만, 실내를 채우고 있는 것은 안락이 아니라 스산함이었습니다. 정제를 포기한 지 오래인 듯, 흐트러진 삶의 흔적이 곳곳에 깔려 있었습니다. 부부가 함께 양조장을 운영한다고 들었는데 안주인의 흔적은 없었습니다.

개 한 마리, 고양이 한 마리가 가족의 전부인 것 같았습니다.

사내와의 인터뷰는 버석거리며 겉돌았습니다. 아니, 대화가 진행되지 않았습니다. 자신이 만드는 막걸리에 대한 자부심은 부글거리며 끓고 있는 게 분명한데, 마음의 문을 열어주지 않았습니다. 어쩌면 많이 비뚤어진 시각을 갖고 있었습니다. 목숨 걸고 만든 '작품'을 알아주지 않는, 그리고 가짜들이 진짜처럼 행세하는 세상에 대해 이를 드러내 으르렁거리기를 망설이지 않았으니까요.

두 시간이 지났는데도 볼펜은 수첩의 첫 장을 맴돌고 있었습니다. 그가 하는 이야기는 술이 아니었습니다. 차라리 우주와 천문과 물리, 화학에 가까웠습니다. 시골에 묻혀 사는 '허름한' 사내의 방대한 지식이라니. 어느 땐 주체할 수 없는 광기조차 엿보였습니다.

결국 인터뷰를 포기하고 말았습니다. 사내는, 사진을 찍든 말든 크게 신경 쓰지 않았습니다. 다만 전통 누룩을 재현했다는 누룩방만큼은 목숨 걸고 지키려는 의지가 번득거렸습니다. 결국 사진 역시 찍을 게 하나도 없었습니다. 속으로 은근히 화가 치밀어 올랐습니다. 하지만 여기서 잘 돌아서는 것도 제가 할 일이었습니다.

차에 오르려는데 사내가 저를 불러 세웠습니다. 그리고 얼른 방으로 들어가더니 손에 무엇인가 들고 나와서 제 손에 쥐여 줬습니다. 빨간 홍시였습니다. 금세라도 터질 것처럼 잘 익은 감 두 개. 그 순간 저는 흠칫하고 말았습니다. 어떻게 이런 일이? 두 개의 감은 펄펄 끓듯 뜨거웠습니다.

돌아오는 내내 생각했습니다. 조금 전에 받은 것은 홍시가 아니라, 험난한 세상에 좌절한 사내가 꺼내준 자신의 심장이었을지도 모른다고. 그가 심장을 내어 준 까닭은 무엇일까? 차를 세우고, 한 사내가 저를 통해 세상에 던지고 싶었던 메시지를 생각하는 동안, 세상은 캄캄하게 저물었습니다. 늦게 찾아 들어간 숙소에서, 깨지고 문드러진 감 두 개로 저녁식사를 대신했습니다.

요즘, 자화상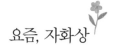

1

이렇게 늦은 시각에 술 취한 남자들과 함께 가면 곤란한 일이 생기진 않나요? 아뇨, 뭐 특별한 일은 없고요. 대부분 얌전하게 가시는걸요. 다만, 운전 외에는 안 하느냐고 물어보는 분들은 꽤 많아요. 운전 외라니요? 뭐… 모텔 같은 곳에서 잠깐 쉬었다 가는 것. 네? 그런 일도 있어요? 진짜 있는 일인가요? 제 얘기는 그런 요구에 응하는 여성 운전사들이 있느냐는…. 예, 그렇답니다. 저도 손님들에게 들은 이야기인데요. 그렇게 해서 또 다른 돈, 뭐 누구는 팔만 원인가 줬다고 하고, 그렇게 버는 사람들도 있다고… 기사님이 그런 요구를 대놓고 들어본 적은 없었고요? 왜요, 몇 번 있었지요. 그럴 땐 그래요. 저는 그런 쪽이 아니니까… 여기서 내릴까요? 그럼 반색하고 다른 사람을 부르는 분들이 있어요. 물론 여자 운전사를 보내달라고 다시 전화하겠지요. 세상 참, 요지경이군요. 그렇게 살고 싶을까요?

2

일은 몇 시에 시작해서 몇 시에 끝나요? 밤 열 시 반쯤 나와서 아침 일곱 시 반쯤 집에 들어가요. 그럼 밤을 꼬박 새우시는 거네요? 낮과 밤을 바꿔 사는데 힘들진 않으세요? 처음엔 무척 어려웠는데 몇 년 하고 났더니 몸이 적응돼서 괜찮아요. 낮에 내 시간을 맘대로 쓸 수 있어서 좋고. 다른 일도 있을 텐데 왜… 경력 변변찮고 나이 먹은 여자가 할 수 있는 일이 뭐 있나요? 사무직은 이력서도 못 내밀고. 그나마 대리운전도 전만 못해요. 월 백팔십만 원에서 이백만 원은 갖고 들어가던 시절도 있었는데 요즘은 어림도 없거든요. 경쟁도 심해지고, 술을 전만큼 안 드시는 것 같아요. 사는 게 어려우니 속상해서라도 많이 마실 텐데요? 글쎄, 꼭 그렇지는 않더라고요. 대리 부르는 분들이 엄청 줄었어요. 그럼 대리운전 하시는 분들을 위해서라도 차 가지고 나와서 술 좀 마셔야겠네요.

3

저처럼 변두리 산골에 사는 사람들 태우고 가면 많이 힘드시겠어요. 사실은 그게 미안해서 지금까지 대리운전사 부를 일을 안 만들었거든요. 그런데 가만히 생각하니까 저 같은 사람만 있으면 먹고 살기 힘드실 것 같아요. 뭘요. 이 정도 변두리는 괜찮아요. 몇 킬로미터 정도는 걸어서 움직이니까요. 지금 손님 가시는 곳이 연산군 묘 쪽이잖아요? 그럼 내려드리고 방학 사거리까지 걸어서 가요. 거기 제 단골 피시방이 있거든요. 아, 피시방에서 대기하는 모양이네요? 공원에서 기다릴 때도 있어요. 사거리에 공원 있잖아요. 큰길가라 위험하지도 않고, 요즘 같은 계절에는 춥지 않아서 좋거든요. 그렇게 기다리면 연락이 오나요? 운이 좋으면 금방 오기도 하고, 아니면 아침까지 기다리다가 버스 타고 돌아가기도 하고… 누구나 다 힘든 시절이니까….

차를 가지고 먼 길을 다녀오다, 시간이 늦는 바람에 약속 장소로 바로 간 날이었습니다. 술을 피할 수 없는 자리였고, 결국 생전 처음 대리운전사를 불렀습니다. 여성 기사가 왔습니다. 먼 길을 그냥 가려니 어색하기도 하고, 늦은 밤 부른 게 미안해서 이 얘기 저 얘기 나눴습니다. 당신께 들려드립니다.

세상을 떠돌다 보면

1

 객지를 돌아다니다 어느 날 몸에 병이 들면, 비로소 내 앞에 있는 거울이 보이기 시작합니다. 내 삶을 통째로 비추는 거울이 거기 서서, 걸어온 날들을 한 장면씩 보여준다는 것을 알게 됩니다. 밖에 나갈 기운도 없어 낯선 숙소에서 찬물이나 마셔가며 끙끙 앓다 보면, 거울은 가장 먼저 보고 싶은 사람이 누구인지 보여줍니다. 아아! 나는 하필 너를 사랑하고 있었구나. 정신은 혼몽한데 귀는 멀쩡해서 느닷없이 전화벨 소리라도 들리면, 서러운 몸짓으로 전화를 받다가, 누가 내 삶 깊숙이 들어와 있는지 알게 됩니다. 칠 년 만에 전화가 왔는데도, 널 계속 그리워하고 있었다고, 괜한 눈물까지 보이고 맙니다. 인연의 무게를 허공에 달아보는 날입니다.

온몸이 땀에 젖고 배는 등에 달라붙어 아우성쳐도, 네가 있어 내일은 일어서서 걸어야 한다고, 거울을 보며 이 한번 악물어봅니다. 그때쯤 거울이 한마디 합니다. 한 생을 살아내는 일, 별거 아니라고. 끝내 외롭다는 말 한마디 아끼는 것이라고.

2

어느 초겨울, 경북 영주의 허름한 모텔 이층 방에 머물고 있었습니다. 아픈 몸도 추스를 겸 온종일 한 발자국도 안 나가고 원고만 썼더니, 드디어 주인이 문을 두드립니다.

"누구세요?"

"뭐 필요한 거 없어요?"

그녀가 왜 왔는지 금방 눈치챕니다. 당연히, 하루 만에 굶어 죽을까 봐 온 것은 아닙니다. 가끔 일어나는 모텔 자살 사고를 걱정한 것이겠지요. 종일 기척이 없으니 얼마나 마음 졸이다 올라왔을까. 전날 막걸리를 여섯 병이나 갖다 준 남자라 더 신경 쓰였을 것이라고 짐작해봅니다. 술병을 받으며 "술장사 하는 분이슈?" 묻던 바로 그 목소리입니다. 인간은 가끔 흔적이나 기척을 남겨줘야 타인을 안심시키는 모양입니다.

아주머니, 저 아직 살아 있으니 걱정 마세요. 그런데 보일러나 화끈하게 틀어주시면 안 될까요?

쓸쓸한 여행, 행복한 여행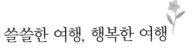

1

세상이 몽땅 제정신이 아닌 모양입니다. 산들은 첩첩으로 서서 벌겋게 낯붉히고 뭐라고, 뭐라고 떠듭니다. 내비게이션 속의 여자는 골짜기 골짜기로 차를 끌어다 놓더니 더 이상은 모르겠다며 뒤로 나자빠집니다. 땅거미는 부지런히 달려와 굴뚝마다 저녁연기를 피워 올리는데, 대체 어디로 가라는 건지. 일은 잘 안 풀리고 갈 길은 막막하니 한숨이 앞서 달립니다. 그래도 계속 가야지요. 가다 보면 어디엔가 불빛이 있겠지요.

2

낮게 드리운 구름이 산허리에 팔을 두르고 마실 가자고 조르는 저녁 무렵, 산길을 혼자 달리는 날도 있습니다. 그런 저녁은 어둠이 오기 전에 코끝이 아립니다. 갈 곳도 정하지 못했는데, 길마다 문을 닫고 하루의 흔적을 쓸어내는 날은 더욱 그렇습니다. 돌아보면 이름조차 붙일 수 없는, 지나온 날들의 그림자들만 뒤를 따릅니다. 비는 여전히 오락가락하는데 가난한 걸음은 오늘따라 더디기만 합니다. 서둘러 저 고개를 넘어야겠습니다.

3

이른 아침, 깊이 잠든 마을 어귀에 비를 맞고 서 있는 느티나무를 보며, 낮은 곳까지 내려와 사람 사는 동네를 기웃거리는 구름을 보며, 팔랑거리며 아스팔트 위로 떨어지는 은행잎을 보며 되뇝니다.

"나는 지금 행복해."

"길 위에 있어서 정말 좋아."

앞장 서서 달리는 길 위엔 아무도 없고 비만 내립니다.

저는 지금 은척으로 갑니다.

4

창날처럼 날카로운 햇살. 서부영화 세트장 닮은 집들. 무슨 일이든 일어나지 않으면 사고라도 칠 것 같은 표정의 젊은 군인들. 설렘이 일렁거리는 눈빛을 감추지 않는 그들의 애인들.

토요일 오후, 화천으로 가다가 조그만 마을 길가에 차를 세웠습니다. 느닷없이 누군가 시계를 수십 년 뒤로 돌린 듯, 정체가 불분명한 기시감에 혼란스럽습니다. 나는 어느 아득한 날에 이곳에 있었을까.

여전히 길 위에서 행복합니다.

'빽차' 타던 소년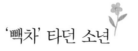

"표 좀 보여주시겠습니까?"

지나가던 여객전무가 제 옆자리 청년에게 요구합니다. 그 순간 저도 모르게 움찔, 몸을 움츠리고 맙니다. 다행히 청년은 망설임 없이 표를 보여줍니다. 요즘은 무임승차로 적발되면 벌금이 꽤 많다고 하지요? 최고 열 배까지 물린다니, 자칫 다른 생각을 했다가는 배보다 배꼽이 훨씬 클 것 같습니다. 검표를 마친 여객전무가 정중하게 인사하고 다음 칸으로 갑니다. 제 입에서 휴우, 안도의 한숨이 튀어나옵니다.

저는 아직도 여객전무가 무섭습니다. 저만치 제복을 입은 사람이 나타나면, 표를 손에 쥐고서도 괜스레 긴장합니다. 굳이 이유를 따지자면 오래 전에 저지른 죄 때문입니다.

중학교 1~2학년 무렵이었습니다. 저와 친구들은 가끔 '빽차'를 이용했습니다. 표를 끊지 않고 기차에 몰래 타는 것을 우리는 빽차라고 불렀습니다. 겨울에 눈이 오면 버스가 다니지 않았기 때문에 삼십 리 길을 걸어 학교에 다녀야 했습니다. 손발이 꽁꽁 어는 추위에 아이들이 그 먼 길을 걷는다는 것은 큰 고통이었습니다. 그래서 정말 추운 날은 하굣길에 기차를 탔습니다.

하지만 산골에 사는 아이들에게 기차가 만만한 교통수단은 아니었습니다. 멀리 돌아가는 것은 물론 중간에 버스로 갈아타야 하기 때문에, 시간은 시간대로 걸리고 교통비 역시 만만치 않았습니다. 주머니에 그만한 돈이 있을 리 없는 우리는 결국 빽차를 탈 수밖에 없었습니다.

빽차를 이용하는 방법은 별로 복잡하지 않습니다. 남들이 표를 끊어 개찰구로 나갈 때, 우리는 저탄장으로 숨어듭니다. 그 당시만 해도 화물열차를 이용해서 무연탄을 많이 실어 날랐기 때문에, 어지간한 역에는 시커먼 탄가루가 산더미처럼 쌓여 있었습니다. 그곳에는 인부들만 다니는 길이 있게 마련이었습니다. 그 길을 통해 들키지 않고 플랫폼까지만 가면 빽차 타기에 절반은 성공하는 것입니다.

물론 기차를 타고 가는 중에도 긴장을 늦추면 안 됩니다. 언제 여객전무가 나타날지 모르기 때문입니다. 그래서 보통은 객실로 들어가지 않고 객차와 객차 사이의 공간에서 머물렀습니다. 당번을 정해서 양쪽 객실을 감시하는 것도 반드시 해야 할 일이었습니다. 내릴 때까지 무사한 날이 많았지만, 운이 살짝 비껴간 날은 손에 펀칭기를 든 여객전무가 저만치서 나타났습니다. 성냥갑보다 작고 딱딱한 기차표를 쓸 때였는데, 검표하면서 표에 구멍을 뚫어줬습니다.

여객전무가 나타나면 우리는 조금씩 뒤로 밀려났습니다. 다행히 그때는 전수 검표를 했기 때문에 급하게 쫓기지는 않았습니다. 그렇게 밀려나다 열차의 맨 마지막 칸에 닿을 무렵이면 내릴 정거장에 도착하게 됩니다. 운이 안 좋은 날은 쫓기다가 화장실에 숨거나(최악인 날은 화장실까지 점검하기도 했습니다), 현장에서 잡히기도 했습니다. 무협지를 좋아하던 선배 하나는 기차가 언덕을 올라가느라 헐떡거릴 때 뛰어내렸다고 해서 꽤 오랫동안 전설이 되기도 했습니다. 아무나 흉내 낼 수 있는 경지는 아니었습니다.

기차에서 내리면 역사 밖으로 나오는 것은 식은 죽 먹기였습니다. 기차역의 담이라 봐야 나무를 듬성듬성 심어놓은 게 전부니, 그 당시 우리가 쓰던 언어대로 말하자면 '개구멍치기'로 여정은 끝났습니다.

추억담처럼 이야기하지만, 결코 자랑할 만한 일이 아니라는 것을 압니다. 버스가 다니지 않아서 어쩔 수 없이 그랬다고 하지만, 그 역시 범법행위였으니까요. 스릴을 즐기려는 치기가 개입되지 않았다고 큰소리 칠 자신도 없고요. 그 벌을 받느라 지금까지도 여객전무를 보면 긴장하는지도 모릅니다. 죄를 지으면 편히 못 산다는 의미를 나이를 먹어가면서야 온전히 깨닫고 있습니다. 기차를 더욱 많이 이용하는 것으로 속죄해야겠습니다.

모든 어머니는 아프다

세상을 떠도는 걸음에 유일한 동행은 그리움입니다. 고립 속으로 걸어 들어가 자신을 들여다보면, 제 안에 새겨진 사람들을 만나게 됩니다. 사랑이라는 이름으로, 또는 미움이라는 이름으로 보고 싶은 사람들입니다. 가까이 있는 사람도 있지만 멀어져 연락이 안 되는 이들도 있습니다. 그중에서도 늘 앞자리에 있는 분은 어머니입니다. '어머니'라는 이름 자체가 바로 '그리움'이기도 합니다.

쓸쓸한 날에는 전화를 드립니다. 전화를 받는 어머니의 목소리 한쪽이 늦장마를 못 견딘 축대처럼 무너져 있습니다. 며칠째 내린 비 탓일 겁니다. 저 정도 목소리면 몸도 젖은 솜이불만큼이나 무거우실 게 틀림없습니다. 그러잖아도 요즘 허리도 다리도, 감각이 있는 모든 곳의 통증을 호소하는 당신입니다.

늙은 어머니와 늙어가는 아들의 대화는 메밀로 쑨 죽처럼 끈기가 없습니다. 숨소리만으로도 서로를 확인할 수 있을 만큼 살았으니, 대화가 푸석거릴 수밖에 없을지도 모릅니다. 하지만 그건 저 혼자만의 생각입니다. 낮 동안은 오로지 TV가 벗인 당신은 말을 해주고 말을 들어주는 사람이 가장 그리울 테지요. 그래서 풍성하고 끈기 있는 이야기를 준비해야 한다는 걸 알면서도 자상하지 못한 아들은 매번 이 모양입니다.

"별일 없으세요?"

"뭐 만날 그 날이 그날이지… 요새도 객지로 다니고 있냐? 비가 이렇게 오시는데."

"예, 일 때문에요. 비가 참 장하네요?"

"징허게도 오신다. 며칠째 사지가 성한 데 없이 쑤시는구나."

"비가 오니 더 그럴 거예요."

"왜 아니것냐. 그러기도 하지만 이달이 해산달 아니냐?"

"예? 누가요? 누가 애를 낳았어요?"

"아니, 내가 널 낳은 달이 이달이잖어. 벌써 낼모레네."

순간 망치로 뒤통수를 맞은 듯 충격이 찾아옵니다. 그랬구나…. 나를 낳아주신 어머니는 오십 년이 훨씬 넘도록 그 달만 되면 저리 남몰래 아프시구나. 그런데 난 혼자 세상에 떨어진 듯 살고 있지 않은가. 비 오는 날 울어야 하는 게 어찌 청

개구리뿐일까. 어느덧 제 목소리에도 물기가 흥건합니다. 이제는 비가 그쳤으면 좋겠습니다.

즐거운 사기

길을 건너는데 누군가 뒤에서 불렀습니다. 돌아보니 외국인이 었습니다. 아, 길을 가르쳐달라는 모양이구나. 제게도 낯선 곳이 지만, 그냥 지나갈 수는 없었습니다. 제가 먼저 물었습니다.

"뭘 도와줄까?"

"잠깐만 내 말을 좀 들어봐. 너 말이야, 정말 좋은 운을 타 고났는데 지금까지 그 운이 오질 않았어."

뭐야? 이게 무슨 자다가 봉창 두드리는 소리지? 가만가만, 이거 전형적인 '도를 아십니까?'이잖아. 이제 외국인까지?

저는 잠시 말문이 막혔습니다. 이런 때에 어떻게 대응하라 는 매뉴얼을 익힌 적이 없으니까요.

"참 좋은 운을 타고났는데 아직 풀리질 않았다는 얘기야.

그런데 다음 달이면 그게 풀려. 내 말만 잘 들으면…"

날이 더워지니까 별일이 다 있다 싶었지만 꾹 참고 들었습니다. 그냥 가버리면 외국 손님에 대한 도리가 아니잖아요. 이 친구 뭔가 성사되겠다 싶었는지 말에 탄력이 붙었습니다.

"넌 몸은 여기에 있지만 마음은 항상 저 먼 곳에 가 있어."

헉! 그걸 어떻게 알았을까? 감탄사가 나오려는 순간, '가만 있자, 그렇지 않은 사람은 또 얼마나 있다고?' 하는 생각이 들었습니다.

"일단 내 말 좀 들어봐. 너는 좋은 운을 타고났다니까."

제가 돌아설 만하면 '좋은 운'이 주문처럼 따라 나왔습니다.

"넌 아주 귀하게 태어난 사람이야, 그런데… 아무튼 너 오늘 나를 잘 만난 줄 알아."

사람 볼 줄 아는군. 내가 귀한 존재긴 하지. 가만? 그런데 귀하지 않게 태어난 존재도 있었나? 의문이 없는 것은 아니었지만, 이미 저는 이 친구에게 말려들고 있었습니다.

"일단 오른손 내봐봐."

그러더니 수첩을 조금 찢어서 뭔가 썼습니다. 대낮에 길을 가다 땡볕 아래서 이러고 있는 제가 좀 우습다는 생각이 들기는 했지만 손을 빼지는 못했습니다. 어차피 세상을 떠도는 길, 시간에 발목 잡힐 일도 없지만, 그쯤 되니 좀 더 지켜보자는 생각이 든 것도 사실이었습니다. 그가 글씨를 다 쓴 종이를 구깃구깃 접더니 제 손에 올려놓고 주먹을 꼭 쥐고 있으라고 명령했습니다. 저는 잘 훈련된 개처럼 고개까지 끄덕이며 주먹을 쥐었습니다. 질문이 이어졌습니다.

"너 몇 살이야?"

잠시 고민을 했습니다. 한국식 나이를 말해야 하나, 미국식으로 말해야 하나? 미국식으로 하면 생일 안 지난 걸로 해야 하나, 지난 걸로 해야 하나? 에라, 모르겠다. 그중 하나를 적당히 댔습니다. 하지만 그게 끝이 아니었습니다.

"네 와이프는?"

별걸 다 알려고 하네. 왜 아내 나이까지 필요한 건데? 가만가만 그 사람이 올해 몇 살이더라? 아내의 나이를 헤아리는데 그건 그리 중요하지 않다는 듯 다음 질문으로 넘어갔습니다.

"무슨 색깔을 좋아해?"

갈수록 가관이구먼. 소개팅하는 것도 아니고. 이왕이면 좋아하는 꽃도 물어보지? 속으론 그러면서도 대답은 꼬박꼬박 했습니다.

"응, 검은색."

이 친구, 계속 고개를 갸웃거립니다. 검은색이라고 말해서 충격받았나? 진짜 좋아하는 색인데, 그렇다면 조금 양보하자는 생각이 들었습니다.

"응, 그거 싫으면 흰색 할게. 난 흰색도 좋아해."

한참 생각하더니 그냥 검은색으로 하자고 했습니다. 별걸 다 흥정해보네.

"어느 나라 좋아해? 나라 있잖아. 홍콩(홍콩이 나라냐?), 인도, 필리핀, 일본…."

"야, 됐어. 난 네팔이 좋아. 티베트(제 의식 속에서는 분명 독립국입니다)도 좋고. 히말라야를 바라볼 수 있는 나라면 어디든 좋아."

"네 엄마 성은 뭐야?"

뭐? 어머니 성姓? 보자 보자 하니까 별걸 다 묻네.

"엄마 성은 왜 물어? 이 땅에서는 여자들이 결혼해도 자기 성을 그대로 쓴단 말이야. 혹시 family name? 가문의 성을 묻는 거야?"

"응, 맞아, 맞아. 그게 뭐야?"

"응, Lee야. Lee. 이 나라에서는 알아주는 가문이지."

고개를 끄떡끄떡 하더니 다시 한 번 '좋은 운명'을 타고났다는 걸 추임새처럼 넣었습니다. 이번엔 왼손을 내보라고 했습니다. 저는 아무런 저항도 못 하고 손을 내밀었습니다. 한번 힐끔 보더니 한마디 던졌습니다.

"야, 너 오래 살겠다. 목숨이 길어."

그러더니 자기 수첩에 85라고 써서 제게 보여줬습니다. 85세까지는 너끈하다는 말이지요. 자신의 힘으로 목숨을 늘려주기라도 했다는 듯 저를 대견한 눈으로 쳐다봤습니다. 하지만 그 순간 저는 머리를 굴리고 있었습니다. 돈을 달라고 할 게 뻔한데 얼마를 주면 좋을까? 그가 오른쪽 손을 열라고 지시했습니다. 아, 종이가 있었지. 열어 봤더니 땀으로 흠씬 젖어 있었습니다. 그걸 펴라는 지시에 따라 조심스럽게 폈습니다.

아! 그런데 이게 웬일입니까. 종이에는 놀라운 단어들이 적혀 있었습니다. 맨 먼저 눈에 띈 건 제가 말한 나이와 똑같은 숫자였습니다. 다음엔 black. 그리고 다음엔 당연히 Nepal이었습니다. 이게 어떻게 된 일이지? 분명히 먼저 써서 손에 쥐라고 한 뒤 질문을 했는데, 내 대답이 어떻게 종이에 적혀 있지?

제가 놀라는 걸 보더니 이 친구가 씩 웃었습니다. 넌 걸려들었어, 하는 표정. 그러더니 수첩을 펼쳐 들었습니다. 수첩 중간쯤에 사진이 한 장 붙어 있었습니다.

"이게 내 스승들이야. 가운데는 나고…"

세 사람이 앉아 있는데 가운데는 저를 붙잡고 있는 친구가 틀림없고, 양옆에는 수염과 머리를 길게 늘어뜨린 전형적인 사두(인도의 현인) 둘이 있었습니다. 이 친구, 그 감동을 안다는 듯이 다시 한 번 씩 웃더니 제 오른손을 그 수첩 위에 올려놓으라고 했습니다. 그러면서 뭔가 주문을 외웠습니다. 알아들을 수는 없지만, '이 친구 좀 잘되게 해주세요. 다음 달까지 일이 안 풀리면 저 욕 먹습니다' 그런 뜻 같습니다. 그러더니 주문이 끝나기 전에 한마디를 잊지 않았습니다.

"야, 수첩에 돈 올려놔."

"돈? 왜?"

"묻지 말고. 다 너 잘되라고 이러는 거야."

주섬주섬 지갑을 꺼내 만 원짜리 하나를 올려놓았습니다. 이 친구 제 눈을 똑바로 보며 고개를 쌀래쌀래 흔들었습니다.

"더, 더…."

저는 이미 발 하나를 뒤로 뺀 뒤였습니다.

"없어, 그게 다야. 열심히 해서 돈 많이 벌어라."

그가 달려가는 제 등에 대고 뭐라 고래고래 소리쳤습니다. 다 된 밥에 코 빠트렸다는 말인 것 같았습니다.

상황은 그게 끝이었습니다. 밑도 끝도 없이 만 원을 빼앗겼는데도 전혀 섭섭하지 않았습니다. 아니, 이상하게 기분이 좋았습니다. 손안에 있던 그 글씨, 제 대답을 미리 알아맞힌 미스터리는 여전히 궁금합니다. 그나저나 조금만 더 치성을 드렸으면 제 운이 확 풀릴 기회를 발로 찬 건 아닐까요? 다음 달이면 낡은 차나 카메라를 바꿀 수 있는데, 그냥 만 원만 주는 바람에 날아가 버린…. 어쨌든 가끔은 속아주고 살 일입니다. 속고서도 즐거운 날이 있으니까요.

청산도 사람들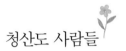

    청산도에 도착한 건 겨울의 꼬리와 봄의 머리가 교대할 무렵이었습니다. 배에서 내리자마자 기다렸다는 듯 바람이 옷섶을 마구 헤쳤습니다. 바람은 여전히 냉기를 숨기지 못했지만, 송곳처럼 날카롭던 기세는 꽤 무뎌졌습니다. 섬에는 이미 봄의 전초병들이 진주했습니다. 그를 증명이라도 하듯, 유채들이 내건 노란색 등이 곳곳에 걸렸습니다.

    청산도에 간 것은 뭍에서는 볼 수 없는 초분과 구들장논을 취재하기 위해서였습니다. 초분은 사람이 죽은 다음 시신을 보관하는 임시 무덤이라고 할 수 있습니다. 일종의 풍장에 가까운, 섬만의 풍습입니다. 시신이 육탈돼 뼈만 남으면 정식으로 땅에 묻습니다. 구들장논은 구들장처럼 넓은 돌을 자갈이

나 모래 같은 거친 땅 위에 촘촘히 깐 다음, 틈을 메우고 그 위에 흙을 두껍게 덮어 물을 댄 논을 말합니다. 물을 가둘 수 없는 땅에 논농사를 짓기 위한 처절한 노력입니다.

초분은 섬 초입에서 어렵지 않게 만날 수 있었지만 구들장 논을 찾기는 쉽지 않았습니다. 이곳저곳 헤매고 다니다 어느 동네 마을회관으로 찾아갔습니다. 동네는 강아지 한 마리 구경하기 힘들 정도로 한적했습니다. 회관 역시 인기척이 없었습니다. 그래도 문을 열고 들어가 짐짓 목소리를 돋워 "계십니까?" 불러봤습니다. 두어 번 불러도 대답이 없었습니다. 혹시나 하는 마음에 방문을 밀자 저항 없이 열렸습니다.

잠시 후 방 안의 광경이 눈에 들어오는 순간 흠칫, 그 자리에 못 박히고 말았습니다. 방 안 가득 노인들이 앉아 있다가 문소리가 나자 일제히 저를 바라봤습니다. 경계의 기색은 없었지만, 하나같이 '누군데 갑자기 문을 여느냐?'는 물음을 담은 눈길이었습니다. 어둠 속에서 제게 집중된 수십 쌍의 눈. 어찌 보면 그로테스크한 장면이었습니다. 계속 서 있다가는 숨이 막힐 것 같아 서둘러 찾아온 목적을 꺼냈습니다.

"죄송합니다. 인근에 구들장논이 있는지 여쭤보려고…"

침묵이 이어졌습니다. 문 앞에 서 있는 저를 오도 가도 못하게 만드는 올가미 같은 침묵이었습니다. 주방 쪽에서는 안노인들이 분주하게 음식을 나르고 있었습니다. 노인들끼리 잔치라도 여는 모양이었습니다. 아차! 점심때라는 생각을 못 하고 찾아왔구나. 조금 전 밥을 먹었다는 것만 생각하고 결례를 저지른 셈이었습니다. 그렇다고 그냥 돌아 나올 수도 없고…. 한참 지나서야 문 근처에 앉아 있던 노인이 말문을 열었습니다.

"구들장논? 그런 게 여태 남아 있나. 논은 논이고 이리 들어와 앉소."

"예? 아, 저는 금방 밥을 먹고 와서…"

아침식사를 못 하고 배를 탔던지라, 선착장에 내리자마자 허기부터 끈 터였습니다. 하지만 노인은 좀체 포기할 기색이 아니었습니다. 잠시 뒤에는 몇 분이 더 가세해서 저를 방으로 끌어들였습니다.

"밥때 온 손님을 그냥 보내는 법은 없소."

짐짓 화난 체하는 목소리였습니다. 아, 그렇지. 이제는 전설처럼 멀어졌지만 그게 우리네 '법法'이었던 시절이 있었습니다. 식사 때 찾아온 이가 있으면 보리밥 한 술이라도 나누는 게 도리였습니다.

방에 들어가자마자 음식이 나오기 시작했습니다. 커다란 양푼에 담겨 있는 건 언뜻 봐도 팥죽이었습니다. 서너 명이 나눠 먹어도 충분한 양이었습니다. 이걸 뱃속 어느 공간에 처분한 담. 못 먹겠다고 버티기에는 이미 늦었습니다. 수저를 그릇에 넣는 순간, 뜻밖의 상황에 비명을 삼켜야 했습니다. 양푼 가득 담긴 건 팥죽이 아니라 팥칼국수였습니다. 팥죽이라면 어떻게 해보겠는데, 팥죽 속에 숨어 있는 굵고 차진 면발이라니. 부담이 두 배로 늘어난 셈이었습니다. 하지만 피할 수 없을 땐 최선을 다해 부딪치는 수밖에. 크게 심호흡을 하고 밀어 넣기 시작했습니다. 객에게 하나 남은 상을 내준 안노인들은 바닥에서 식사를 했습니다. 상에 올려놓고 같이 드시자고 몇 번 권해봤지만 당치도 않는다는 듯 손사래를 쳤습니다. 그 역시 이곳의 법도라는 뜻이겠지요.

그날 동산만 한 배를 끌어안고 마을을 나서면서 입에 걸린 미소를 지울 수 없었습니다. 노인들의 넉넉한 마음, 그리고 나그네에게 베푸는 '무지막지한' 호의가 짙은 향기로 뒤를 따랐습니다. 갈수록 삭막해진다고 한탄하지만, 역시 이 세상은 살만한 곳이라는 생각으로 뿌듯했습니다. 서로를 덥히는 온기가 아지랑이처럼 피어오르는 세상은 여전히 존재하고 있었던 것입니다. 그동안 엉뚱한 것만 찾아다닌 것은 아닐까 하는 의심도 일었습니다. 정작 기록해야 할 '사라져가는 것들'이란 어려울수록 나눌 줄 알았던 우리네 인정인 것을….

거꾸로 걷는 사내의 눈물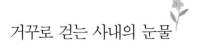

　마지막으로 던진 질문에 마흔두 살 젊은 사장은 눈물을 뚝
뚝 흘리기 시작했습니다. 당혹스런 일이었습니다. 인터뷰 말미
에 으레 던지는 질문이건만, 마음이 여린 사내가 틀림없었습
니다.

　카세트테이프를 만드는 공장이 있는 경기도 화성까지 찾아
간 데에는 호기심도 큰 몫을 했습니다. 아직도 카세트테이프
를 만드는 곳이 있다니. 대체 누가 무슨 생각으로 흘러간 세월
을 붙잡고 있는지 확인하고 싶었습니다.

　공장 문을 열고 들어가니, 정말 낡은 기계에서 카세트테이
프들이 뚝뚝 떨어지고 있었습니다. 아니, 멈췄던 시간이 뚝뚝
떨어지고 있었습니다. 분명 앞이 아니라 뒤로 달려가는 시간

이었습니다.

"이게 아직도 팔려요?"

젊은 사장은 제 온기 없는 말투 따위는 개의치 않았습니다.

"그럼요. 매출은 말도 안 되게 줄었지만 아직도 교회 매점 같은 곳에서 제법 팔리지요."

"교회?"

"노인들은 아직도 카세트로 설교를 듣거든요. MP3 같은 것은 다룰 줄도 모르고, 또 듣고 싶은 부분을 몇 번이고 들을 수 있는 건 카세트가 최고니까…."

"계속 만들 겁니까?"

"필요한 분이 있는 날까지는 만들어야지요. 디지털 시대는 너무 각박하잖아요. 잡음이 좀 나도 옛날식으로 듣고 싶어 하는 분들도 있으니까요."

인터뷰는 생각보다 길게 이어졌습니다. 점심까지 함께 먹어가며 살아온 이야기를 들었습니다. 나이에 비해 굴곡 많은 삶이었습니다. 거기에 비하면 제가 살아온 궤적은 다림질이라도 해놓은 듯 평탄했습니다.

직원이라고는 동생 내외가 전부였습니다. 아무리 열심히 만들어도 언젠가는 자취를 감출 수밖에 없는 것들. 이들은 무슨 생각으로 아직도 과거의 시간에 매달려 있을까.

"사장님에게 카세트테이프란 무엇일까요? 한마디로 정의한다면?"

마지막 질문은 사족이었을 수도 있었습니다. 그런데 사족이 사고를 유발하고 말았습니다.

"제겐… 삶이지요."

삶이라는 말을 마치기도 전에 그의 눈에서 눈물이 흐르기 시작했습니다. 금방 그칠 줄 알았더니 그게 아니었습니다. 끝내는 보가 터지기라도 한 듯 뚝뚝 떨어졌습니다. 내가 언제 울린 거지? 눈물은 갈수록 굵어졌습니다. 쉽사리 끝을 드러낼 것 같지 않은 한 사내의 서러운 시간.

"……."

긴 침묵 끝에 저는 보고 말았습니다. 눈물로 말하는 사내가 있음을. 입을 다물고 있는데도 그의 말들이 들리기 시작했습니다. 저벅저벅 걸어온 신산한 날들, 그가 얻고 잃었던 숱한 것들, 쉽사리 버릴 수 없는 낡은 것들에 대한 연민…

모두가 돌아오는 황혼녘에도 괭이 들고 들로 나가는 농부가 있는 법입니다. 그들이 세상의 한 축을 지탱하는 거라고 믿습니다.

내 생애 가장 행복했던 여행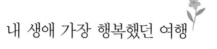

당신에게만 고백하자면, 여행이 늘 즐거운 것만은 아닙니다. 아무리 좋아하는 것이라도, 취미를 넘어 일이 되다 보면 벅찬 순간이 생기게 마련이거든요. 더구나 그 일로 생계를 꾸려야 한다면 고통스러운 날도 심심치 않게 찾아오게 됩니다. 하지만 사람들은 자주 제게 말합니다.

"여행도 다니고 돈도 벌 수 있으니 얼마나 좋아요."

"부러워 죽겠어요. 세상 최고의 직업인 것 같아요."

그런 땐 그저 고개를 주억거리고 맙니다. 어찌 보면 맞는 이야기니까요. 더구나 제가 원해서 하는 일인데 극구 고개를 저으면 저 자신을 부인하는 꼴이 되잖아요.

사람들이 자주 묻는 말은 어느 정도 정해져 있습니다.

"가 본 중에 어디가 가장 좋았어요?"

"이번 휴가에 갈 여행지 좀 추천해주세요."

이런 질문도 난감하기는 마찬가지입니다. 여행이라는 것은 각자의 성품이나 취미 그리고 시각, 그때의 환경이나 기분, 또는 동행자가 누구냐에 따라 크게 달라지거든요. 제가 좋아하는 곳이라고 해서 다른 사람까지 좋을 수는 없습니다. 제 추천만 믿고 갔다가 영 마음에 안 들 수도 있으니 조심스러울 수밖에 없지요.

거기에 사람들이 간과하는 한 가지가 더 있습니다. 여행작가가 반드시 여행가는 아니라는 것입니다. 여행가는 여행하는데 초점을 두지만, 여행작가는 여행 글을 써서 세상에 파는 걸 목적으로 하거든요. 글을 살 사람의 주문으로 여행을 가는 경우도 많고, 심지어 가기 싫은 곳으로 가야 할 때도 있습니다. 그래서 프로 여행작가는 세계 몇 나라를 다녔네, 어디 어디에 가봤네, 자랑하는 경우가 그리 흔하지 않습니다.

다만 여행작가에게도 잊지 못할 여행은 있습니다. 저에게 국내에서 가장 좋았던 곳을 꼽으라면 고창의 선운사 주차장과 안동의 병산서원이 먼저 생각납니다. 응? 주차장? 당신의 의아한 표정이 그려집니다. 그렇습니다. 더도 말고 덜도 말고 주차장. 벌써 여러 해 전의 일입니다.

대부분 혼자 길을 떠나지만 그때는 가까운 몇 사람이 모여서 간 여행이었습니다. 말 그대로 일이 아닌 '순수한' 여행이었습니다. 선운사로 가기 위해 버스에서 내렸는데, 마침 점심시간이었습니다. 누군가의 제안으로 벚나무 아래서 도시락부터 먹기로 했습니다. 일은 거기서부터 시작됐습니다. 봄은 익을 대로 익어 금방이라도 터질 것 같았고, 바람이 들개 떼처럼 이리저리 쏘다니던 날이었습니다.

바람이 지날 때마다 벚꽃이 흩날렸습니다. 영화에서나 볼 법한 풍경이었습니다. 지금도 그날을 회상하면 눈이 절로 감기고 입가에는 미소가 걸립니다. 꽃잎은 밥에도 반찬에도 술잔에도 분분히 떨어져 내렸습니다. 눈치 보지 않는 낙하는 황홀했습니다. 꽃잎이 떨어져 내린 밥그릇과 술잔을 보셨습니까? 쇠로 된 심장을 가진 사람도 노글노글 풀어지지 않을 수 없는 풍경이었습니다.

화가는 그림을 그리고 사진가는 사진을 찍었습니다. 시인은 시를 쓰고 가객은 노래를 불렀습니다. 정신을 차려보니 선운사에 올라갈 시간이 훨씬 지난 다음이었습니다. 결국 선운사는 일주문까지도 못 가보고 그냥 돌아올 수밖에 없었습니다. 하지만 누구도 아쉬워하는 기색이 없었습니다. 지금도 그때의 멤버들끼리 만나면 눈을 가느스름하게 뜨고 그날을 회상하기 일쑤입니다.

병산서원에 간 날은 비가 제법 많이 내렸습니다. 하회마을에 답사를 갔다가 들른 길이었고, 그날 역시 여러 명이 함께 간 참이었습니다. 길게 설명할 것도 없습니다. 비 오는 날 병산 서원 만대루에 올라가본 분은 제가 무슨 말을 하려는지 이미 아실 겁니다. 기둥과 기둥 사이로 보이는 일곱 장의 풍경화, 자연이 그려주는 일곱 폭짜리 병풍은 누구도 흉내 낼 수 없는 걸작이었습니다. 절벽을 치마처럼 펼쳐놓은 병산과 그 산을 에워싸고 유유히 흐르는 강. 그 풍경 위에 엷은 커튼을 치듯 내리는 비. 그런 풍경 앞에 서면, 제가 가진 언어가 얼마나 가난한지 한계를 절감하고는 합니다.

그날은 끝내 만대루에서 내려오고 싶지 않았습니다. 그만 가자고 재촉하는 일행이 아니었다면 날이 어두워질 때까지 한없이 바라보고 있었을지도 모릅니다. 아름다운 풍경은 각박해진 영혼을 얼마나 부드럽게 어루만지는지요.

그날 가슴에 담은 풍경을 잃어버릴까 봐, 다시는 찾아가지 못하는 곳들이기도 합니다.

아름다운 화천경찰서장

해마다 여름이면 '물의 나라' 화천으로 갑니다. 그곳에서는 전국에서 가장 큰 규모의 백일장이 열립니다. 저는 심사위원을 맡고 있습니다. 게다가 나이 좀 먹었다는 이유로 '심사위원장'이라는 감투까지 썼습니다. 스스로를 잘 아는 저로서는 부끄러운 일이지요. 하지만 도망칠 수도 없으니, 시상대에 올라가 심사평을 한마디 하지 않을 수 없습니다.

순서를 기다리는 시간, 단상 체질이 아닌 저는 몸이 비비 꼬이기 시작했습니다. 양복을 차려입고 점잖게 앉아 있는 내빈들 틈에서 몸을 꼬고 있는 청바지 차림의 사내라니. 참 비교되는 그림입니다. 백일장 시상을 하기 전에 사생대회 시상이 있었습니다. 입상자들은 대부분 초등학교 저학년이었습니다.

특히, 화천경찰서장이 시상하는 순서에 올라온 '꼬마'는 말 그대로 꼬마였습니다. 귀여운 아이가 폴짝거리며 올라오는 장면이 펼쳐지자 꼬이던 몸이 제자리로 돌아오고 눈은 꽃을 본 듯 환해졌습니다.

아이가 서장 앞에 서고 사회자가 시상 내용을 읽기 직전, 모두 깜짝 놀라고 말았습니다. 키가 후리후리하게 큰 경찰서장이 망설임 없이 주저앉는 것이었습니다.

어라? 왜 저러지? 아!

상황이 금방 이해됐습니다. 아이와 키를 맞춘 것입니다. 아니, 아이보다 더 낮아진 것입니다. 권위를 상징하는 정복을 입은 경찰서장이 보여주는 세상에서 가장 낮은 자세. 그 순간 아이의 얼굴에 떠오른 안도감을 읽은 건 저 혼자뿐이었을까요? 서장은 궁금한 듯이 기웃거리는 아이에게 상장에 쓰인 내용이 잘 보이도록 눈앞에 펼쳐줬습니다. 시상이라기보다는 할아버지(라고 하기에는 너무 젊었지만)와 손자가 다정히 무언가 나누는 모습이었지요. 감동적이었습니다.

별일도 아닌데 너무 쉽게 감동한다고 탓하지 마시기 바랍니다. 솔직하게 말하면, 제게 경찰은 세월이 가도 그리 친해지지 않는 대상입니다. 아무리 뒤져봐도 좋은 기억이 없습니다. 그런데, 이제는 마음을 바꿔야 할 것 같습니다. 한 지역 경찰의 수장이 보여주는 그 유연한 자세라니. 지금까지 지녀온 편견을 한꺼번에 씻어내는 장면이었습니다. 진짜배기 권위는 땅속에 묻히고 권위주의가 판치는 세상에 그 작은 파격이야말로 얼마나 소중해 보이던지.

사람이 타인의 시선 앞에서 가장 민망한 혹은 피하고 싶은 자세를 취할 때 가장 아름답다는 것을 처음 알았습니다. 격식을 내려놓고 상대방과 눈높이를 맞출 때 가장 큰 사랑의 그림이 그려진다는 것을 확인했습니다.

화천경찰서장, 그의 이름을 애써 기억하지는 않겠습니다. 가장 아름다운 것은 가장 낮은 곳에서부터 시작한다는 사실만 기억하겠습니다.

날마다 배낭을 싸는 남자

머리맡에 배낭 하나가 다소곳이 기다리고 있습니다. 언제라도 지고 일어서면 될 만큼 잘 꾸려진 배낭입니다. 안에는 카메라와 렌즈들, 그리고 길 위에서 필요한 것들이 들었습니다. 작은 칼과 플래시, 나침반, 비상식량, 지도, 모자…. 그러고 보니 길을 잃었거나 조난됐을 때 쓰는 물건이 대부분이군요. 제 인생 자체가 조난 속에 있는 건 아닌지, 늘 길을 잃고 헤매는 건 아닌지, 의심스러울 때도 있습니다.

사실, 머리맡의 배낭은 싸놓은 것이 아니라 풀지 않은 것입니다. 여행을 다녀오면 카메라 메모리를 교체하고 배터리를 충전하고 소모품을 채운 뒤 다음 떠날 때까지 그대로 둡니다. 그러니 정확하게 말하면 '날마다 짐을 싸는 남자'가 아니라, '짐을 풀지 못하는 남자'에 가까울 것 같습니다. 떠나는 아침에 물병 정도만 넣으면 별문제 없이 산이나 강으로 나설 수 있습니다. 금방 다시 떠날 것이기 때문에 짐을 풀지 않는 삶. 어쩌면 집에 머무는 시간도 여행의 한 과정에 불과할지 모릅니다.

배낭을 머리맡에 두고 산 지는 꽤 오래됐습니다. 처음에는 여행이랄 것도 없었습니다. 멀지 않은 곳을 후딱 다녀오는 외출 수준이었지요. 개인적으로 어두운 날들이었습니다. 그렇게라도 떠돌지 않고는 심장이 터질 것 같았습니다. 직장인이었으니 주말을 이용할 수밖에 없었습니다. 새벽이면 일어나 길을 떠났습니다. 이곳저곳 쏘다니며 가슴의 덩어리들을 잘게 부숴 내려놓고 돌아왔습니다. 그게 습관이 되면서 어디론가 떠나지 않고는 배길 수 없게 되었습니다. 시간이 갈수록 조금씩 멀리 찾아가기 시작했습니다.

첫 책 《사라져가는 것들 잊혀져가는 것들》을 쓸 무렵에는 길 위에 있는 시간이 더 많았습니다. 물론 그때부터 배낭은 늘 머리맡에 있었지요. 현실에 치이고 다치고 넘어질 때도 곁에서 기다리는 배낭을 보면 통증은 어느덧 가라앉고 새로 걸어갈 수 있는 힘이 솟았습니다.

어떤 날은 해외에 나갈 기회가 생기고 나갈 때마다 뭔가 기록을 가지고 돌아왔습니다. 그렇게 쓴 책이 한 권 두 권 늘어나고, 〈세계테마기행〉 같은 여행 프로그램에 출연하는, 말 그대로 '여행작가'가 되었습니다.

퇴직한 뒤에는 그런 경험이 밥이 되기도 했습니다. 인도 여행을 떠나려던 참에, 지방 취재 일이 들어오는 바람에 여행을 취소하는 일도 있었습니다. 그 일이 끝나자마자 일간지에 여행 칼럼을 연재하는 일이 들어왔고요. 비가 오는 날에도 눈이 오는 날에도 산을 오르고 강을 건넜습니다. 폐렴이 심각한 날에도 병원에 입원하는 대신 배낭을 메고 길을 나섰습니다. 덕분에 고질병을 얻기도 했습니다. 대신해줄 사람이 없는 일은 몸보다 정신력으로 해결할 수밖에 없습니다.

머리맡의 배낭은 정착하지 못하는 삶을 말합니다. 유랑의 삶은 극단적인 양면성을 지닙니다. 자유롭게 걸을 수 있으니 행복한 일입니다. 하지만 안락을 버리고 고단을 지고 다녀야 합니다. 어느 날은 남몰래 눈물을 흘리는 일이 생기기도 합니다. 가장 행복하면서 가장 불행한 삶은 제가 걸을 수 있는 날까지 계속될 것입니다. 선택이 아니라 운명이기 때문입니다.

오늘도 머리맡의 배낭을 쓰다듬어 봅니다. 전장에 오래 나가지 못한 칼이 징징 울듯 배낭 속의 카메라가 들먹거립니다. 또 떠나야겠습니다.

2
흐린 날의 자화상

삼십 년의 시간을 정리하며

아침마다 사무실에 조금 일찍 나와 책상을 정리합니다. 아직은 꽤 많이 남았지만, 퇴직하는 날 바람인 듯 빈손으로 일어서려고 조금씩 미리 옮겨놓습니다. 이 시간에는 사무실에 아무도 없습니다. 혼자만의 공간은 쓸쓸함과 행복이라는 모순된 감정을 함께 안깁니다.

삼십 년 가까운 시간의 궤적은 제법 무게를 갖습니다. 버리고 비우며 산다고 나름대로 애쓴 것 같은데도 이 모양입니다. 눈이 어두워 껍데기를 보물인 양 붙잡고 있었던 것 같습니다. 정말 소중하다고 생각했던 것들도 시간이 지나 생각해보면 대개는 허상이었습니다. 버려야 할 것들을 쥐고 있는 경우도 많았습니다. 사람과의 관계조차 그런 게 아닌가 싶어 두렵기도 합니다.

한 집단의 책임자일 때 면접을 봤던 자료까지 모두 갖고 있으니 저도 어지간히 질긴 사람입니다. 하지만 그 자료들을 '그 사람'으로 알고, 아니 어쩌면 인연의 끈으로 여기고 지금까지 보관해온 거라고 스스로를 합리화합니다. 그들 중 몇 사람은 가끔 만나고 몇몇은 소식이 끊겼습니다. 일정한 양의 물이 들고 나는 연못처럼, 사람살이도 늘 그만큼이라며 혼자 웃습니다.

가장 오래 눈길을 주는 건 역시 명함입니다. 명함은 인연이 만드는 게 아니라 시간이 만듭니다. 많기도 참 많습니다. 소식이 끊기거나 기억이 안 나는 사람이 더 많지만, 내게 왔던 이름들을 함부로 버릴 수 없어 집으로 가져갈 상자 속에 넣습니다. 제 몸과 함께 태울 때까지 곁에 있을지도 모릅니다.

제 이름이 박힌 명함들도 고스란히 남았습니다. 평기자일 때, 차장일 때, 부장일 때, 국장일 때, 보직에 따라… 부침도 참 많았습니다. 세상을 양손에 쥔 것 같은 성취도, 세상이 끝나는 것 같은 좌절도 있었습니다. 그 당시는 롤러코스터를 탄 것처럼 굴곡이고 요철이더니, 지금 돌아보면 평평하게 흘러온 시간이었습니다. 살아온 인생을 그림으로 그리라고 하면 가느다란 직선 하나 죽 그으면 될 것 같습니다.

사는 건 그 선마저도 조금씩 지워가는 것이지요. 지금처럼 이렇게 하나씩 지우는 것이지요. 이 책상에, 이 사무실에 한 사람이 머물다 간 흔적을 지워가는 것이지요. 제가 떠난 뒤 금세 누군가가 이 자리를 채우고 이 책상에 자신의 일상을 덧칠하겠지요. 조금 비밀스러운 편지 한두 장 들어있던, 열쇠가 달린 서랍에는 또 누군가가 비밀스러운 사연을 고이 넣어두겠지요. 어느 순간 이호준이라는 사람이 이곳에 존재했다는 사실은 까맣게 칠해지고 말 것입니다.

어찌 이곳에서 뿐일까요. 세상에서의 저 역시 그렇게 조금씩 흔적을 지워나가는 것이지요. 그러다가 어느 날 가뭇없이 흐려지는 것이지요. 그 자리에 또 누군가 서서 삶을 노래하는 것이지요. 한 페이지를 접는 계절이 가을이라 좋습니다. 무성하던 나무도 한 해의 흔적을 지우는 시간이니까요. 낙엽이 묻히는 무덤길을 따라 천천히 걸어갈 수 있으니까요.

어머니의 거짓말

"내가 거길 또 가겠냐? 올해가 정말 마지막이다."

어머니는 어김없이 거짓말을 하십니다. 거짓을 말하는 목소리는 갈수록 단호해집니다. 기억이 나지 않을 정도로 여러 해째, 벌초를 갈 때마다 반복되는 거짓말입니다. 노인에게는 조금 무리일 수도 있는 먼 길이 걱정돼서 집에 계시라고 말릴 때마다 단골로 내놓는 방패입니다. 마음이 약해질 수밖에 없습니다. 그래⋯ 정말 내년에 못 가시게 된다면, 이게 마지막 소망일지도 모르는데. 무리인 줄 알면서 모시고 갈 수밖에 없습니다.

차를 타고 가면서도 아들·손자들 걱정할까 봐 힘들다는 내색 한 번 안 하십니다. 아니, 어쩌면 내년에 거짓말이 안 먹힐까 봐 미리 연막을 치시는 건지도 모릅니다. 당신에게, 산소로 오르는 언덕은 해마다 키가 높아집니다. 하지만 산소에 도착하면 헐떡거리는 숨을 다스리기도 전에 가위를 꺼내 웃자란 잔디를 하나씩 자르기 시작합니다. 어느 땐 경건해 보이기까지 해서, 어쩌면 이 세상에 와서 맺은 인연들을 저렇게 하나씩 정리해나가시는 게 아닌가 하는 생각이 들기도 합니다. 그걸 어느 세월에 다 하실 거냐고, 낫으로 하면 금방 끝나니 그늘에 앉아 쉬시라고 해도 막무가냅니다. 자식들이 양보하는 수밖에 없는 일이지요.

어머니는 잔디를 하나씩 깎으면서 뭔가 자꾸 말을 합니다. 먼저 세상을 떠난 시어머니와 나누는 대화려니 짐작할 뿐입니다. 그분들만의 이야기가 있을 테니 굳이 챙겨 들으려고 하지 않습니다. 당신이 머지않아 가야 할 곳이 어떤지 묻는지도 모릅니다. 아니면 할머니와 나눴던 시간을 바둑 복기하듯 되돌아보는 것일 수도 있고요. 사이좋은 고부였다고는 하지만, 낯선 사람들이 만나 수십 년을 함께 살면서 갈등은 왜 없고 미움은 왜 없었겠습니까? 그 매듭의 한쪽 끝을 잡고 꼼꼼하게 풀고 있는지도 모르지요. 뙤약볕은 내리쪼이는데 당신의 손은 영 더디기만 합니다.

내려오는 길에는 어머니의 손을 잡고 부축합니다. 혼자는 계단을 내려올 기력이 안 되기 때문입니다. 손자들은 메뚜기처럼 뛰어다니는 계단이 당신에게는 하늘과 땅 사이만큼 아득합니다. 자尺라도 들고 간 듯, 산소에 갈 때마다 어머니의 늙음과 쇠약을 눈으로 확인할 수 있습니다. 작년보다 허리가 더 고부라지고 걸음은 훨씬 못해졌습니다. 제 가슴의 우물은 비례해서 깊어집니다.

내려오는 길에도 어머니는 자꾸 무어라고 하십니다. 말의 조각을 맞춰보면 "할 말도 미처 다 못 했는데… 오늘은 애들이 재촉해서 그냥 가요" 이런 식입니다.

당신 손에 여전히 남은 온기에 감사하며, 저는 거듭 기원합니다. 어머니! 내년에도 제발 거짓말 좀 해주세요. 당신의 기력이 더 쇠하기 전에 내년 추석도 그다음 해 추석도 빨리 왔으면 좋겠다는 소망을 얹습니다.

공사장의 아침 체조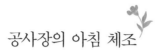

　종로1가정류소에서 자주 버스를 내립니다. 요즘 그곳은 건설의 노래가 높게 울려 퍼지고 있습니다. 육백 년 역사를 가진 피맛골을 새로 산 색종이처럼 색칠하고, 장대 같은 빌딩들이 하루가 다르게 키를 키웁니다.

　엊그제 아침에는 정류장 조금 못 미쳐서 그들을 보았습니다. 공사장 외곽에 높게 쳐놓은 펜스 안에서 안전모를 쓴 몇 분이 체조를 하고 있었습니다. 말이 체조지 둥그렇게 둘러서서 몸을 푸는 정도였습니다. 습관에 가까운 시선으로 그들을 바라보다가 깜짝 놀라고 말았습니다. 그 자리에 있는 분들 모두가 노인이었습니다. 최소 육십 대는 돼 보이는…. 젊은이들은 모두 어디로 가고 노인들만 남아 있담.

그렇다고 젊은이들에게 공사 현장으로 가라는 이야기를 하려는 것은 아닙니다. 공사 현장에서도 원하는 일은 아닐 겁니다. 공사라는 게 힘만으로 되는 게 아니어서, 자칫하면 일을 방해할 수도 있거든요. 그래도, 오로지 노인들만 서서 체조를 하는 풍경은 서글퍼 보였습니다.

풍경은 저를 젊은 날의 어느 시간으로 끌고 갔습니다. 이십 대 무렵에는 저도 소위 '노가다판'이라 부르는 공사장에 다녔습니다. 세월 따라 일하는 환경은 많이 달라졌지만, 순전히 몸에서 나오는 힘으로 무언가 한다는 틀만큼은 크게 다르지 않습니다. 제가 주로 한 일은 '질통'이라고 부르던 모래 담은 나무통을 메는 것이었습니다. 지금처럼 레미콘으로 콘크리트를 공급하는 게 아니라, 모래와 시멘트를 져 날라 현장에서 직접 비벼 넣던 시절의 이야기입니다. 모래를 나르는 것은 전문적인 기술 없이도 할 수 있는 일이니까 초보자가 맡게 돼 있습니다. 처음 그걸 지고 일어서는 순간, 턱하고 목에 걸려 터지지 않던 숨, 그 기억은 여전히 선명합니다. 아니, 뼈마디마다 각인되어 일생을 함께했습니다.

길게 할 이야기는 아니고요. 제 평생을 관통해온 그 순간의 고통이 그리 나쁜 기억만은 아니었다는 것입니다. '젊어 고생은 사서도 한다'는 식의 경구에 기대지 않더라도, 어려울 때마다 그 순간을 떠올리고는 합니다. 순간적으로 창날에 꿰인 것 같던 통증. 내 몸이 가진 능력을 가감 없이 확인할 수 있었던 시간….

다시 한 번 말하지만, 젊은이들에게 '인생을 알고 싶으면 공사장으로 가라'고 들이댈 생각은 없습니다. 다만 너무 편안한 것만 찾지 말라는 이야기는 꼭 해주고 싶습니다. 삶의 그 멀고도 험한 길에는 무엇이 기다리고 있을지 모릅니다. 역경을 딛고 일어서는 것도 훈련이 필요합니다. 때로는 자신을 한계 속에 세워볼 필요도 있습니다. 그 속으로 들어가 본 사람은 그만큼의 견디는 힘이 생깁니다.

조금 먼저 걷다 보니, 집문서나 지갑 속의 돈만 재산이 아니라는 사실은 분명히 깨닫게 되었습니다.

매미도 염불한다

 북한산이 펼친 치맛자락 끄트머리에 깃들어 산 지 이십 년이 넘었습니다. 삭막한 도시의 부적응자로 떠돌다, 그나마 산에 가까운 곳을 찾아 들어온 것이 이 동네였습니다. 산천이 두 번이나 바뀔 동안 눌러살다 보니 누가 등을 떠밀어도 떠나지 못하게 되었습니다. 물론 집값이 '형편없이' 싸다는 것과 제게는 집을 사고팔아서 차익을 챙길 만한 주변머리가 없다는 것도 큰 몫을 했습니다. 어쩌다 집에 들른 지인들은 교통 불편한 곳에서 언제까지 살 거냐고, 걱정을 가장한 면박을 주기도 하지만, '너도 살아봐라, 그런 소리 쏙 들어갈 거다' 하는 자신감으로 눌러살고 있습니다.

 산자락이라 그런지, 아파트지만 도시 생활과는 다른 게 많습니다. 봄이면 산벚꽃이 구름처럼 떠다닙니다. 비가 온 여름 저녁에는 개구리와 맹꽁이 울음소리가 가득합니다. 집에서 몇 발자국 벗어나면 북한산이고, 가다가 오른쪽으로 틀면 도봉산이니 등산하겠다고 따로 마음먹을 필요도 없습니다.

하지만 세상에 좋은 일만 있을 리는 없지요. 여름이면 고역이 시작됩니다. 불면으로 뒤척이다가 간신히 잠 속으로 떨어질 만하면 예기치 못한 소음이 덮쳐오는 것입니다. 다름 아닌 매미 소리입니다. 새벽부터 약속이라도 한 듯 일제히 울어대는데, 말 그대로 끔찍한 소음입니다. 창문을 열고 잘 수밖에 없으니, 소음은 고스란히 귀로 들어옵니다. 그런 날은 잠을 거의 포기하고는 합니다. 토끼처럼 벌건 눈으로 아침을 맞이하기도 합니다.

소음은 그것뿐이 아닙니다. 집과 지척인 곳에 조그만 절이 하나 있습니다. 새벽 세 시면 예불을 드리기 전 도량석道場釋이 시작되고, 목탁 소리는 당연히 제 집에도 문안을 합니다. 하지만 지금까지 그 소리 때문에 괴로워본 적은 별로 없습니다. 문제는 거기에 매미 소리가 얹힌다는 것입니다. 목탁 소리와 매미 소리가 만나니, 아무리 마음을 갈고 닦아도 화음이 아니라 소음으로 들립니다.

이놈의 매미들은 잠도 안 자나. 쫓아나가서 몽땅!

결기를 돋워보지만, 그저 머릿속의 그림일 뿐입니다.

길게는 십칠 년까지 기다려 겨우 한 달도 못 산다는 불쌍한 아이들. 그중 짝도 못 찾고 죽음을 하루 앞둔 중생들이겠지. 그러니 저 처절한 아우성을 내가 이해해야지, 하다가도 짜증이 불현듯 솟아오를 때가 많습니다.

그런데 참 이상한 일이지요. 가만히 귀를 기울여보면 목탁소리와 매미의 울음 사이에는 일정한 관계가 형성돼 있다는 것을 알 수 있습니다. 시작은 잘 모르겠지만 끝은 항상 일치하곤 합니다. 즉, 목탁 소리가 끝나는 순간 매미 소리도 끝나는 것입니다. 제 짧은 상식으로 보면 날이 밝아질수록 더욱 가열차게 울어야 하는데…. 이 동네 매미들만 그런 것인지, 혹은 제게만 그리 들리는 것인지는 몰라도 여러 번 확인한 것이니 틀림없는 사실입니다.

그렇다면 매미가 목탁소리에 반응한다는 것인데, 매미한테 청각기능이 있는지의 여부도 모르겠지만, 설령 있다고 해도 무슨 지극정성으로 새벽부터 일어나 장단을 맞추는지. 혹시 혼자만의 착각인가 싶어서 아내에게 물었더니 자신도 그리 들었다는 것입니다. 거참… 여러 날 화두처럼 싸안고 있다 보니 어느 순간 답이 스스로 나왔습니다. 저건 염불을 하는 것이야. 매미가 목탁 소리에 맞춰 경을 읽는 것이야. 극락왕생을 빌든 국태민안을 염원하든, 뭔가 좋은 일이 있으라고 저리 밤잠을 꺾는 것이야.

세상 모든 건 마음 짓는 대로 간다고 하지 않던가요. 매미에게 불성이 있고 없고 따지는 것은 중요하지 않습니다. 이제는 매미의 염불에 귀를 기울입니다. 잠 좀 못 잔다고 금방 어찌 되는 것도 아니니 해볼 만한 일입니다. 지난주에는 반야심경으로 '모든 존재가 다 비어 있음'을 가르치더니, 오늘 새벽에는 천수경을 들려주며 '입으로 짓는 죄가 가장 크다'고, 정신이 번쩍 들도록 죽비를 내리칩니다.

정구업진언 수리수리 마하수리 수수리 사바하 오방내외안위제신진언 나무 사만다 못다남 옴 도로도로지미 사바하….

어느 아빠의 영상통화

회사를 나서는 길에 그 사내를 만났습니다. 붉은 '투쟁 조끼'를 걸친 조금 초췌한 얼굴 하나가 으슥한 골목에 서서 아이와 영상통화를 하고 있었습니다.

"○○야! 아빠야, 아빠!"

"……."

"아빠라니까! 아빠 잊어버렸어?"

"와! 아빠다. 아빠! 근데 아빠 언제와?"

"응, ○○야! 아빠 보고 싶어? 아빠, 금방 갈게. 장난감하고 맛있는 거 사갈게."

휴우~. 귀를 기울이던 저는 결국 긴 한숨을 토해내고 말았습니다. 사내의 목소리가 촉촉하게 젖어갔기 때문은 아닙니다.

아빠가 아이에게 거짓말하고 있다는 것을 알기 때문입니다. 제가 알기로, 그는 아이에게 금방 돌아갈 수 없습니다.

그들은 지금 농성 중입니다. 큰 빌딩 앞에서 노숙하며 꽤 오랫동안 농성을 이어가고 있습니다. 노조 대표가 마이크에 대고 하는 이야기를 귀동냥해보면, 다니던 회사에서 쫓겨나거나 스스로 나온 지 한 달도 넘었습니다. 그러니 집에 다녀온 지도 꽤 오래됐겠지요. 잠깐씩 다녀왔다고 해도 정을 나눌 틈이 있었을 리 없고요. 눈치로 들여다봐도 노사분쟁이 쉽사리 해결될 기미가 보이지 않습니다. 그런 마당에, 어떻게 금방 아이에게 간다는 것일까요? 젊은 아빠의 거짓말이 제 가슴에 무지근한 돌로 얹힙니다.

아침저녁으로 그들 사이를 지나갑니다. 길 한쪽을 '점거'한 채 농성 중이어서 마주치지 않을 수 없습니다. 어느 땐 민망하고, 어느 땐 미안하고, 또 어느 땐 가슴이 아픕니다. 특히 비가 많이 내린 날, 비닐로 허술하게 친 지붕 아래서 밤을 보낸 얼굴들이 거칠하게 자란 수염 사이로 컵라면을 밀어 넣는 모습을 볼 때, 저는 걸음마를 배우는 아이처럼 흔들립니다. 그러면서 혼자 중얼거리지요.

"하필 장마철에 이런 일이 생긴담?"

그들을 농성하게 만든 회사 측이 어디니, 무슨 무슨 잘못을 했느니, 아니면 노조가 문제니 따져 묻거나 고발하려고 쓰는 글은 아닙니다. 다만 사람이 하는 일이니 서로 덜 상처 받고 타결됐으면 하는 간절함을 담습니다. 세상 어느 분쟁에도 제 소망은 한결같습니다. 그리고 약한 쪽으로 조금 기울어져 있는 제 성향대로, 더 많이 가진 쪽이나 힘이 센 쪽이 조금 양보했으면 하는 마음도 싣습니다. 이건 단지, 수염 거뭇한 젊은 아빠가 빨리 아이 곁으로 돌아가기를 바라기 때문이라고 변명합니다.

뒤집힌 풍뎅이와 노인

　몸이 뒤집힌 풍뎅이를 본 적이 있습니까? 일어나려 안간힘을 쓰지만, 뜻대로 되지 않아 제자리를 뱅뱅 도는 절망의 몸짓. 바라보는 사람의 온몸에 괜스레 힘이 들어가는 순간이기도 합니다. 그 모습을 사람에 비유하는 것은 적절하지 않겠지요. 더구나 노인의 모습을 그리 표현한다는 건 불경한 짓이지요. 하지만 그 표현이 떠오를 수밖에 없는 풍경과 마주치고 말았습니다.

　추석 명절 하루 전날, 제법 이슥한 시간이었습니다. 대학가였고 저는 약속 시간에 늦어 뛰다시피 걷던 중이었습니다. 어느 순간 제 걸음이 딱 멈춰졌습니다. 몇 겹 쌓아올린 종이 상자들이 허공에 둥둥 떠 있었기 때문입니다. 더구나 그 종이

상자들은 바로 '뒤집힌 풍뎅이'처럼 제자리를 뱅뱅 돌고 있었습니다. 상자 안쪽에서 무어라고 하는 소리가 들리는 것 같은데 쉽사리 알아들을 수 없었습니다.

가까이 가 들여다보니 바싹 여윈 할머니 한 분이 종이 상자들을 머리에 인 채 제자리를 맴돌고 있었습니다. 대체 무슨 일이지? 상황은 금방 파악됐습니다. 저녁 늦게까지 종이 상자를 모아서 머리에 이고 가던 노인이 누군가 가게 문을 닫으면서 길가에 내놓고 간 빈 상자들을 발견한 것입니다. 이게 웬 횡재냐, 그냥 지나갈 수 없었겠지요. 문제는 머리에 인 것들을 내려놓으면 다시 이고 일어서는 게 보통 일이 아니라는 데 있었습니다. 원래 이고 있던 것만으로도 위태로워 보였으니까요.

그러니 뱅뱅 돌 수밖에 없었던 것입니다. 지나가는 사람이나 근처에 서서 이야기를 나누는 젊은 친구들에게 도움 요청을 하기 위해서지요. 하지만 그런 절박한 목소리는 잘 들리지 않기 마련입니다. 행인들은 바쁘고 젊은이들은 친구의 이야기가 워낙 재미있으니까요. 제가 나섰습니다.

"할머니, 조금만 기다리세요."

일단 안심시킨 뒤 주섬주섬 상자를 모아 노인의 머리에 얹었습니다. 그러잖아도 가녀린 풍채에 이미 얹어놓은 종이 상자들로 자라목을 하고 있는데, 그 위에 몇 개를 더 얹는다는 건 보통 죄스러운 일이 아니었습니다. 하지만 노인에게는 한

끼의 밥이 되기도 하고, 추운 날 연탄 한 장이 되기도 할 테니 그만둘 수도 없었습니다.

제가 본 이야기는 여기까지입니다. 노인은 위태로운 걸음으로 가던 길을 갔고 저 역시 다시 걸음을 서둘렀으니까요. 많은 사람들이 고향으로 향하거나 연휴의 기대로 설레는 시간에 종이 상자를 이고 어둠 속으로 스며드는 노인의 뒷모습이 오래 잔상으로 남았습니다. 이런 글이 남들은 무심하거나 못됐고 저는 착한 사람이라는 이야기로 들릴까 봐 두렵습니다. 고백하건대, 저는 별로 착한 사람이 아닙니다. 마침 제 눈에 띄었을 뿐이지요.

그런데 이 이야기를 왜 하느냐고요? 가끔은 주변을 한 번씩 돌아보자는 뜻입니다. 특히 풍요로 색칠된 명절 때는 말입니다. 누군가의 행복의 봉우리가 높을수록 누군가는 불행의 골이 깊어지기 마련이니까요. 우리를 들뜨게 하는 풍요를 한 겹만 벗겨보면 그늘마다 아프고 슬픈 사람들이 숨어 있거든요. 가능하다면, 작은 마음이라도 서로 나눌 수 있으면 참 좋겠습니다. 아니, 그저 따뜻한 눈길이라도 나눌 수 있으면. 우리는 여전히 어려운 시절을 살고 있으니까요.

칼갈이 노인과 나

점심으로 칼국수 한 그릇을 비우고 나오던 길이었습니다. 땀을 뻘뻘 흘리며 국물까지 다 마신 터라, 선선한 바람이 솜사탕처럼 달콤합니다. 병아리 닮은 노란 햇살이 담장에 봄을 그리고 있습니다. 삐뚤빼뚤한 그림 아래에서 노인 한 분이 칼을 갈고 있습니다. 거기까지는 일상적인 풍경입니다. 칼갈이가 거의 사라졌다고는 하지만, 그분들이 주로 '출몰하는' 몇몇 곳을 알고 있는 저로서는 그리 낯선 풍경은 아닙니다.

한데, 이상한 일입니다. 무언가 자꾸 마음을 잡아당깁니다. 뭐지? 뭐지? 시선을 잡는 '그 무엇'의 근원을 찾던 제 시선은 엉뚱하게도 노인의 입에 고정됩니다. 노인이 연신 중얼거립니다. 뭐라는 거지? 칼을 갈면서 주문을 거는 걸까? 이 정도면 그냥 지나갈 수 없습니다. 다가가 보니, 노인 앞에 글씨를 잔뜩 적은 종이가 놓여 있습니다. 불경을 외우시나? 아니면 주기도문을? 저도 모르게 노인에게 바투 다가섭니다.

칼을 갈랴, 무언가 중얼거리랴, 이리저리 바쁜 노인은 제가 들여다보는지도 모르는 기색입니다. 가까이서 보니 종이 위의 글씨는 불경도 주기도문도 아닙니다. 이탤릭체로 써놓은 영문英文입니다. 손으로 쓴 게 분명한데 인쇄활자가 부끄러울 정도로 빼어난 글씨입니다. 차라리 아름답다는 표현이 더 어울릴 듯합니다.

"어르신!"

"에쿠!!!"

"뭐하시는 거예요? 영어 단어 외우세요?"

"하하, 그렇지. 열심히 읽기는 하는데 자꾸 잊어버려요."

"이거 영어 문장이잖아요. 어르신이 직접 쓰신 거예요?"

"예, 글씨는 내가 썼지만 글은 내가 지은 게 아니에요. 남들이 써놓은 문장을 빌려다가 옮겨놨어요."

노인은 박꽃처럼 환한 웃음을 물고 귀찮을 법한 물음에 꼬박꼬박 대답해줍니다. 일할 때 저처럼 말을 시키면 짜증을 내거나 과묵해지시는 분들이 많은데 말입니다. 저야 신나지 않을 수 없지요. 아예 쪼그리고 앉아서 수다를 시작합니다.

"글씨를 정말 잘 쓰시네요. 그런데 왜 영어를 공부하시는 거예요?"

"뭐 특별한 이유야 있나? 앉아서 칼만 갈고 있으면 무료하잖아요. 그래서 뭔가를 해야겠다 싶어서 시작했는데, 자꾸 잊어버려서 원…."

"와! 정말 대단하세요."

"죽기 전에 영어 공부를 하고 싶더라고요. 그런데 집에 가면 할 틈이 있나. 그러다 보니 이렇게 길바닥에서…."

저는 자신이 부끄러워 슬그머니 얼굴을 붉힙니다. 환경 탓이나 하며, 할 수 있는 일까지 외면한 게 그 얼마던가. 귀한 시간을 얼마나 많이 허비하며 살았던가.

"올해 연세가 어떻게 되세요?"

"나요? 하하, 여든서이요."

'여든서이'라면 팔십삼 세. 장수 시대라고는 하지만 적은 연세가 아닙니다. 하지만 노인은 조금의 흐트러짐도 없이 꼿꼿한 모습입니다. 정신도 육체도 건강이 넘쳐 보이는 어른. 도서관에 앉은 젊은이들도 어렵다는 영어 공부를 길에서 하는 노인. 빼어난 글씨체를 가진 노인…. 오래전에 돌아가신 아버지 생각이 납니다. 살아 계셔도 이 노인보다 서너 살 많을 뿐인데, 뭐 그리 바쁜 일이 있다고 서둘러 가셨는지.

노인과의 대화는 먼 길 가는 강물처럼 쉬엄쉬엄 흘러갑니다. 노인도 저와 두런거리는 게 싫지는 않은 표정입니다. 칼과

숫돌, 그리고 영어 문장과 종일 지내려니 심심했는지도 모르지요. 저는 쉬지 않고 말썽을 부립니다.

"어르신, 사진 좀 찍어도 되지요? 옆에서 찍을게요."

"아, 그러시구려."

선선히 대답하는 얼굴은 당당함으로 빛납니다. 저는 열심히 사진을 찍고 노인은 열심히 칼을 갑니다.

"어르신, 이거 무슨 문장을 적어놓은 거예요?"

"그저 좋은 글이라고 생각되는 것들을 옮겨놨는데, 읽다 보면 배울 게 얼마나 많은지 몰라요. 젊은 시절을 그냥 흘려보냈어. 그때 지금처럼 공부했으면 얼마나 좋았을까."

"무슨 일을 하면서 사셨어요?"

"젊었을 때? 건축 일을 했어요. 그런데, 건축이라는 게 위험하기도 하고 결국 부수기 위해 짓는 거 아니에요?"

그래서 그만뒀다는 건지, 잘못 살았다는 건지, 삶이 허무하다는 건지는 분명치 않습니다. 부수기 위해 짓는다는 말도 제게는 조금 생경한 경지입니다.

"이제 칼 가는 걸 배우겠다는 사람들 없지요?"

"없어, 없어요. 딱 한 사람이 있었긴 한데. 무엇을 하다 왔느냐고 물었더니 굴착기 기사라고 합디다. 그래서 그걸 하면 돈도 잘 벌 텐데 왜 이런 걸 배우려고 하느냐고 물었더니, 굴착기 일을 열심히 해봐야 남의 것 아니냐고, 뭘 해도 맘 편케 내

일을 하고 싶다고… 그 외에는 아직 한 사람도 못 봤어요."

"이제 어르신들 떠나시면 칼 가는 사람은 보기 어렵겠네요?"

"그렇겠지요. 하지만 이게 뭐 대단한 일인가."

저는 아예 철퍼덕 주저앉아서 이야기를 늘어놓습니다. 어디선가 꽃향기가 흘러오는 것 같아 잠시 두리번거립니다. 눈에 보이지는 않지만 담 안쪽 뜰에는 꽃이 피었는지도 모릅니다. 노인의 얼굴에는 꽃 대신 검버섯이 가득 피었습니다. 하지만 노랗고 붉은 꽃만 아름다운 게 아니라는 생각에 고개를 주억거립니다.

가야 할 때가 되었습니다. 노인이 귀찮아하는 기색은 없지만 더 있다가는 일을 방해할 것 같습니다. 일어나다 말고 한참 고민합니다. 펄펄 김을 내뿜는 칼국수 집으로 자꾸 눈이 갑니다. 나는 배불리 먹고 나왔는데, 이 어른은 식사도 못 한 채 칼을 갈고 있습니다. 자존심 상하셔도 할 수 없지. 얼른 만 원짜리를 꺼내서 노인의 손에 쥐여 드립니다.

"어르신, 저 집에서 칼국수 한 그릇 드시고 하세요."

노인이 큰 동작으로 손사래를 칩니다.

"아니, 이러면 안 돼요."

"돌아가신 아버지 생각에 그냥은 발걸음이 안 떨어져서…"

노인의 검버섯 가득한 얼굴에 환한 미소가 구름처럼 피어납니다. 저는 얼른 돌아서서 걸음을 재게 놀립니다. 어디선가 꽃들이 잎을 여는 소리가 들립니다. 정말 봄이 온 모양입니다.

아름다운 예인 송해

저는 송해 선생님을 잘 모릅니다. 〈전국노래자랑〉을 통해 익숙하다는 것과 대단한 노익장을 자랑한다는 것 정도. 하지만 인연이 아주 없지도 않은 게 두어 번 실제로 마주친 적이 있습니다. 종로 낙원동에 가면 그를 보는 건 별로 어렵지 않습니다. 한번은 칼국수를 먹기 위해 줄을 서 있다가 마주쳤습니다. 길게 선 줄 옆으로 잘 입은 노신사 한 분이 지나가는데, 송해 선생님이었습니다. 줄을 서 있던 사람들이 반갑게 인사를 건네고 그 역시 반갑게 인사를 받았습니다. 즉석에서 '전국노래자랑'이라도 벌어질 것 같은 분위기였습니다. 그다음도 그를 만난 건 같은 동네의 허름한 음식점이었습니다. 여름이라 야외 식탁에 자리를 잡았는데, 송해 선생님이 바로 옆에서 비슷한 또래의 노인 여럿과 식사 겸 낮술을 하고 있었습니다. 가끔 웃음소리가 쏟아지는 유쾌한 자리 같았습니다. 제 일행이 물었습니다.

"저기, 같이 온 사람들이 누군 줄 알아?"

"글쎄? 모르는 얼굴들인데?"

"옛날에 밤무대에서 함께 음악 하던 사람들이래. 저렇게 가끔 불러내서 밥도 사고 술도 산다지."

아하! 그렇구나. 늙고 가난하고 쓸쓸한 옛 동료들을 불러서 밥과 술을 사주는 노인. 어찌 보면 평범할 수 있는 이야기가 그날따라 제 심장을 쿵! 하고 울렸습니다. 조금만 출세해도, 딛고 올라간 사다리 차버리듯 옛사람들을 외면하는 세태에 염증을 느끼던 무렵이어서 더욱 그랬을 겁니다. 외로운 노인들에게 밥 먹자고 불러주는 게 어느 정도의 의미를 지니는지 알 만한 나이가 됐기 때문이기도 했겠지요. 과거를 잊지 않고 오랜 인연들에 밥 한 술이라도 챙겨주는 예인藝人 송해. 그의 옆에서 밥을 먹었다는 사실만으로도 저는 뿌듯했습니다.

그날 노인들은 그렇게 각 일 병쯤의 소주를 마신 뒤 헤어졌습니다. 송해 선생님도 계산한 뒤 표표히 사라졌습니다. 옛 친구들에게 밥과 술을 사주고 자신은 전철을 타고 다닌다는 얘기는 덤으로 들었습니다. 그날은 돌아가는 길이 온통 빛났습니다. 바람은 어찌나 부드럽고 자상하던지요.

참나무 숲의 전쟁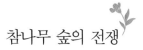

산은 길을 참 여럿 준비해 두었습니다. 스스로 여는 일은 없지만, 사람이 가고자 하는 길을 애써 막은 적도 없습니다. 오늘 산행은 늘 다니던 길을 접어 두고 반대쪽을 택합니다.

이 길은 봄이 돼야 본색을 찾습니다. 수십 년씩 살아온 진달래나무들이 아우성치듯 꽃을 피워내면 세상은 온통 꽃밭이 됩니다. 살아 있어 이 길을 걷는 것만으로 얼마나 감사하게 되는지요.

길은 평탄합니다. 천천히 걸어 장수촌에 닿습니다. 수십 년 장수촌인 줄 알고 살았는데, 최근에 공식적으로 써놓은 이름을 보니 장수천이었습니다. 내도 있고 샘도 있지만 내 천川자가 아닌 샘 천泉 자를 쓸 것이라고 혼자 짐작해봅니다. 아마

중간쯤에 있는 약수 이름이 장수천인 모양이지요. 하지만 저는 계속 장수촌으로 부를 생각입니다. 뭔가 이야기가 더 깊어 보이잖아요.

장수촌은 도봉산이 품고 있는 가장 넓은 분지입니다. '이곳에 이런 땅이?' 할 만큼 개활지가 근사하지요. 이 동네 사람이 아니면 거의 알지 못하는 숨겨진 땅이기도 합니다. 장수촌에는 넓은 텃밭이 있습니다. 겨울인데도 그곳에는 미처 뽑지 않은 파와 누군가 심어 놓고 잊어버린 시금치가 싱싱합니다. 봄이 되면 냉이가 돋고 풀이 자라고 호미를 든 사람들이 찾아오겠지요.

텃밭을 벗어나면 배드민턴장이 나옵니다. 오늘도 청년 같은 노인들이 힘찬 함성과 함께 코트를 누비고 있습니다. 장수촌다운 풍경입니다. 그곳을 지나자마자 참나무 숲이 열립니다. 사실 오늘 산에 오른 건 이 참나무 숲을 보겠다는 생각 때문이었습니다. 그런 날이 있습니다. 단단한 참나무들의 군락지에 몸을 들이면 저 스스로도 단단해질 것 같은. 이곳의 참나무 숲은 잡목이 낄 여지가 없는 순정純正에 가까운 숲입니다. 늘씬늘씬하게 뻗은 참나무들이 열병하듯 서 있습니다. 제가 본 참나무 숲 중에서 최고입니다.

나무들의 발치에는 지난가을의 낙엽이 그대로 깔렸습니다. 마치 두툼한 이불처럼 포근해 보입니다. 저 나무들에 새잎이

나면 이들은 조금씩 썩어갈 것입니다. 땅속으로 스며들어 양분이 되고 나무를 타고 올라가 잎이 될 것입니다. 세상은 누가 가르치거나 시키지 않아도 순환을 잊는 법이 없습니다.

걸음을 멈추고 굵은 참나무에 기대섭니다. 나 스스로가 참나무가 되고 숲이 됩니다. 그런데 이상하지요? 한참 가만히 서 있으니 평소에 보이지 않던 것들이 보이기 시작합니다. 아! 이 숲에도 평화만 있는 것은 아니었구나. 나무들 사이의 우열이 하나씩 눈에 들어옵니다. 치열한 생존경쟁의 흔적도 있습니다. 누구는 구부러지고 누구는 아예 성장을 멈추었습니다. 도태돼 죽은 나무도 있습니다. 그동안 껍질만 보고 다닌 셈입니다. 잘생긴 나무들이 곧 이 숲의 정체성인 줄 알았습니다.

사람들이 사는 세상이 오버랩됩니다. 평생 무한경쟁 속에서 쫓겨야 하는 우리 아이들. 성적으로 줄을 세우고 성적으로 미래를 점치는 나라. 꿈 따위는 접어 땅에 묻고 잠을 쪼개고 줄여 경쟁의 대열에 서야 하는 나라. 인성이라는 알맹이가 들어설 틈도 없이 키만 쑥쑥 자라서, 오로지 나만 아는 반쪽짜리 어른이 되는, 겉만 멀쩡하면 최고의 인재로 대접받는 나라. 뜻밖의 풍경에 섬뜩해진 저는, 번듯하게 자란 나무에 당부하듯 중얼거립니다.

옹이 지고 구부러진 나무가 있어 네가 빛나는 거야. 험한 세상 어깨 걸고 함께 가렴. 조금 늦어도 괜찮아.

저는 여전히 잘난 사람만 빛나는 세상이 두렵습니다. 인성 없는 성장, 나눔 없는 풍요, 살아남기 위한 질주…. 지나온 세상보다 다가오는 세상이 더 두렵습니다. 이젠 참나무 숲조차 두려워질 것 같습니다.

개도 그렇게는 안 한다 1

성능 좋은 진공청소기처럼 폭풍 흡입으로 식사를 끝낸 다래가 소파 위에서 한 알 한 알 밥을 헤아려 삼키는 차돌이를 응시합니다. '얼음 땡 놀이'라도 하듯 미동도 없이 시선을 고정하고 있습니다. 오로지 눈빛에만 간절함이 떠올랐다 지워지기를 반복합니다. 그 시선을 모를 리 없는 차돌이가 한참 외면하는가 싶더니, 결국 얼굴을 들어 마주 바라봅니다. 둘의 응시가 제법 오래갑니다. 차돌이도 오늘만큼은 조금 더 먹고 싶은 표정입니다. 제 밥을 한 번 보고 다래를 한 번 보고. 망설이는 게 분명합니다. 하지만 결국 더 먹는 걸 포기하고 슬그머니 소파에서 내려와서 물그릇으로 갑니다. 부족한 식사를 물로 채울 요량인 모양이지요. 마음 약한 녀석 같으니라고. 그 빈자리로 재빨리 뛰어 올라간 다래가 남긴 밥을 흡입하듯 삼킵니다.

짐작했겠지만, 다래는 열 살이 넘은 강아지(슈나우저, 여)이고 차돌이는 아직 열 살이 안 된(몰티즈, 남) 강아지입니다. 다래와 차돌이의 관계는 그렇게 밥을 남겨주고, 받아먹는 사이입니다. 아! 단 한 번 주인 모르게 부부의 연을 맺은 적이 있었군요. 그 결과 둘 사이에 다섯 아이들이 태어났습니다. 그런인연 때문인지는 모르지만, 밥을 먹을 때마다 차돌이의 일방적인 희생이 계속됩니다.

먹성이라면 올림픽에 나가도 우승할 것이 분명한 다래는 어릴 적부터 제 밥을 후다닥 먹고 나서 다른 애들이 밥 먹는 것을 지켜보고는 했습니다. 그런 행동은 거지와 다름없는 거라고, 부러우면 지는 거라고 여러 번 타일렀지만 소용이 없습니다.

그런데 어느 날부터 차돌이가 밥을 조금씩 남겨주는 것이었습니다. 배가 불러서 남기는구나 싶어서 밥을 줄여봤지만 역시 똑같은 비율로 남겨주고 슬그머니 물러나는 것이었습니다. 그러잖아도 다래의 비만이 걱정되는 참이라 가족들은 질색하지만, 저희끼리 눈빛으로 성사시키는 거래를 어찌 일일이 막을 수 있을까요.

대체 이런 거래를 무엇이라고 불러야 할까? 개들에게도 의리가 있는 것일까? 제 배고픈 걸 참으면서라도 식욕에 시달리는 동료를 보살피는, 측은지심이 있는 것일까? 저는 아직도

답을 찾지 못하고 있습니다. 하지만 늘 부끄럽습니다. 가진 자가 더 갖기 위해서, 배부른 자가 더 배부르기 위해서 배고프고 못 가진 자들의 머리끄덩이를 잡는 우리네 모습이 자꾸 겹쳐지기 때문입니다. 그뿐인가요? 온갖 욕이나 안 좋은 것에는 '개'라는 이름을 붙여가며, 개만도 못한 짓을 빈번하게 하고 있습니다.

어디를 둘러봐도 배울 대상은 많습니다. 배우려 하지 않는 게 문제지요.

개도 그렇게는 안 한다 2

제 집 강아지들은 시간을 기억합니다. 평소에는 집에 들어가면 좋다고 뛰고 짖고 난리를 피워서 혼을 쏙 빼놓습니다. 시선을 끌려고 물구나무에 가까운 묘기를 부리는 녀석도 있습니다. 그러지 말라고 타일러도, 반가워서 그러는데 어쩔 것이냐는 데야 할 말이 없습니다.

시끄럽다는 이웃의 항의가 빗발치면서 주변의 권고에 따라 성대 수술도 했습니다. 그 외에는 함께 살 방법이 없었습니다. 이별이냐 수술이냐를 놓고 선택하라면, 누구든지 후자를 택할 수밖에 없겠지요. 하지만 성대 기능이 다시 조금씩 회복된다는 사실은 몰랐습니다. 제법 목소리를 찾은 녀석들이 한꺼번에 짖으면, 이웃을 찾아다니며 일일이 절이라도 하고 싶을 만큼 미안해집니다. 그렇다고 한 번 맺어진 가족의 연을 끊을 수는 없는 일이지요.

그런데 참 묘한 일이 있습니다. 새벽에 들어가면 이 녀석들이 절대 짖지 않습니다. 자다가 달려나와 반기는 건 다른 때와 다르지 않은데, 그 시간에는 몸으로만 반가움을 표시합니다. 특히 차돌이는 다른 강아지가 실수로라도 짖지 않을까 감시의 눈을 번득이기까지 합니다. 게다가 그 시간에는 '상봉'의 감격을 가급적 약식으로 마치고 일찍 자러 갑니다. 술에 취해 비틀거리며 들어오는 주인이 불쌍해서 얼른 자라고 그러는 것일까요? 제게만 그러는 것도 아닙니다. 큰아이, 작은아이가 늦게 들어와도 몸으로만 반가움을 표시한 뒤 잠자리로 돌아갑니다.

개들은 짖어야 할 시간과 그러지 말아야 할 시간의 경계선을 어떻게 아는 걸까요? 핏속에 그런 특별한 인자가 전해 내려오는 것일까요? 정말 궁금합니다. 새벽에 고래고래 소리 지르거나 부부싸움을 마다치 않는 이웃을 둔 사람으로서, 다시 한 번 개가 개 같지 않음을 확인합니다.

그나저나 새벽마다 절구질 소리가 들리는 윗집은 무엇을 하는 걸까요?

무교동에서 만난 두 엿장수

　인파로 넘쳐나는 점심시간의 무교동. 길가에 세워둔 두 대의 리어카가 행인들의 눈총을 받고 있었습니다. 둘 다 큼직한 엿판을 실었는데, 리어카의 주인들은 심각한 표정으로 이야기를 나누고 있었습니다. 그중 한 사람은 음식점 밀집 지역에서 붙박이로 장사하는 것 같았고 한 사람은 지나가는 길인 듯했습니다. '붙박이' 리어카는 조금 옹색해 보였지만, '지나가는' 리어카는 제법 규모가 큰 데다 모터까지 달아놓아서 계속 탈탈탈, 소리를 냈습니다. 오지랖 넓은 제가 그 광경을 그냥 지날 리가 없지요. 같은 업종의 떠돌이 장수들이 만나서 심각한 얼굴을 하고 있을 때는 영역 다툼일 가능성이 없지 않거든요. 게다가 쭈그리고 앉아 있는 '붙박이'의 주인은 병색이 완연했습니다. 리어카나 주인이나 모판에 누운 엿들까지 궁기가 절절 흐르는지라, 심장 언저리에 금세 통증이 어렸습니다. 가까이 가자 그들의 대화가 귀에 들어왔습니다.

"그러니까, 오랜만에 나온 거지?"

"예."

"에휴! 무교동은 잘 안 돼. 엿이 먹히지를 않아. 쯧쯧!"

쯧쯧, 혀 차는 소리 끝에는 한숨이 부록처럼 따라 나왔습니다. 저는 후우, 안도의 한숨을 내쉬었습니다. '지나가는' 리어카 주인의 음성에 '붙박이' 주인을 걱정하는 기색이 역력했기 때문입니다. 서로 잘 아는 사이인 모양입니다. '붙박이' 리어카의 주인이 아파 눕는 바람에 한동안 못 나왔던 겁니다. 선배인, '지나가는' 리어카 주인이 마침 그곳을 지나다 오랜만에 나온 '붙박이'와 만난 것이고요. 몸도 아프고 모터도 없으니 자신처럼 좋은 목을 찾아 돌아다닐 수 없는 후배에게 그가 할 수 있는 일이라고는 한숨 한 자락 보태는 것뿐이었습니다. 몸이 아파도 엿가락에 가족의 안위를 기댈 수밖에 없는 사내들의 한숨이 저를 자꾸 바닥으로 가라앉게 했습니다.

탈탈탈, 탈탈탈, 앞서가는 리어카의 뒤를 따라가면서 '엿이 먹히지 않는' 무교동이 미워졌습니다. 세상 사람들이 엿 좀 많이 먹었으면 좋겠다는 생각을 했습니다.

아! 혹시 욕처럼 들리나요? 그게 아닌데, 참 민망하군요.

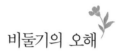

비둘기의 오해

　청계천 모전교를 건너다가 비둘기 한 마리를 만났습니다. 쓸쓸해 보이는 목덜미를 가진 그는, 길을 건너고 싶어 했습니다. 길 저쪽에 보고 싶은 이가 기다리고 있는 것 같았습니다. 하지만 신호등의 약속을 배운 적이 없으니, 길 하나를 건너는 일이 대장정만큼이나 어려워 보입니다. 조금 걸어가다 보면 차가 쌩 달려오고, 깜짝 놀라 섰던 자리로 돌아갔다가 이번엔 괜찮겠지 싶어서 다시 건너려다 보면 또 차가 달려오고. 그 광경을 지켜보던 제 입에서 기어코 한마디 터져 나오고 말았습니다.

　"바보!! 날아서 건너면 되잖아."

　그런데 그 비둘기는 자신이 날 수 있다는 사실을 잊어버린 것 같았습니다. 어쩌면 스스로를 닭이나 타조쯤으로 설정해놓고 있는지도 모릅니다. 뒤뚱거리면서도 오로지 두 다리에 삶을 맡긴 채 끊임없이 길 건너기에 도전하고 있었습니다.

그 순간 툭! 하고 머리를 때리며 지나가는 게 있었습니다. 나도 저 비둘기와 크게 다르지 않을지도 몰라. 분명 지금 이상의 능력이 있는데, 지레 포기하고 습관에만 의지하며 사는 건 아닐까? 비둘기의 날개처럼 유용한 걸 가졌는데도 쓰지 않는 바람에 퇴화한 건 아닐까?

저를 지켜보는 절대자가 있다면 자주 "바보!!"라고 외칠지도 모릅니다. 제 능력부터 차분히 뒤져봐야겠습니다.

아이의 옷을 받아들고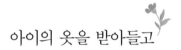

"어머니. 훈련소 들어간 작은 아이 옷하고 신발이 왔어요."

"그래, 그거 받을 땐 왜 그리 눈물이 나는지. 어미가 많이 울었겠다."

"어휴! 처음도 아닌데, 울 것까지야 뭐 있어요."

"그게 아니더라. 어찌 된 게 너희 형제 군대 갔을 때보다 손자들 군대 갈 때가 더 마음이 졸여지는지 모르겠다. 입소하는 날은 온종일 안절부절못했다."

"집안에서 마지막으로 가는 막내잖아요. 그래서 그럴 거예요."

전화기 저쪽, 어머니의 목소리는 벌써 물기가 흥건합니다. 얼마 전 입대한 막내 손자가 옷을 보내왔다는 소식에도 눈물 바람입니다. 눈물은 나이와 비례해서 많아지는 것인지도 모른다는 생각이 듭니다. 슬하에 키워낸 삼 형제를 모두 현역으로 보내고, 손자 셋까지 다녀왔는데도 아직 흘릴 눈물이 남아 있다니 하는 말입니다.

"네가 군대 갈 때 생각이 나서 더 그렇지. 그 아침에 너를 보내놓고 소나무에 기대서서 얼마나 울었던지. 우리 집으로는 참 험한 세월이 아니었더냐?"

삼십 년도 훨씬 더 지난 시간, 어머니는 둘째 아들의 입대에 기대어 온갖 설움을 쏟아놓으셨던 모양입니다. 그것도 고작 소나무에 대고. 가난과 핍박, 거듭되는 질곡의 시간…. 마음 놓고 울기도 어렵던 시절이었습니다.

"그런데 말이다. 손자 군대 갔다고 눈물을 흘리다 생각해보니, 그렇게 마음 놓고 울 일도 아니더라. 바닷속에 갇힌 아이들을 기다리는 부모들도 있는데. 그 심정하고 비교나 할 수 있겠더냐? 내가 흘리는 눈물은 사치더라."

"그럼요. 그 사람들 생각하면 우는 것도 조심스럽지요."

"대체 왜 이 모양이 되었다니? 별별 일을 다 겪는구나. 누가 잘못했기에 이런 일이 벌어지는 건지."

한탄이 앞서는 노인에게 뭐가 문제라고 일일이 짚어 드릴 생각까지는 없었습니다. 어머니 역시 딱히 대답을 원한 것도 아니었고요. 하지만 가슴에 이는 분노의 불길은 쉽사리 끌 수

없었습니다. 힘없고 먹고 살기에 급급한 사람들만 '내 탓이오'
라고 참회하는 세상, 그들의 눈물로 온 천지가 강이 되고 바다
가 되는 세상. 제 가슴이 삭아 없어질 때까지 '오늘'의 기억은
썩지 않을 것 같습니다.

낙제생의 꿈

가랑잎처럼 얇은 잠은 작은 바람에도 버석거리기 일쑤입니다. 뒤척거리다 간신히 잠든 새벽녘, 꿈을 꾸었습니다. 어느 시험장에 앉아 있었습니다. 무슨 시험인지 왜 그 시험을 봐야 했는지 정확하게 기억하지 못합니다. 어쩌면 어른이 되기 위한 자격시험 같은 게 아니었을까 짐작할 뿐입니다. 지금도 하얀 시험지가 선명하게 뇌리에 남아 있습니다. 시험문제는 대체로 상식을 묻는 것 같았습니다. 그리 어려워 보이지 않았는데 막상 풀려고 하니 하나하나가 함정을 품고 있었습니다. 문제의 성은 견고하고 앞으로 갈 수 없으니 등에서 땀이 흐르기 시작했습니다.

결론부터 말하면 저는 시험을 망쳤습니다. 절반도 풀지 못

했습니다. 앞에 있는 객관식 문제를 풀다가 허겁지겁 주관식으로 달려가기도 하다가, 절망이 절정에 다다를 무렵 시험지를 제출하라는 말을 듣고 말았습니다. 그 순간 잠에서 깼습니다. 현실로 돌아와도 꿈속에서 고통스럽던 장면은 찍어놓은 듯 선명했습니다. 대충 셈을 해봐도 낙제가 분명했습니다. 바둑 복기하듯 꿈을 하나씩 되짚어보다 흠칫하고 말았습니다. 아! 꿈이 현실이고 현실이 꿈이구나. 몸이 떨릴 정도로 통렬한 자각이었습니다.

저는 어른으로서 낙제임이 틀림없습니다. 부끄러울 염치도 없는 낙제생입니다. 물론 저만 낙제한 것은 아니겠지요. 우리들의 미래라고 떠들던, 어린 영과 육을 저 차갑고 어두운 바다에 가둬놓고 눈물이나 흘리는 이 나라의 어른들은 모두 낙제생입니다. 입에 열 개라도 할 말이 없어야 합니다. 며칠 동안 침묵으로 통곡했습니다. 제 입과 손끝에서 나오는 어떤 말과 글도 뻔뻔한 변명인 것 같아서 아무 의사 표현도 할 수 없었습니다.

정말 두려운 것은 우리 자신입니다. 전 국민의 집단 공황, 그게 바로 지금 우리의 모습일지 모릅니다. 이 시간이 지나면 위안과 위로는 날아가고 원망과 증오만 남을 것입니다. 서로에게 손가락질하고 돌을 던지는 일도 일어나겠지요. 아니, 이미 그런 조짐이 보입니다. 음습한 곳마다 음모론이 싹을 틔우고, 해

저처럼 깊은 슬픔 위에 '종북'이니 '좌빨'이니 하는 단어까지 덧칠합니다. 그런 우리가 무섭습니다. 당연히 치열하게 분노하고 잘잘못을 따져야 하지만, 잘못된 것에 대해서는 칼 대기를 서슴지 말아야 하지만, 잃어버렸거나 한 번도 갖지 못한 시스템을 반드시 갖춰야 하지만, 이런 방식은 아닙니다.

　아직은 누구에게 돌을 던지고 가르치려 들 염치를 찾지 못하고 있습니다. 아이들이 돌아오기를 바라는 소심한 기도를, 뭍에 두 발 딛고 있는 사람들에게 묻는 안부로 바꿀 실마리도 마련하지 못했습니다. 저는 어른이나 아비라고 불리는, 이 나라의 낙제생입니다. 저 멀리 남쪽 바다 팽목항에서 출발한 통곡이 제 귀 안에 이명으로 정착할 모양입니다.

대통령께 묻습니다

오늘 아침 신문에서 "지위고하 막론하고 문책"이라는 타이틀을 읽었습니다. 대통령께서 단호한 의지를 밝히셨더군요. 세월호 참사에 대한 국정 최고 책임자의 분노를 읽을 수 있었습니다. 당연한 분노였습니다. 하지만 아무리 눈을 씻고 찾아봐도 기사 속에 "나 자신의 책임을 통감한다", "뼈를 깎는 심정으로 자성한다"는 말은 없었습니다. "이번 참사의 원인을 제공한 사람, 의무를 위반한 사람, 단계별로 책임 있는 모든 사람에 대해 지위고하를 막론하고 민형사상 책임을 물어야 할 것"이라는 활자만 가득 눈에 들어왔습니다.

'책임'이라는 단어가 눈에 들어오는 순간 저는 궁금했습니다. 이 나라에서 일어난 일들의 최종 책임자가 누구일까요?

이 엄청난 사고를 책임져야 할 '최고最高'의 자리에 누가 있을까요? 혹시, 지금은 사고 수습이 먼저고, 이후에 책임지겠다는 생각일지도 모르겠습니다. 최고 책임자의 무거움으로 당연히 그리 해야 할지도 모르고요. 아니면, 최고 책임자가 일일이 모든 책임을 질 수는 없는 것 아니냐고 반문할지도 모릅니다. 동의합니다. 아무리 지휘 책임이 엄중하다고 하더라도, 국정 전체를 이끌어가야 하는 분이 작은 일까지 관여하고 책임을 질수야 없지요.

하지만 이번 참사는, 누가 길을 가다 떨어지는 간판에 맞은 사고가 아닙니다. 온 국민을 공황으로 몰아넣은, 문명국에서 일어나면 안 될 비극이 일어난 것입니다. 배가 물에 빠진 사고가 아니라, 눈앞에서 가라앉고 있는 배에서 우리의 아이들을 하나도 구조하지 못한 국가적 재난입니다. 나머지 국민은 죽어가는 아이들을 생중계 보듯 보고 있었던 것입니다. 이미 우울증이나 실어증에 걸린 사람, 평소와 달리 공격적 성향으로 바뀐 사람까지 나오고 있다고 합니다. 이 시간 이후 일어날 후유증은 엄청날 게 분명합니다.

다시 한 번 말하지만, 배를 침몰시키고 자신들만 살겠다고 도망친 자들보다 더 큰 죄악은 가라앉고 있는 배 안의 우리 국민을 구해내지 못한 것입니다. 최소한 세금을 걷고 병역의 의무를 요구하는 국가가 해야 할 일을 못 했기 때문입니다. 그

국가를 지금 누가 이끌고 있나요? 누가 책임자인가요?

혹시, 시스템을 정비할 시간이 부족했다고 말씀하고 싶으신가요? 이 정권은 일주일 전에 출범한 것이 아닙니다. 같은 이름을 쓰고 한솥밥을 먹어온 당에서 인수받은 지 일 년 하고도 몇 개월이 흘렀습니다. 정권이 출범하고 가장 중요한, 가장 일을 많이 할 시기를 보낸 뒤에 일어난 일입니다. 가장 큰 힘을 가진 시간에 우리의 어린 미래들을 물속에 묻었습니다. 혹시 어느 정치인 아들이 했다는 "국민 정서 미개" 운운하는 말이 귀에 달게 들리시는지요? 극성스런 몇몇 국민만 빼고 다들 그렇게 생각한다고 믿고 계시는지요?

어리석은 국민 중 하나가 부탁합니다. 아랫사람들 탓 이전에, 제발 이런 어이없고 원시적인 사고의 책임은 나에게 있다고 말씀해주세요. 앞으로 철저히 챙기겠다고 하세요. 자신의 종아리에 매질하는 부모의 심정으로, 물속에서 울지도 못하고 있는 우리 아이들의 어깨 한 번 안아주세요. 처벌은 법에 맡기고 우선 그 일부터 해야 정부에서 하는 일을 국민이 조금이라도 믿지 않을까요? 우리는 거기서부터 다시 시작해야 합니다.

그녀가 '피켓녀'가 된 사연

그녀의 연락을 받은 건 점심시간이 가까워질 무렵이었습니다. 그 시간에는 대부분 약속이나 나름의 계획이 있으므로, 느닷없이 점심을 먹자는 연락은 난감하기 마련입니다.

"무슨 일 있니?"

"아뇨. 뵙고 싶어서요. 내일이 스승의 날이잖아요."

아! 그렇구나. 꽤 오래전에 가르쳤던, 제자라면 제자들입니다. 그들이 기자로 갓 입사했을 때니, 알에서 깬 새가 첫 번째 보는 것을 어미로 알듯, 저를 스승으로 알고 매년 찾아옵니다. 이런 땐 아무리 중요한 약속이라도 뒤로 미루는 게 도리입니다. 꽃을 가져오지 않는다는 조건으로 점심을 함께하기로 했습니다.

음식점에 마주 앉으니 시간이 빚어놓은 거리 따위는 아무런 장벽이 되지 못합니다. 전보다 훨씬 밝아져서 다행입니다. 그녀도 세월만큼 나이를 먹고 저도 나이를 먹었지만 나이 차이에 의한 벽은 갈수록 얇아지는 것 같습니다. 조금 있으면 같이 늙어간다고 할지도 모르지요.

"소주 한잔할래?"

"네, 좋아요."

대답이 시원합니다. 전 같으면 낮술은 꿈도 못 꿨을 텐데. 그녀는 신문사를 그만둔 뒤 대학에서 직장생활 겸 공부를 하고 있습니다.

"그래, 별일은 없고?"

"음… 조금 있었어요. 최근에 공황장애로 고생을 좀 했거든요."

"공황장애? 왜 그런 게 네게 왔을까?"

그녀가 털어놓은 사연은 이랬습니다. 직장에 자기보다 늦게 들어왔지만 나이가 좀 많은 '언니'가 무척 억울하게 해고를 당한 모양이었습니다. 그 과정을 겪으며 권력 앞에서 아무것도 할 수 없는 자신을 발견했다고 합니다. 뭔가 해주고 싶은데, 항변이라도 하고 싶은데 할 수 없더라는 것이지요. 그건 엄청난 고통이고 절망이었습니다. 그 끝에 찾아온 게 공황장애였습니다. 의사는 아무것도 하지 말라고 권하더랍니다. 책도 읽지 말고 어떤 관념에도 반응하지 말라고.

어느 정도 좋아질 무렵 그녀는 큰 결심을 하게 됩니다. 내면에서 쏟아져 나오는 소리를 들었답니다. 개인의 안위에서 벗어나 통렬하게 자유를 외치라고. 이 시대의 무도한 권력에 대해크게 소리치라고. 권력으로부터 입은 상처에 대한 반동이었을거라고 짐작합니다. 그래서 피켓을 들고 광화문 세종대왕 동상 앞으로 갔다고 합니다. 오래전에 살다 간 대왕에게라도 이잔혹한 시대를 고발하고 싶었다는 거지요. 조금은 소심한 성격 때문에 저를 걱정시켰던 그녀가 어찌 그런 결심을 했는지는 아직도 모르겠습니다. 정치적 성향이 짙거나 이데올로기에매몰될 만한 친구가 아니기에 더욱 그렇습니다. 그녀의 피켓에는 이런 문장들이 쓰여 있었습니다.

권력과 자본, 이익에 익사 당하고 있는 대한민국. 저부터잊지 않겠습니다. 여러분도 기억해주십시오.

그녀의 일인 시위는 그렇게 시작됐습니다. 말로는 쉽지만 얼마나 어려운 일이었을지 짐작이 갑니다. 다른 이들과 연대하는 릴레이 시위도 아니고 조직에 속하지도 않은, '소심'하기 그지없던 한 직장인이 대중 앞에 피켓을 들고 섰습니다. 자신의이익이 아니라 참혹한 시대를 고발하기 위해서.

"제 안의 부르짖음에 응하고 싶었을 뿐이에요. 생명보다 중시되는 자본과 권력에 그건 아니라고 외치고 싶었어요. 인간의 존엄이 땅바닥에 떨어진 마당에, 아니라고 할 자유마저 빼앗길 수는 없잖아요?"

반문으로 마감한 고백 앞에 저는 마땅한 대답을 찾지 못했습니다. 사실 무슨 할 말이 있겠습니까? 안위에 기대 세끼 밥을 꼬박꼬박 챙겨 먹는 저 자신이 부끄럽고, 그녀를 광화문에 세운 현실이 아프고, 주기보다는 받는 것만 기억하는 국가라는 존재가 슬퍼서 선지 같은 속울음을 울 뿐이었습니다.

"그런데 참 우습지요? 제가 시위를 하니까 경찰이 '보호'를 해줘요. 그것도 두 명씩이나 나와서. 제가 무슨 일이라도 저지를까 봐 그랬겠지요? 차라리 그들이 가여웠어요."

그녀의 말이 끝났는데도, 제 안에는 쿨럭쿨럭 강물이 흘렀습니다. 어제의 숙취가 고스란히 남은 몸은 자꾸 아우성쳤지만, 저는 그저 술잔을 비우는 수밖에 없었습니다. 한편으로는 자랑스러웠습니다. 비록 글쓰기 몇 줄이지만, 제가 가르친 제자가 올바른 정신으로 시대의 오욕에 돌을 던질 수 있다는 것. 이 부박한 시대에 저는 감히 이런 젊은이들을 소망합니다.

유치장으로 간 가수

　　그녀는 착합니다. 눈물 많고 불의에 분노하는 사람들이 그렇듯 크고 깊은 눈을 갖고 있습니다. 세상 물정에 그리 밝지 못합니다. 시위 전력 같은 것은 없습니다. 그녀의 직업은 '무명 가수'이고 음악과 밥을 위해 아르바이트도 합니다.

　　그녀가 경찰서 유치장에 들어간 것은 지난 일요일이었습니다. 그리고 마흔한 시간 만에 석방됐습니다. 평소에는 경찰서가 어디 있는지도 모르고 살아왔습니다. 물속에 갇힌 아이들의 참혹한 희생을 애도하던 현장에서 연행됐습니다. 그녀는 수갑 찬 손을 찍은 사진을 SNS에 올렸습니다. 자신의 손에 채워진 폭력의 증거를 남기고 싶었다고 했습니다. 하지만 그 손에 왜 수갑을 차야 했는지는 끝내 납득하지 못했습니다. 연행 당하던 순간 이유를 물었지만, 명쾌한 대답을 듣지 못했습니다.

그녀가 "대통령 물러가라"고 외치기 위해 광화문에 간 것은 아닙니다. 물속에 있는 아이들에게 미안해서 "내가 죄인"이라고 고백하러 갔다고 했습니다. 어떻게 죄를 빌어야 할지 몰라 그냥 서 있었다고 했습니다. 피켓 같은 것은 들 기회도 없었습니다. 그런데 그 손에 수갑이 채워졌습니다. 오직 기타를 치고 젬베라는 악기와 희로애락을 함께하던 손에. 그래서 그녀가 특별히 억울하다는 뜻은 아닙니다. 누구 하나 억울하지 않을 수 없는 세상이니까요. 그 수갑이야말로 우리 모두의 손목에 채워진 시대의 질곡이니까요.

제가 소식을 듣고 전화했을 때, 그녀는 되레 걱정시켜서 미안하다고 했습니다. SNS를 통해 사진을 먼저 본 저는 수갑을 찬 손이 정말 네 손이냐고 자꾸 물었습니다. 통화하는 내내 가슴 속을 쿵쾅거리며 흐르는 강물 소리를 들었습니다. 치밀어 오르는 분노와 미안함으로 머릿속이 하얗게 바랬습니다. 대체 누가 누구의 손에 쇠고랑을 채운단 말입니까. 그녀의 손에서 제가 지금 앓고 있는 분노의 실체를 확실하게 실감했습니다.

그녀는 전사가 되겠다고, 이제부터는 정말 가만히 안 있겠다고 했습니다. 천사로 살아온 사람을 순식간에 전사로 바꾸는 나라, 대한민국에 사는 그녀의 이름은 가수 디안입니다. 인디언처럼 맑고 자유로운 영혼을 가진 디안입니다.

꽃도 염치가 있거늘

"올해는 유난하게 꽃이 빨리 피었다 지는 것 같지요?"

서촌의 한옥에서 열린 작은 음악회를 마치고 집으로 가는 길이었습니다. 행사의 진행을 맡았던 바리톤 S와 선배 한 분, 그리고 제가 탄 택시는 복잡한 시내를 벗어나 성북동 고갯길을 넘어가고 있었습니다. 이 길의 아카시아 향이 좋다는 이야기는 제가 꺼냈고, 올해는 꽃이 빨리 피었다 진다는 애기는 S가 했습니다.

"꽃이 피었다 진다는 표현조차 어색해져버렸어. 가랑잎에 불붙인 것처럼 순식간에 화르르 타고 마는구먼."

가만 돌아보면 정말 그렇습니다. 꽃조차 '꽃'이라고 밝은 얼굴을 내밀지 못하고 도망치듯 왔다 갑니다. 아카시아가 핀 줄도 몰랐는데 벌써 져버렸다고 합니다. 5월의 꽃이 4월에 피고 6월의 꽃이 5월에 피는 것이야 그러려니 하지만 올해는 조금 더 유난스럽습니다.

'나무도 자식을 키우는 생명이니, 오랫동안 환하게 꽃을 피우기가 미안했던 게지.'

분위기가 우울해질까봐 차마 뱉지 못하고 입안에서 굴린 말입니다. 저는 정말 그렇게 믿습니다. 꽃이 피고 지는 섭리, 불변의 질서가 무너질 정도의 큰일이 우리 곁에서 일어난 것입니다. 그런데도 돈이나 출세를 사람보다 앞에 세우는 이들, 종교의 본질을 망각한 이들은 끊임없이 허튼소리를 해댑니다. 꽃조차 쫓기듯 왔다 가는 이 땅에 욕심과 반목과 눈물이 우르르 피어납니다.

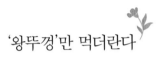

'왕뚜껑'만 먹더란다

"어휴! 속상해. 글쎄, 왕뚜껑만 먹고 다른 건 쳐다보지도 않는 거야."

"하하, 그럴 수도 있지 뭐. 제 입에 당기는 것 먹었으면 된 거야. 여자들도 임신하면 엉뚱한 게 먹고 싶어진다면서. 걔도 낯선 세상을 품으려니 심정적 임신 상태인 게지."

아내의 마음을 모르는 건 아니지만, 위로하기 위해서라도 그렇게 눙치는 수밖에 없었습니다. 5월, 그 슬픔의 도가니 속에서 입대한 작은 아이가 얼마 전 별문제 없이 훈련소에서 퇴소했습니다. 입대하기 전에는 꽤 소극적이던 아이였는데, 훈련 중에 보낸 편지를 보면 다른 아이로 바뀐 것처럼 씩씩해져 있었습니다. 모든 상황을 긍정적으로 받아들이고 스스로 해결

하려는 태도가 역력했습니다. 훈련 성적이 좋아서 제 엄마에게 '포상 전화'를 하기도 했습니다.

요즘은 훈련을 마치는 날 면회를 허용합니다. 부모들이 가서 첫 계급장을 달아주는 행사를 한다는군요. 저도 아이를 보고 싶었지만 도저히 시간을 낼 수 없었습니다. 결국 제 엄마만 아이 친구들을 태우고 면회를 갔습니다.

아이는 훈련소에서 보내는 마지막 편지에서 먹고 싶은 것들을 적어 보냈습니다. 그런데, 그 품목이 좀 뜻밖이었습니다. 컵라면의 일종인 왕뚜껑과 제주감귤주스. 대체 입대하기 전에 즐기지도 않던 그런 음식이 왜 먹고 싶어졌을까요. 부록으로, 휴가 가면 먹고 싶은 음식들의 목록도 있었는데, 그건 비교적 '건전'했습니다. 제 엄마에게는 두부가 많이 들어간 된장찌개를 주문했고, 제게는 어릴 적부터 해주던 '오뎅탕' 등 몇 가지 음식을 주문했습니다.

면회 가기 전날 아내는 밤을 새우다시피 했습니다. 왕뚜껑과 제주감귤주스를 사뒀다고는 하지만, 엄마의 마음이 어찌 거기서 끝날까요. 불고기도 재고 아이가 먹고 싶다는 된장찌개도 끓이고…. 그리고 나서 빗속을 운전해서 논산으로 갔습니다. 그런데 막상 아이는 왕뚜껑에만 눈이 간 모양입니다. 저라도 속상했을 것 같습니다. 성의를 생각해서라도 이것저것 마구 좀 먹어주지. 그래도 돌아온 아내는 행복한 표정이었습니다. 아이가 정말 밝아졌다고, 적응을 잘하는 것 같다고. 군대 체질이 아닌지 걱정된다고… 칭찬에 침이 말랐습니다.

성장 과정에서 아픔이 컸던 아이입니다. 그러니 군대로 보내면서 유난히 걱정이 많았습니다. 직접 만나보지는 못했지만, 씩씩해진 아이를 품에 안은 듯 든든했습니다. 그렇게 아이는 어른이 돼가고 저는 또 늙음, 저쪽으로 한 걸음 걸어갔습니다.

시가 오지 않는 이유

"그러니까… 세월호 참사를 겪고 나서 사람들이 엄청나게 피폐해진 거예요. 안정을 찾은 것처럼 보이지만, 표면상 그럴 뿐입니다. 조금만 안으로 들어가면 벌건 상처를 그대로 싸안고 있지요. 아픔은 쉽사리 치유되지 않을 겁니다. 지금 정부를 보세요. 트라우마를 치료해줄 만한 자세가 전혀 안 돼 있 잖아요?"

"국민들이 피폐해졌다는 것을 무엇으로 확인할 수 있을까요?"

"곳곳에서 나타나지요. 여럿이 모이는 장소에 가보면, 사람들이 전보다 훨씬 날카로워졌다는 것을 확인할 수 있어요. 소리 지르고 싸우는 사람도 많아졌고요. 무엇보다 결정적인 증

거는, 제가 시를 쓸 수 없다는 거예요. 그 시간 이후 단 한 줄의 시도 못 썼거든요."

얼마 전 지인과 나눈 대화입니다. 시를 못 쓰게 됐다고 투덜거린 사람이 바로 접니다. 정말 세월호의 참사 이후 단 한 줄의 시도 쓰지 못했습니다. 아니, 책조차 제대로 못 읽고 있습니다. 몇 달 동안 글 배우는 아이처럼 떠듬떠듬 소설집 한 권 읽은 게 전부입니다. 마치 제 안의 어느 기관 하나가 철저하게 고장 난 것 같습니다. 시가 솟아나는 샘이 있다면 완전히 말라버린 거지요. 명색이 시인인 사람으로서는 큰 비극입니다. 그래서 날마다 절박한 심정입니다.

문제는 저만 그런 게 아니라는데 있습니다. 며칠 전 지인에게 들은 이야기인데, 소설을 열심히 쓰던 친구가 완전히 펜을 놓았다고 합니다.

"이런 시대에 '픽션'이 무슨 의미가 있어요?"

그가 글쓰기를 접으며 남긴 말이라고 합니다. 그 말을 이해할 수 있습니다. 우리는 픽션보다 더 픽션 같은 시대에 살고 있으니까요. 믿을 수 없는, 믿고 싶지 않은 일들이 버젓이 일어나고 있으니, 작가들이 패닉에 빠질 수밖에 없지요. 물론 모두가 그런 건 아니겠지요. 외부적 충격에 특별히 민감한 사람들이 있으니까요.

말라버린 샘에서 다시 시가 솟아나기를 간절하게 바라고 있

습니다. 시간에만 맡기는 게 아니라 능동적으로 찾아보려 애
씁니다. 여행이 가장 좋다는 건 아는데, 늘 떠날 만한 형편은
아니고…. 엊그제는 시집을 잔뜩 샀습니다. 평소에 조금씩 읽
어내던 시 소비행태에 비하면 엉뚱한 짓이지요. 일종의 충격요
법이라고 할 수 있습니다. 다른 이들이 조탁彫琢한 언어를 약
삼아 삼키거나 사유의 세계에서 헤엄치다 보면, 무엇 하나 정
도는 마중물 역할을 할지도 모른다는 기대감 때문입니다.

제게 다시 시를 준다면 정말 치열하게 쓰겠습니다. 세상에
위로가 되는 꽃 한 송이씩 피워 빈 가지마다 걸겠습니다.

망각이 가장 무섭다

대한문 앞에서 건널목을 지나 시청 광장을 지나치는 길은 쓸쓸했습니다. 걸음은 허방다리라도 디딘 듯 허청거렸습니다. 저만치에서 들리는 노랫소리 때문에 더 그랬는지도 모릅니다. '별들과의 동행'이라는 이름으로 하늘로 올라간 아이들과 함께 진도 팽목항까지 걸어가는 사람들. 그들의 먼 걸음을 응원하고 돌아오는 길이었습니다. 최악의 컨디션으로 무대에 서서, 하늘나라로 간 아이들에게 보내는 편지를 읽었습니다.

마음 역시 행사가 진행되는 내내 불편했습니다. 무대 앞에 앉은 사람들의 초라한 모습 때문이었습니다. 고작 수십 명. 그것도 관계자들이 더 많은 현실. 행사를 준비한 사람들의 수고와 먼 길을 걸어야 할 사람들의 예정된 수고 앞에 자꾸 미안해졌습니다. 유가족 대표의 떨리는 목소리를 들으며 어딘가 숨고 싶었습니다. 아닙니다. 냉혹할 정도로 무관심한 눈길에 질려버린 게 먼저입니다. 대부분의 이런 행사는 이제 '그들만의 광장'에서 치러진다는 것쯤은 아니까요.

워낙 많은 사람이 지나는 길이어서 앉아 있는 이들의 모습이 더욱 초라해 보였는지도 모릅니다. 행인들은 애써 행사를 외면했습니다. 가수 디안 팀이 노래를 부를 때도 마찬가지였습니다. 가끔 이쪽을 바라보는 사람들도, 시선 속에는 아무것도 들어 있지 않았습니다. 세월호는 이미 먼 나라 사람들의 이야기였습니다. 그나마 미안한 표정으로 종종걸음을 치는 사람에게서 실낱같은 위로를 얻을 수 있었습니다. 마치 이방인들의 행사를 보는 것 같은 눈들 앞에서 망각의 힘을 절감했습니다. 그들이 사실은 저 자신의 다른 모습일지도 모른다는 자각에 두려워졌습니다.

"어휴, 저 극성들…."

"지금이 몇 월인데 아직도 세월호야?"

"대체 언제까지 지나간 일을 붙잡고 있을 건데?"

"이제 그만들 좀 하지."

이런 소리가 들리는 듯했다면, 제 삐딱한 선입감 때문이겠지요. 아니, 제 특유의 과장법 탓이겠지요.

기억을 강요하고 싶은 생각은 절대 없습니다. 그래서는 안

된다는 게 제 지론입니다. 별로 한 일도 없이 위화감을 줄까봐, 세월호와 관련해서 무언가 했다는 말조차 함부로 하지 않았습니다. 괜히 혼자만 횃불을 든 척해서 생각과 행동이 다른 사람들에게 부담을 주는 것 역시 잘하는 일은 아니라고 생각했습니다. 그 무엇도 각자의 마음에 달렸기 때문입니다.

이제는 추스르고 앞으로 나아가자는 목소리에도 귀를 기울여야겠지요. 물론 저는 아직 그럴 수 없습니다. 아이들과 아이들의 부모가 잃어버린 초롱초롱한 눈빛, 오월의 찔레 순처럼 하루가 다르게 자라던 꿈, 마지막 순간에 맞이했을 공포와 절망과 배신감, 아무것도 해주지 못한 어른들…. 그런 생각들이 곁을 떠나지 않기 때문입니다. 무엇보다 아무것도 달라지지 않았기 때문입니다. 이번만큼은 잘못된 것을 바꾸겠다던 다짐은 허공을 헤매는데, 모르는 척하며 앞으로만 달리자고 합니다. 관행은 관행대로 불의는 불의대로 시퍼런 칼날을 잠시 감추고 있을 뿐인데… 이젠 정말 아무 일도 없었다는 듯 세상은 빠르게 돌아갈 것입니다.

시청을 지나 광화문 앞에서 축구경기 응원을 준비하는 사람들과 만났습니다. 경쾌한 응원가가 지친 걸음을 자진모리장단으로 몰아댔습니다. 두 발은 쫓기듯 앞으로 나가는데 눈은 자꾸 대한문 쪽으로 돌아갔습니다. 몇몇이 앉아서 슬픔을 되새김질하고 있을 그곳으로….

칼국수 집에서 만난 부자

낙원동 할머니칼국수집은 점심시간이면 줄이 늘 깁니다. 한참 기다려 자리를 잡고 보니 옆자리에 부자父子로 보이는 두 사람이 앉아 있습니다. 아들은 사복을 입었지만 머리 모양으로 한눈에 군인이라는 걸 알 수 있습니다. 무엇이든 무심히 넘기지 못하는 저는 머릿속에 그림을 그려 봅니다. 군에 간 아들이 휴가를 나와서 종로에서 일하는 아버지에게 인사하러 왔고, 점심으로 칼국수를 먹으러 왔구나.

부자는 별 대화도 없이 칼국수를 부지런히 먹습니다. 할머니칼국수집이 유명한 것은 양이 무척 많기 때문이기도 합니다. 게다가 사리를 더 달라고 하면 듬뿍 추가해줍니다. 한참 먹다 말고 아들이 슬며시 젓가락을 놓습니다. 아버지가 의아하다는 표정으로 묻습니다.

"왜 젓가락을 벌써 놓아?"

"다 먹었습니다."(말투로 보아 군기가 바짝 든 졸병임에 틀림없습니다.)

"뭐? 벌써? 이렇게 잔뜩 남았는데?"

"요즘 많이 못 먹습니다."

"어휴, 참, 애를 데려다가 양을 잔뜩 줄여놨구나."

무슨 소린지 짐작이 갑니다. 전에는 그렇게 잘 먹던 아들인데 군대 가서 제대로 못 먹는 바람에 양이 줄었다는 뜻이겠지요.

물론 현실과는 거리가 있는 걱정입니다. 요즘 군대에서 배곯는다는 소리를 들어본 적이 없거든요. 어려운 시절에 군 생활을 한 아버지의 마음이라 그렇겠지요. 저도 크게 다르지 않습니다. 군에 간 아이가 휴가를 나올 때마다, 먹는 건 제대로 먹는지 자는 건 편한지 괴롭힘을 당하진 않는지 꼬치꼬치 묻고는 합니다. 그러면서 조금 더 먹으라고 성화를 부립니다. 오래전, 아버지가 말 없는 말로 제게 그리하셨듯이.

아내의 막말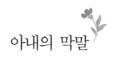

"그런 것들은 한꺼번에 쓸어다가 그냥…."

아침밥을 차리던 아내가 뜬금없이 저주에 가까운 말을 내뱉습니다. 평소에 날 선 말을 아끼던 사람이라 식탁에 앉던 제가 흠칫 놀랍니다.

"그런 것들이 누군데?"

"아! 그 군인들 말이야. 후임병을 구타해서 죽였다는…."

아, 그렇구나. 그 사건 때문에 저 사람이 며칠째 가슴앓이를 하는구나. 아침 식탁이 싸늘하게 식어갑니다.

다른 표현이 생각나지 않는, 말 그대로 끔찍한 일입니다. 어떻게 그런 일이 일어날 수 있는 것인지. 같은 젊은이끼리 조금 일찍 입대했다고 수없이 구타하고 치약을 강제로 먹이고 가래

침을 뱉어 핥아먹게 했다는. 아! 글을 쓰면서도 자꾸만 돋아
나는 소름에 몸서리칩니다. 그리고 눈물이 흐릅니다. 성기에
'안티프라민'을 발랐다거나 하는 내용이 떠오르면 인간의 근
본적 가치에 대해 고개를 젓게 됩니다. 이게 정말 사람이 사람
에게 저지를 수 있는 일일까? 인간 본성의 그 끝에는 대체 무
엇이 기다리고 있는 것일까?

그 아이는 맞아 죽은 게 아니라, 존재를 근본적으로 부정당
한 것입니다. 그것도 가장 비참하게. 이제 어떻게 사람에게 존
엄이란 말 따위를 붙일 수 있을까요.

잠시 멈췄던 아내의 푸념이 이어집니다.

"한번 생각해봐. 스물한두 살, 그 어린 것이 얼마나 아프게
죽어갔겠느냐고. 그렇게 자식을 잃은 부모는 또 어떻게 살아
가겠느냐고…"

끝내 말끝이 흐려집니다. 저 역시 제 잘못도 아니면서 고개
를 숙이고 맙니다. 아내가 심하게 화를 내는 데는 그녀만의 이
유가 있습니다. 작은아이 역시 군에 복무 중이기 때문입니다.
최근 빈번해진 사병들의 자살, 타살 사건들이 매스컴을 탈 때
마다 자신의 아이를 거기에 대입시키고는 몸서리를 치는 것이
겠지요. 저 역시 그 마음과 별반 다르지 않으니 할 말이 없습
니다. 어느 부모인들 안 그렇겠습니까. 귀하게 키운 자식을 남
의 손에 맞아 죽게 만들다니.

사고의 폭을 넓혀보려 아무리 애써 봐도 인간이 그 정도로 잔혹해질 수 있다는 것을 이해할 수 없습니다. 그게 어찌 그들만의 일일까요. 따지고 보면 우리 사회 곳곳에 그에 못지않은 폭력이 횡행하고 있는 것은 아닐까요? 배려는 오래전에 실종되고 눈앞에 보이는 이득을 위해 함부로 휘두르는 폭력. 어른들의 이기利己에 가득 찬 행태가 우리 아이들을 그렇게 키운 건 아닐까요? 성찰과 반성하는 법을 아이들에게 가르치지 않은 것이지요. 아니, 생각하는 방법까지도 빼앗아버린 것이지요. 죽거나 죽인 건 '그 집 아이'가 아니라 '우리들의 아이'입니다.

나도 폐소공포증일까?

살다 보면 종종 이상한 일들을 겪게 됩니다. 며칠 전 가까운 이와 점심을 먹다가 '길 잃는 증상'에 대한 이야기를 들었습니다. 극도로 스트레스를 받은 뒤에 나타난 증상이라고 합니다. 특별한 이유도 없이, 어느 날 갑자기 길을 잃기 시작했다고 하지요. 평소에 다니던 길도 어떻게 가야 할지 막막해지더랍니다. 심지어는 집으로 가는 버스에서 내려서, 집으로 가는 길이 생각나지 않기도 했답니다. 자신이 사는 집이 저만치 보이는데도 말입니다. 의사와 상담했더니 일종의 폐소공포閉所恐怖라고 하더랍니다. 폐소공포, 참 여러 곳에서 듣게 되는 이름입니다. 흔히 '폐쇄공포'라고 알고 있는.

그와 헤어져 들어오는 길에 지하철을 탔습니다. 두 정거장이니 평소라면 걸어갔을 텐데, 몸과 마음이 극도로 지친 상태여서 차를 이용할 수밖에 없었습니다. 이상한 일은 전철 안에서 일어났습니다. 분명 똑바로 정신을 차리고 있었는데 둘러보니 한 정거장을 더 온 뒤였습니다. 시청에서 내려야 하는 것을 서울역까지 간 것이지요. 부랴부랴 반대쪽으로 돌아가면서도 저에게 일어난 일을 믿을 수 없었습니다. 그 짧은 시간에 졸았을 리는 없는데. 평소에는 전혀 없었던 일인데.

불행은 혼자 오지 않는다고 했던가요? 그런 특별한 일도 혼자 오는 건 아닌 모양입니다. 지하철에서 내려서 회사 엘리베이터를 탔습니다. 평소처럼 편집국으로 가는 3층을 눌렀는데 정신을 차리고 보니 4층이었습니다. 어떻게 이런 일이 연거푸? 물론 제가 버튼을 잘못 눌렀으니 그런 일이 일어난 것이겠지요. 하지만 그 역시 평소에는 없었던 일입니다. 우연의 일치라고 결론을 내리면서도 자꾸 고개를 갸우뚱거릴 수밖에 없었습니다. 그리고 보면 최근 극도의 스트레스를 받았습니다. 결국 그 스트레스가 주의력을 떨어트림으로써 일이난 일이겠지요. 물론 폐소공포와는 상관이 없을 테고요.

그런 일을 겪고 난 뒤 가만히 생각해보니 조금 우습다는 생각이 들었습니다. 스트레스의 원인은 제 안에 있으니까요. 모든 게 스스로의 탓이지요. 타인의 말과 행동으로부터 받은 스트레스라고는 하지만 그냥 무시하고 갈 수도 있는 일이었습니다. 평소에 마음을 잘 닦은 사람이라면 별일도 아니었겠지요.

아! 내가 잃어버리는 모든 것들, 길이든 시간이든 사람이든 결국 스스로 선택한 것이구나.

가끔은 길을 잃어버리기도 할 일입니다. 다른 길을 만날 기회를 주거나 조금 다른 시각으로 자신을 돌아볼 수 있게 해주니까요.

〈길을 떠나며〉를 듣는 아침

어느 해 봄이었습니다. 스님은 단 하나 남은 보험을 해약했습니다. 그 말을 듣는 순간 저는 기어이 목소리를 높이고 말았습니다.

"아니, 무슨 일이 생기면 어쩌려고 보험까지 깨!"

"형님, 괜찮아요. 지금으로써는 그 방법밖에 없어서요. 레슨비도 필요하고 곡도 받아야 하고…"

그가 보험을 깬 이유는 순전히 음반을 내겠다는 꿈 때문이었습니다. 즉, 가수가 되려는 것이었습니다. '중노릇이나 잘하지. 가수는 무슨 가수람?' 그는 그런 시선쯤은 아랑곳하지 않았습니다. 음반을 내야 할 명분이 분명했기 때문이지요.

그의 꿈은 보통 사람들의 생각에서 조금 벗어나 있었습니다. 은퇴한 시각장애인 안내견들이 안락한 노후를 보낼 수 있는 '개 양로원'을 만들어주는 것이었으니까요. 불편한 누군가의 눈이 되어 비바람을 견디며 살았으니, 조금 행복한 여생을 살다 갔으면 좋겠다는 생각이었습니다. 그런 꿈을 갖게 된 배경에는, 그와 오랫동안 영혼의 교감을 가져온 시각장애인 친구와의 우정이 있었습니다. 그 친구의 눈이 돼주던 안내견의 은퇴가 그런 생각을 하는 계기가 되었고요.

보험을 깬 뒤에도, 그는 필요한 비용을 만들기 위해 솟대를 만들었습니다. 그의 나무를 다루는 솜씨는 신기에 가까울 정도로 뛰어납니다. 틈만 나면 산에 올라가 쓸 만한 나무를 구해오고 깎고 다듬었습니다. 쓸모없어 보이던 나뭇가지들은 오래지 않아 빼어난 모습의 솟대가 되었습니다. 하늘의 뜻을 땅에 전하고, 이 땅 가난한 백성의 소망을 하늘에 올리는 솟대. 어쩌면 그는 노래와 솟대를 통한 깨달음을 간절히 구하고 있었는지도 모릅니다.

솟대를 만드는 틈틈이 가사를 쓰고 노래를 연습하던 그가 느닷없이 백양사로 떠났습니다. 행자 생활을 하고 계를 받은 아버지 절 백양사. 그곳에서 소임을 맡기기 위해 그를 부른 것입니다. 다음 해였던가요. 백양사를 찾아가서 그를 만났을 때도 그는 노래를 놓지 않고 있었습니다. 아니 의지가 더욱 날카롭게 빛나고 있었습니다. 바쁜 와중에도 가수 인디언 수니와 함께 산사 음악회를 열어 대중을 만나고 있었습니다. 스님의 법명은 '수안'입니다. 속세의 인연으로는 제 고향 후배이면서 오랜 지기이기도 하고요.

그렇게 시간이 흐르고, 엊그제 그에게서 소포가 왔습니다. 정성스럽게 싼 봉투 안에서 CD 한 장이 나왔습니다. 솟대를 만드는 그의 사진, 그리고 〈길을 떠나며…〉라고 적힌 제목. CD 를 두 손에 쥐니 그가 보낸 따뜻한 기운이 제게 고스란히 전해졌습니다. 노래를 듣기 전에 제목부터 하나씩 쓰다듬었습니다. '그랬구나', '비 내리는 산사', '언제나 어디에나', '참 다행이다', '함께 걸어요'…. 노래들에 배어 있을 땀과 온 누리의 평화를 바라는 마음이 제게 배어들었습니다.

개의 착각에 관한 이야기

'개만도 못한 인간', '개 같은 놈'…. 사람을 욕하거나 비하하고 싶을 때 슬그머니 개를 끌어다 붙이는 경우가 많습니다. 한데, 개들은 저희끼리 '인간만도 못한 개'라는 소리를 하며 살지도 모른다는 생각이 듭니다. 제가 겪거나 들은 이야기를 새겨보면 더욱 그렇습니다.

오래전 제 형님 집에 진돗개가 한 마리 있었습니다. 이 개가 얼마나 영리한지 제 주인의 친척들은 한 번만 봐도 절대 잊어버리지 않았습니다. 사람을 기억하는 것 정도야 신기할 것도 없지만, 주인과 같은 핏줄을 가진 사람과 그렇지 않은 사람을 정확히 판별하는 것이었습니다. 매일 만나도 가족이 아닌 사람에게는 가차 없이 이빨을 드러내지만 친척들 앞에서는 순한

양이었습니다. 제 아이가 어렸을 때, 멋모르고 달려들어 괴롭혀도 짜증 한 번 내는 법이 없었습니다. 마치 다 큰 형이 동생을 돌보듯 놀아주고는 했습니다.

길고양이가 집에 들어와서 새끼를 몇 마리 낳아놓고 간 적이 있었습니다. 어머니는 불쌍하다고 우유를 먹이며 그 고양이들을 키웠습니다. 새끼들이 조금 자라서 재롱을 떨며 돌아다닐 무렵, 어느 날 개가 모두 물어 죽였더랍니다. 항우장사도 끊을 수 없을 것 같았던 튼튼한 쇠줄을 끊고.

제 형님은 그 개를 즉시 팔아버렸습니다. 피를 본 개와 같이 살 수 없다는 게 이유였습니다. 그리고 단골 수의사에게 들러, 그렇게 순한 개가 어떻게 그리 잔인한 짓을 저지를 수 있느냐고 물어봤답니다. 수의사 말로는 충성스런 개일수록 집 안에 사람 이외의 움직이는 물체를 그냥 두고는 못 산다고 합니다. 다른 짐승이 집 안에 돌아다니면 단 한 가지 생각만 한다는 것입니다.

'저것이 언젠가는 내 주인을 해칠 것이다.'

그래서 수단과 방법을 안 가리고 없애버린다는 것이지요. 그 개는 오로지 주인의 위험을 막겠다는 일념으로, 목에 상처가 나도록 쇠줄을 끊고 거사를 벌였던 겁니다. 그 충성이 주인에게 버림받을 계기가 될 줄은 꿈에도 모른 채.

이 이야기를 지인에게 했더니, 자기 집 개는 그런 폭력은 저

지르지 않지만 정말 웃긴다는 것이었습니다. 애완견 한 마리를 키우는데, 집 밖으로 데리고 나가기만 하면 창피해서 못 견디겠답니다. 다른 개들만 나타나면 눈부터 돌아간다는 것이지요. 개들의 모습이 저만치만 보여도 비실비실 깨갱깨갱…. 정도가 워낙 심하니 그 주인도 왜 그러는지 궁금했던 모양입니다. 어느 날 유명하다는 수의사를 찾아갔다지요. 수의사의 답변은 명쾌했습니다.

"하하. 그럴 이유가 있지요. 집 안에서만 키운 개들은 자신을 사람이라고 생각합니다. 절대 자신이 개인 줄 모르지요. 그러니 어린아이들이 개를 만났을 때처럼 무서워하는 겁니다. 걱정 마시고 그저 집 안에서 딸 키우듯 열심히 키우세요."

가끔은, 개만도 못하지 않게 사는 것도 만만치 않다는 생각을 합니다.

'찍퇴'를 아십니까?

"찍퇴가 뭔지 아세요?"

"찍퇴? 구두닦이들이 쓰는 말이에요?"

"하하. 그건 '찍새'라고 하고요. 회사 측에서 직원을 콕 찍어서 퇴사시키는 걸 말한다고 하네요."

"허! 그것참…."

"그러고 보면 우리는 복도 많은 거예요. 그런 시대에 정년퇴직이라는 걸 해보니…."

퇴직을 며칠 앞두고, 동료와 나눈 대화입니다.

'찍퇴'는 신문에서 본 신조어입니다. 퇴직과 관련해서 쏟아지는 숱한 말 중 하난데, 요즘 금융권에서 유행하고 있다고 하네요. 퇴직 대상자를 찍어 놓고 회사 측에서 집요하게 설득한다고 해서 생긴 말입니다. 말이 설득이지 열 차례도 넘게 면담 장소에 부른다니 강요와 다르지 않겠지요. 거부하면 "상황이 다 끝났으니 어디 한번 견뎌 보라"고 악담까지 퍼붓는다고 합니다. 명퇴자 목표치에 미달한 금융사들은 무연고지 발령 등을 내세워 '거부자'들을 협박한다고 하고요.

어느 금융회사는 찍퇴 대상 직원이 희망퇴직을 거부할 경우에 보내는 아웃도어세일즈ODS라는 조직을 급조했다고 합니다. 일종의 강제수용소 같은 곳인데 책상이나 전화기도 주지 않고 계속 영업을 하라고 한답니다. 영업이라는 이름표를 단 거리의 유랑민을 만든 셈입니다. 만 50세 이상을 추려 그 조직으로 발령을 냈다고 하지요. 50세 이상이라… 나이가 큰 죄가 되는 세상이라는 생각이 언뜻 든 건, 제 나이가 많기 때문만은 아닐 겁니다.

세상이 무섭습니다. 찍퇴 대상이 되었지만, 가족들의 얼굴이 떠올라 차마 사표를 내지 못하고 온갖 굴욕을 견디고 있는 이들을 생각합니다. 아니, 저 스스로가 그들과 동기화되어 떨고 있습니다.

금융권이라니까 생각나는군요. 잘나갈 때는 흥청망청하더니, 조금 힘들어졌다고 한솥밥 먹던 가족을 길바닥에 내보내는 비정한 처사. 제 눈에는 또 하나의 살인으로밖에 보이지 않습니다. 그렇다고 찍퇴 대상자들에게 "그런 회사에 다닌 당신이 잘못이지 누굴 원망해"라고 할 수는 없겠지요.

어제는 하루 종일 찍퇴라는 단어가 뇌리를 떠나지 않았습니다. 한 번도 보지는 못했지만, 그들의 슬픈 눈이 자꾸 떠올랐습니다. 찍퇴, 찍퇴… 언어의 천박함 따위를 따질 필요는 없겠지요. 한 가지 궁금증이 목의 가시처럼 걸려 내려가지 않습니다. 찍는 사람과 찍히는 사람은 누가 구분해둔 걸까요? 그들 사이의 능력이 얼마만큼의 차이를 가질까요? 그래야 회사가 산다는, 그들이 명분으로 삼는 당위성 같은 건 저만치 멀고 인간의 잔혹성만 떠오를 뿐입니다. 역시 경쟁사회 부적응자의 넋두리겠지요?

3
백수로 살아가기

조금 전 백수가 됐습니다

　낯설도록 텅 빈 책상을 천천히 둘러본 뒤 몸을 일으킵니다. 그동안 수고 많았구나. 낡은 몸을 기대게 해주던 의자에 인사합니다. 미리 조금씩 정리해둔 덕분에 따로 들고 나갈 건 없습니다. 스스로와 약속한 대로 바람인 듯 나서면 그만입니다. 늘 함께하는 백팩을 등에 멥니다. 오늘은 백팩 안의 모든 걸 비우고 추억만 담았습니다.

　화장실이라도 가듯 천천히 걸어가 편집국 문을 나섭니다. 후배 몇 명이 전송하고 싶어 하는 눈치지만, 미리 부탁한 대로 해달라고 눈짓으로 눌러 앉힙니다. 끝내 바람 닮은 뒷모습이기를 소망합니다. 문을 나서는 순간, 진공의 공간에 든 듯 모든 소리가 멈춥니다.

로비로 내려가는 길은 엘리베이터 대신 비상계단을 선택합니다. 몸을 숨길 일이 있어서가 아니라, 제 지난 시간이 밝은 곳보다 어두운 곳에 더 많은 추억을 맡겨놨기 때문입니다. 컴컴한 곳으로 들어서니, 사원 신분증을 겸하는 출입카드를 반납할 때 마주쳤던 편집국 서무의 서늘한 눈이 잠시 스쳐 갑니다. 누가 열어주지 않고는 다시 들어갈 수 없는 문을 조금 전에 나선 것입니다.

로비에 문이 또 하나 있습니다. 누구나 자유롭게 드나들 수 있는 문이지만, 이 순간 제게 다가오는 의미는 남다릅니다. 이제 저 문을 나서면 다시는 사원이란 이름으로는 돌아올 수 없습니다. 다시는 책상에 앉을 수 없고 비밀번호를 입력해 컴퓨터를 깨울 수 없습니다.

이번에는 회사 곳곳에 묻어둔 청춘이 따라나서겠다고 아우성입니다. 하지만 가만히 고개를 젓습니다. 청춘은 더 이상 제것이 아닙니다. 이곳에 벽으로 천장으로 바닥으로 남아 있어야 합니다.

문 앞에 서니, 퇴직하던 날 기둥에 기대어 하염없이 울던 옛동료가 생각납니다. 저는 울 생각은 없습니다. 울음으로는 지금을 위로할 수 없기 때문입니다. 쿵쿵 소리라도 낼 듯, 큰 걸음으로 문을 밉니다. 기다리고 있었다는 듯, 새로운 세상이 와락 안깁니다. 아침에 출근할 때와 달라진 건 없겠지만, 이 순간 제게는 새로운 세상이 열린 것입니다. 걸음을 멈추고 하늘을 올려다봅니다.

아! 그러고 보니 갈 곳이 없습니다. 오른쪽? 아니면 왼쪽? 낯선 골목에 들어선 아이처럼 잠시 우두망찰입니다. 이런 심사로 집에 갈 수는 없습니다. 강아지들만 반기는 공간에 불쑥 들어가면 밤이 올 때까지 혼자 펄럭거릴 것 같습니다. 그렇다고 이 사람 저 사람 불러낼 생각도 없습니다. 불러낼 이가 없어서가 아니라, 누구의 시간에도 신세를 지고 싶지 않은 결벽 때문입니다.

문득, 두고 나온 난 화분이 걱정됩니다. 내가 물을 주지 않아도 잘 살아낼 수 있을까? 아침에 마지막 물을 주며 당부한 말들을 기억이나 할지.

이럴 줄 알았으면 좀 더 머물다 나올 걸 그랬습니다. 누가 등을 떠미는 것도 아닌데, 급히 갈 곳이라도 있는 것처럼 그리 서두를 건 뭐람. 하지만 별 문제는 없습니다. 어느 술집은 스물네 시간 문을 여니까요. 그늘 좋은 공원을 찾아가 몸을 맡겨도 좋을 것 같습니다. 아니면, 그저 오래 걷지요. 조금씩 뒷걸음질 치는 회사를 돌아봅니다.

잘 있거라, 내 사랑하는 것들아. 잘 있거라, 내 미워하던 것들아. 내 청춘아.

열심히 살아왔다고 스스로 위안합니다. 아니, 자신을 너무 다그치며 살아온 세월이었습니다. 다만, 끝내 돈과 불화했고, 걸음은 늘 출세로 가는 길에서 어긋나 있었습니다. 그래서 여전히 가난하고 내일의 밥을 걱정해야 하지만, 다시 산다고 해도 크게 다르지 않을 것 같습니다. 마음속으로 스스로에게 박수를 보냅니다.

괜찮다, 괜찮다. 넌 최선을 다해 걸어온 거야.

괜찮습니다. 정말 괜찮습니다. 그저 다리 하나 건넜을 뿐입니다. 내일이면 저 하늘에 사다리 걸어, 호미 하나 들고 오를 것입니다. 태양이 있는 곳까지 등뼈 녹아내리도록 오르고 올라, 씨앗 하나 파종할 것입니다.

하늘이 참 높습니다. 태풍이 온다는데 당신에게 아무 일 없었으면 좋겠습니다.

나도 집을 지을 수 있을까

시골 길을 지나다 집을 짓고 있는 현장 앞에 멈춰 섰습니다. 인부들이 막 거푸집을 떼어 내고 있습니다. 요즘은 시골에서도 이렇게 콘크리트를 부어 집을 짓습니다. 망연한 눈길로 인부들이 일하는 모습을 바라봅니다. 특별한 이유는 없습니다. 꾹꾹 눌러 감춰뒀던 기억 하나가 툭 튀어나와, 아주 오래전으로 저를 데려갔기 때문입니다.

유년까지 이어지는 기억의 끈 위에는, 폭포처럼 쏟아지던 햇살과 그 햇살을 온몸으로 안고 벽돌을 찍어내는 아버지가 있습니다. 모든 기억이 희미해져도 그 장면만은 날이 갈수록 선명해집니다. 이미 50년 가까이 된 아득한 날의 일인데 참 이상한 일입니다. 어쩌면 대장간에 금방 다녀온 낫처럼 빛나던 햇살 때문이었는지도 모릅니다.

아버지는 그해 여름 당신의 힘만으로 집을 지을 결심을 했습니다. 오래된 집이 헐고 비가 새는 것은 물론 곳곳이 무너지는 바람에 더는 미룰 수 없는 선택이었습니다. 하지만 한 사람의 힘으로 집을 짓는다는 것은 예나 지금이나 무모한 일일 수밖에 없습니다. 더구나 손에 흙을 묻히지 않고 살아온 당신으로서는 불가능에 가까운 도전이었습니다. 훗날 돌아보면, 그때가 아버지에게는 가장 큰 좌절의 시기였습니다. 어쩌면 집 짓는 일은 아버지에게 최선의 선택이었는지도 모릅니다. 무모한 도전을 통해 꽉 막힌 현실에 구멍이라도 뚫고 싶었겠지요.

할머니와 우리 형제들은 남의 집 문간방을 얻어 들어가고, 아버지와 어머니는 비나 피할 정도의 움막에 잠자리를 마련한 뒤 공사를 시작했습니다. 인부는 따로 사지 않았습니다. 사고 싶어도 살 돈이 없었겠지요. 아버지는 지게로 황토를 날라서 볏짚을 썰어 넣고 물에 개서 벽돌을 한 장 한 장 찍었습니다. 처음에는 저 흙이 벽돌이 될까 싶었는데, 벽돌이 되는 것은 물론이고 하나하나 늘어나기 시작했습니다. 하지만 초보자의 집 짓는 일이 그리 순조로울 리는 없었습니다.

그해 여름에는 유난히 비가 많았습니다. 벽돌이 꾸들꾸들 말라갈 무렵 비가 쏟아지기 시작했습니다. 장마가 시작된 것이지요. 방수포 같은 게 있던 시절이 아니니 벽돌들은 녹고

깨지고 물에 쓸려나갔습니다. 아버지는 속수무책이었습니다. 한숨과 함께 바라보는 수밖에 없었습니다. 하지만 포기하지 않았습니다. 비가 그치자 허탈해하는 기색도 없이 처음부터 벽돌을 다시 찍기 시작했습니다. 그 위에 또 비가 내렸습니다. 그런 과정이 몇 번 계속됐습니다.

벽돌을 찍는 틈틈이 나무를 다듬어 기둥과 대들보·서까래를 만들고 문틀을 손수 짰습니다. 목수는 아니었지만 솜씨 좋기로 소문난 당신이었기 때문에 그 역시 남의 손을 빌지 않고 하나씩 해나갔습니다. 돌아보면 그때 아버지의 모습은 고행자의 그것이었습니다.

비가 그치고 흙벽돌이 단단하게 마르자, 아버지는 본격적으로 하나씩 쌓아올렸습니다. 당신을 도울 사람은 오로지 아내뿐이었습니다. 벽돌을 쌓고 창틀을 해 넣고 집이 외형을 갖추면서 대들보와 서까래도 올라갔습니다. 이 과정만큼은 놉을 사서 여럿이 하지 않을 수 없었습니다. 그해 가을 초가지붕이 올라가고 집이 완성된 날, 동네사람들이 모여 술을 한잔씩 했습니다. 혼자 힘으로 집을 지었다며 모두 혀를 내둘렀습니다. 처음 집을 짓는다고 했을 때 '설마' 하던 이들이었습니다.

아버지는 조촐한 잔치가 벌어지는 중간중간 자리를 비웠습니다. 직접 보기라도 한 것처럼 선명한 그림 한 장이 떠오릅니다. 아버지는 굴뚝이든 집 모퉁이든 남들 눈에 보이지 않는 곳에 서서 자신이 손수 지은 집을 쓰다듬으며 눈물을 흘렸을 것입니다. 터져 나오는 오열을 눌러 삼키며 가슴 깊이 울었을 겁니다.

그렇게 지은 집은 우리 일가족이 고향을 떠난 뒤에도 수십 년을 견뎠습니다. 저는 산소에 갈 때마다 남의 소유가 된 고향 집을 슬그머니 돌아보고는 했습니다. 그러면서 늘 궁금했습니다. 저 흙집은 무엇으로 굴곡진 시간과 비바람의 침식을 견디어냈을까. 혼을 바쳐 집을 지은 사람의 육신은 지하에서 흙이 된 지 오랜데.

아버지의 시선으로 그날을 돌아봅니다. 당신이 그때 다시 지으려 했던 건 집이 아니라 인생이었을 겁니다. 늦었다고 생각할 때, 처음부터 벽돌을 다시 쌓고 싶었던 것입니다. 폭포처럼 쏟아지는 햇살 아래에 저 자신을 세워봅니다. 인생의 가장 어려운 고비에 서 있는 것은 그때의 아버지와 똑같습니다. 아버지가 혼을 다 바쳐 지었던 그 집처럼, 나도 오래 남을 수 있는 집을 지을 수 있을까. 아직은 용기보다 두려움이 앞섭니다.

어느 순댓국집

늦골이 시릴 정도로 쓸쓸한 날은 혼자 술을 마십니다. 부를 만한 친구가 없어서가 아니라, 누군가에게 제 심경을 설명해야 하는 번거로움을 피하고 싶어서입니다. 따지고 보면 외롭지 않은 존재가 어디 있을까요. 그러니 혼자 고통을 지고 가는 양 마주앉은 사람을 무겁게 할 필요는 없지요.

아무 말없이 한 잔 두 잔 마시다 보면 피돌기가 조금씩 빨라지고, 괜히 눈물도 나고, 오래전 저를 스쳐 간 사람들이 돌아온 듯 마음이 따뜻해지기도 합니다. 하지만 혼자 마시는 술맛도 환경이 어느 정도 맞아야 완결성을 갖습니다. 먼저 주변이 너무 번잡하지 않아야 합니다. 또 간섭하는 사람이 없어야 하고 시간에 구애받지 않아야 합니다. 그런 조건을 따지다 보면 결국 '장사가 잘 안되는 집'을 찾아갈 수밖에 없습니다.

제가 자주 다니는 음식점 중에 얼마 전에 발견한 순댓국집이 있습니다. 한때 이름 좀 알렸던 연예인의 이름을 간판으로 내세워 문을 연 가맹점인데, 이 집이 요즘 저를 무척 신경 쓰이게 합니다. 왜냐고요? 곧 망할지도 모른다는 불안감 때문입니다.

이 집은 장사가 잘 될 조건을 단 하나도 갖추지 못했습니다. 위치부터 후미진 골목입니다. 더구나 주인이 친절한 것도 아닙니다. 늙수그레한 부부가 서빙과 주방을 교대로 맡는데, 특히 아저씨는 친절이란 놈과 원수를 맺은 것 같습니다. 손님이 오면 대충 차려 놓고 얼른 자기 자리로 갑니다. 그나마 그동안에도 눈은 TV에 가 있습니다. 그러다 보니 손님보다는 파리가 더 많을 수밖에 없습니다.

엊그제는, 상황이 더 나빴습니다. 안주로 하기에 가장 만만한 순대정식을 달라고 했더니 아저씨의 얼굴에 난색이 그려집니다.

"오늘은 정식이 안 됩니다."

"어? 그래요? 그럼 순댓국 한 그릇 주세요."

"그게… 오늘은 그것도 안 됩니다. 순대를 못 삶았거든요."

"그래요? 그럼 뭘 먹을까요?"

"뼈해장국 드세요. 오늘은 그것만 돼요. 아! 오징어볶음도 있긴 한데….."

"그럼 뼈해장국 주세요. 막걸리 한 병하고요."

주인이 돌아가고 난 뒤 가만히 생각해보니 기가 막힌 일입니다. 순댓집에 순대가 없다니. 그것도 못 삶아서 없다니. 장사를 하겠다는 건지, 아예 문을 닫겠다는 건지.

그래도 주인의 시선은 꿋꿋하게 TV에 박혀 있습니다. 양파를 더 달라고 하고 싶은데 TV 삼매경을 방해할까 봐 말을 꺼내기도 힘듭니다. 골목은 제법 흥청거리는데 이 집은 빈자리를 자랑합니다. 모처럼 젊은 연인이 들어오는 것을 보고 괜히제가 불안해집니다. 제가 주문할 때와 똑같은 상황이 반복됩니다. 그들 역시 마지못해 원하지 않는 음식을 먹습니다. 한숨이 절로 터집니다. 밥을 다 먹고 카드 내기가 미안해서(현금이 있어야 순대라도 사오지 않을까 싶어서) 현금을 냈더니, 거스름돈 천 원 한 장이 없어서 쩔쩔맵니다.

누구는 제게 그런 집으로 왜 가느냐고 타박할지도 모릅니다. 하지만 저는 또 그 집으로 찾아갈 수밖에 없습니다. 혼자술 마시기 좋아서만은 아닙니다. 아무리 살펴봐도 그들에게는순댓국집이 마지막 생존수단인 것 같아서입니다. 그마저 문을닫으면 길거리로 나앉는 게 아닌지 은근히 걱정됩니다. 그러니살아남아야 합니다. 물론 무엇보다 앞서야 할 건, 주인 스스로회생하려는 의지와 노력이겠지요. 그것이 없으면 백약이 무효

일 수밖에 없습니다. 좀 더 부지런을 떨고 좀 더 친절해져야겠
지요. 하늘은 스스로 돕는 자를 돕는다는 말이 단순한 경구
만은 아니니까요.

그 무엇도 '망하지 않는' 세상을 꿈꿉니다. 이뤄질 수 없는
것처럼 보여도, 놓지 않고 꿈꾸다 보면 조금이라도 근접할 수
있을 것이라는 믿음을 갖고 있습니다. 꿈조차 꾸지 않으면 꽃
조차 피지 않는 세상이 올 것 같다는 불길한 예감에 자주 시
달립니다.

여주, 그리고 유자

오늘 아침에는 주황색이 조금 더 짙어졌습니다. 걸음을 멈추고 잠시 바라봅니다. 숨을 크게 한번 들이쉽니다. 향기가 날리 없지만, 향기에 취한 듯 걸어갑니다. 시간이 갈수록 흐려지는 기억을 끌어당기며 미소 한 가닥 머금습니다. 하늘이 한 뼘쯤 높아진 것 같습니다.

동네 문방구 앞에 여주가 열렸습니다. 문방구 주인아저씨가 큰 화분에 심은 씨가 싹을 틔우더니, 줄을 타고 올라가 열매를 주렁주렁 매달았습니다. 꽃이 피었을 때는 저게 열리기나 할까, 작은 열매가 매달렸을 때는 저게 자라기나 할까, 조금씩 키를 키울 때는 저게 익기나 할까 싶었는데, 어느덧 노랗게 물들기 시작했습니다. 걸음을 잠시 멈추고 둘러보면, 그 어떤 생명도 경이입니다.

제 눈길이 자꾸 여주에 가는 배경에는 특별한 추억 한 자락이 있습니다. 어릴 적, 충청도 산골동네에서는 여주를 유자라고 불렀습니다. 남쪽 지방에 가면 귤 닮은 유자라는 열매가 있다는 것은 상상도 못 하던 시절이었지요.

중학교 1학년 때였습니다. 산골에 살다 보니 눈이 쌓이는 겨울에는 버스가 다니지 않았습니다. 오고 싶을 때만 오는 배짱 버스였지요. 12km씩 걸어서 등하교할 수밖에 없었는데요. 노루 꼬리처럼 짧은 겨울 해는 학교를 벗어나기도 전에 서산마루에서 가쁜 숨을 몰아쉬기 일쑤였습니다. 그때 가장 힘들었던 것은 손발이 꽁꽁 얼어붙는 추위도, 뱃가죽이 등에 달라붙는 배고픔도 아니었습니다. 어둠 속에서 저 혼자 키를 키우는 무서움이었습니다.

특히 막바지 산길이 고비였는데, 왼편에는 해마다 한 사람씩 빠져 죽는 저수지가 있었고, 오른쪽 산자락에는 그들을 묻은 묘지가 있었습니다. 그곳을 지날 때마다 차라리 죽는 게 낫겠다는 생각이 들 정도로 무서웠습니다. 그 공포에서 저를 구해준 이가 바로 '유자'였습니다. 지금 여주라 부르는 그 유자가 아니라, 이런저런 사유로 같은 집에서 살게 된 유자라는 이름의 누나였습니다. 절대 살가운 이는 아니었는데, 그래도 등을 들고 저수지까지 마중을 나왔습니다. 물론 제게는 구세주

일 수밖에 없었지요. 지금 생각해보면 그 누나도 추운 날 저수지까지 혼자 오는 게 무척 싫었을 것 같습니다. 그래서 제게 조금 쌀쌀맞았던 것은 아닌지.

이야기가 엇나갈 것 같아, 여주 이야기로 마무리해야겠습니다. 어느 해 아버지는 빈 땅에 여주를 심었습니다. 지지대를 타고 씩씩하게 올라간 줄기에 제법 많은 열매가 매달렸는데요. 유자 누나는 그 여주가 주황색으로 익을 무렵 떠났습니다. 물론 여주와 유자 사이에는 특별한 관계가 없습니다. 저 역시 소설적 기대와 달리, 울고불고 매달린 기억 같은 건 없습니다.

다만 그 뒤로도 여주를 보면 그 누나가 한 묶음으로 생각나고는 합니다. 그 지긋지긋하던 저수지 길의 공포와 추위와 배고픔도…. 요즘은 문방구 앞을 지날 때마다 그 시절과 만납니다. 갈수록 그리움이 깊어지는 걸 보면, 떠나온 곳에서 부르는 게 아닌가 싶어 먼 하늘에 눈이 가고는 합니다.

장모의 세뱃돈

어른이 된다는 것은, 권리는 줄어들고 의무가 커진다는 뜻이기도 합니다. 받을 것은 적어지고 줄 것이 많아진다는 얘기로 바꿔도 마찬가지고요. 평소에 잊어버렸다가도 명절 때만되면 실감하는 사실입니다. 대표적인 게 세뱃돈인데요. 살아가다 보면 어느 순간 세뱃돈의 의미는 받는 것에서 주는 것으로완전 변태를 마칩니다. 시간이 갈수록 줄 곳은 왜 그리 늘어나는지. 인상 폭은 어쩌다가 물가상승률을 웃돌게 됐는지.

그래도 저는 덜 억울한 편입니다. 해마다 꼬박꼬박 받기 때문입니다. 제게 세뱃돈을 주는 분은 장모님입니다. 이번 설에도 다르지 않았습니다. 연휴 내내 몸이 좋지 않아서 끙끙 앓아가며 찾아간 처가. 말이 처가지 장모님 혼자 사는 아파트입니다. 사위를 반기는 장모의 마음이야 동서고금이라고 달라지겠습니까? 한 상 차려놓고 기다리던 장모님, 세배를 드리니 역시 덕담과 함께 봉투가 나옵니다. 연례행사니까 이젠 사양하고 말 것도 없습니다. 한데 뭔가 이상합니다. 받아서 호주머니에 넣는데, 손에 잡히는 감각이 전과 다릅니다. 많이 얇아진 느낌이랄까. 이게 아닌데? 슬그머니 꺼내봤더니 허! 이게 웬일입니까. 다른 땐 열 장이 들어 있던 게, 이번에 단 두 장입니다. 이럴 수가…. 빳빳한 천 원짜리 열 장 대신 오천 원짜리 두 장이라니. 장모님이 게을러지신 건가? 당신의 행복 중 하나가 명절 전에 은행에 가서 천 원짜리를 한 묶음 바꿔오는 것이거든요. 아들·딸·며느리·사위·손자들 손에 하나씩 봉투를 쥐여 주실 때의 그 행복한 표정이라니.

　세상에 천 원짜리가 사라졌단 이야기를 들은 적이 없으니 장모님에게 뭔가 문제가 생긴 것 같습니다. 그런 생각으로 얼굴을 보니, 그새 주름이 많이 늘었습니다. 어쩌면 천 원짜리를 바꾸러 가기 귀찮을 만큼 기력이 쇠한 건지도 모릅니다. 아니면 전만큼 흥이 나지 않을 수도 있고요. 누군가 말했듯이 '몸뚱이처럼 행복이 늙어가는'지도 모릅니다. 신경 좀 써야겠습니다. 부모를 모신다는 건 그분들의 작은 변화까지 민감하게 살펴야 한다는 뜻이겠지요. 주름이 내 얼굴에도 깊은 시간을 새길 날 머지않을 테니….

낡은 휴대전화의 반란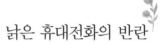

　이별은 아무리 연습해도 익숙해지지 않습니다. 사람이야 말할 것도 없고, 사물과의 헤어짐도 크게 다르지 않습니다. 욕심보다는 정 때문일 겁니다. 미련이 미련할 정도로 많은 저는, 과거에 쓰던 휴대전화기까지 버리지 못합니다. 두었다가 특별히 무엇에 쓰자는 작정 같은 건 없습니다.

　그런데 이 휴대전화가 일을 저질렀습니다. 어제와 오늘 아침 여섯 시에 알람이 울린 겁니다. 여섯 시면 직장에 다닐 때 기상하던 시간입니다. 알람을 설정해놨으니 울리는 게 당연하지 않으냐고요? 그야 물론입니다. 문제는 휴대전화기를 꺼놨다는데 있습니다. 꺼놓지 않았어도 배터리가 다 닳았겠지요. 아무튼 꺼놓은 휴대전화가 저절로 깨어나서 알람을 울려댄다? 납량 특집을 하자는 건 절대 아닙니다. 어제는 깜짝 놀라 '확인 사살'까지 했는데도 그랬습니다.

사실, 놀랄 일들이 워낙 많은 세상이니 그 정도의 '불가사의'한 일은 그러려니 합니다. 제가 별로 과학적 사고를 갖지 못했기 때문이기도 하고요. 따져봐야 답이 나올 리가 없잖아요. 뭔가 제게 하고 싶은 말이 있었을 겁니다. 뭘까요? 아하, 그렇겠네요. 역할을 다하고 폐기됐다고는 하지만, 그동안 함께 지낸 세월이 얼만데 왜 할 말이 없겠습니까. 세상과 소통하는 모든 기능을 빼앗긴 뒤, 오로지 외칠 수 있는 수단이라고는 알람일 테니, 울어대는 수밖에요. 제게 무엇을 말하고 싶었을까요? 아직도 사랑한다고 말하고 싶었을까요? 아니면 제게 다가온 위험이라도 알려주려고 했던 것일까요?

저는 그 순간 엉뚱하게도 노인들 생각이 났습니다. 세월에 모든 걸 내주고 잉여의 시간을 부유하는 한 시대의 전사들. 그분들에게는 이제 무엇을 생산하거나 결정할 기회가 없습니다. 세상을 바꿀 힘도 없습니다. 하지만 늙은 아버지, 어머니라고 왜 할 말이 없겠습니까? 제 낡은 휴대전화가 그랬듯이, 오늘 아침 저에게 아니면 당신에게 하고 싶은 말을 꾹꾹 씹어서 삼키며 돌아섰을지도 모릅니다. 오늘 저녁에는 일부러라도 옛이야기 한 자락 청해야겠습니다. 훗날 제 아이들이 늙은 아비에게 그리 해주기를 바라듯이 말입니다.

도배나 배우라고?

"아빠는 딱 두 달만 자기 시간으로 달라는 거예요. 이왕 기회가 생겼으니 오래 꿈꿨던 백두대간을 종주해보고 싶다는 거지요."

"그런데?"

"엄마가 펄펄 뛰어요. 하루빨리 도배 일이라도 배우라는 거지요. 그러다 보니 매일 싸워요."

제 강의를 듣는 학생과 나눈 대화입니다. 그 학생의 아빠는 얼마 전 대규모 구조조정을 단행한 모 기업에서 근무했습니다. 그동안 잘 피해왔지만 이번엔 정리해고의 대상이 됐습니다. 나이는 아직 쉰 살도 되지 않았습니다. 학생의 아빠와 엄마가 싸우는 것은 미래 대책 때문입니다. 앞에서 말한 대로, 아빠는 평생 일했으니 이참에 자기가 하고 싶었던 것을 하나쯤 해보고 싶다는 것이고, 엄마는 절대 안 된다는 것이었습니다.

"네 엄마는 왜 그러는 건데? 돈이 그렇게 없는 것도 아니잖아. 더구나 그 회사 퇴직금도 많은데."

"그럼요. 먹고 살 걱정은 없어요. 엄마는 아빠가 조금이라도 놀게 되면 거기에 익숙해져서 일을 안 할 거라는 거예요."

"그러는 엄마는 뭘 하시는데?"

"그냥 뭐, 스포츠센터 같은 데서 운동도 하시고…."

그 학생은 자신은 아빠 편이라고 했습니다. 쉴 권리가 당연히 있다는 주장이었습니다. 엄마를 이해할 수 없다고도 했습니다. 그러니 조금은 아빠를 편드는 입장에서 말을 했을 겁니다. 그걸 감안한다고 해도, 저 역시 그 학생의 아빠 편에 설 수밖에 없습니다.

한 사람이 한 생을 살아내는 건, 모순이란 이름의 길 위를 걸어가는 과정일지도 모릅니다. 정말 소망하는 일은 하지 못한 채 평생을 보내기 일쑤니까요. 자의든 타의든 평생 해온 일, 해야 할 일이 세상을 나는 한쪽 날개라면, 원했지만 하지 못한 일, 하고 싶은 일이 또 다른 쪽 날개라고 할 수 있습니다. 누구에게나 가지 않은 길에 대한 미련이 있는 법이니까요.

대개 '해야 할 일'이라는 한쪽 날개로만 아슬아슬하게 세상을 건너기 마련입니다. 특히 가장이란 이름을 갖게 되면, 그

숙명에서 벗어나기가 쉽지 않지요. 그러다 보니 나머지 한쪽 날개는 퇴화할 수밖에 없고요. 그 학생의 아빠도 그렇게 살아온 겁니다. 퇴직을 앞두고, 퇴화한 날개를 아쉬워하며 두 날개로 나는 흉내라도 내보고 싶었던 것이겠지요. 하지만 아내는 잃어버린 날개를 인정하지 않는 것입니다. 물론 가족의 안위 때문에 그런다는 것은 의심할 나위가 없겠지요.

그녀는 엄마가 밉다고 했습니다. 저는 미워할 것까지는 없다고, 엄마도 나름의 생각과 사정이 있지 않겠느냐고, 네가 나서서 '아빠의 휴가'를 설득해보라고 권했습니다. 대화하는 내내 슬펐습니다. 그 학생의 아빠도, 또 미래가 불안한 엄마도 우리 모두의 자화상이기 때문입니다. 어쩌면 둘 다 팍팍한 세상의 희생자들이라는 생각이 들었습니다. 그들의 갈등이 아름답게 결론 맺기를 소망해봅니다.

토요일 밤의 방문자

하루 내내 노트북 자판에 매달려 있다가, 밥 한 술로 허기를 끄는 중이었습니다. 느닷없이 초인종 소리가 울렸습니다. 언뜻 시계를 보니 저녁 여덟 시 반. 이 시간에 들어올 식구가 없는데. 요즘은 작은아이가 없으니 집 안이 한층 쓸쓸합니다. 다래와 차돌이가 문 앞에서 기를 쓰고 짖는 걸 보니 낯선 사람이 분명합니다. 누구지? 밤에 찾아올 사람은 더욱 없는데. 누구냐고 묻기도 전에 밖에서 낯선 여자의 목소리가 들립니다. 불우이웃… 같은 단어가 들리는 것 같은데 명확하지는 않습니다. 그 소리를 듣고 모른 척할 수는 없습니다. 문을 열자마자 기다리고 있던 한 여자와 눈이 마주쳤습니다. 오늘따라 전등이 고장인지 복도가 컴컴합니다. 그 어둠의 한가운데에 웃

는 듯도 하고 우는 듯도 한 표정으로 서 있는 여자. 절대 익숙
한 풍경은 아닙니다.

"무슨 일이신가요?"

"불우이웃을 도와달라고 왔습니다. 낮에는 집들을 비워
서…. 천 원도 좋고 이천 원도 좋습니다."

순간 머릿속으로 온갖 생각이 달음질칩니다. 저는 전형적인
도회지 사내의 사고로 무장을 합니다. 이 시간에 무작정 불우
이웃을 도와달라고 찾아오는 게 정상인가? 불우이웃을 돕기
위해 왔는지 자신의 밥을 위해 왔는지 내가 어떻게 알지? 짧
은 시간에도 생각은 종횡무진으로 달립니다.

그렇게 부정적인 방향으로 생각이 치달린 배경에는 저에게
이는 짜증도 있었습니다. 두드려도, 두드려도 줄지 않는 일, 숙
제들. 아침에 일어날 때마다 세 개의 몸뚱이가 생기길 간절히
바랐을 정도로 지쳐가고 있었습니다. 그 짜증의 화살을 엉뚱
한 사람이 받게 된 셈이지요.

그냥 돌려보내? 하는 순간 정신이 돌아왔습니다. 남들 저녁
먹을 시간에 컴컴한 남의 집 앞에 서서 천 원, 이천 원을 부탁
하는 사람을 매몰차게 보낸다면 그 벌을 어찌 다 받지? 나는
누구의 한 끼 밥을 위해 낯선 사람에게 아쉬운 소리 한 번 해
봤던가? 의심 어린 시선을 견뎌봤던가? 사실, 긴가민가 의심
스러울 때는 믿음 쪽의 패를 쥐자는 게 평소 지론입니다. 뛰어

들어가 지폐 몇 장을 꺼내들고 나왔습니다. 문을 닫고 돌아서며 최선의 선택을 한 거라고 스스로를 토닥거렸습니다.

뾰족해져가는 마음을 다스리는 연습부터 해야겠습니다.

거울 속의 아버지

술잔을 들던 그의 시선이 거울 속에 한참 머물러 있습니다. 환한 얼굴이 아닌 것을 보니, 습관성 나르시시즘에 빠진 것 같지는 않습니다. 술집 벽에 웬 거울이람? 허름한 실내 포장마차의 한쪽 벽에 붙어있는 거울 속에는 역시 만만찮은 세월이 음각돼 있습니다.

"형님, 뭘 그렇게 보세요?"

"요즘 말이야. 거울을 보다 보면 깜짝깜짝 놀랄 때가 많아."

"왜요? 너무 잘생긴 얼굴이 거기 있어서?"

저는 농담으로 받지만, 선배의 얼굴은 평소보다 조금 무지근합니다.

"아버지 얼굴과 마주치게 되거든. 내가 아니라 아버지가 거울 속에 있는 것 같아. 닮고 싶지 않았는데, 결국은 똑같이 돼 있는 거지."

"……."

"생긴 것뿐인 줄 알아? 하는 것까지 똑같아. 가장 닮고 싶지 않은 것을 닮아가는 거지. 우리 아버지는 내가 철이라는 게 난 뒤로 한 번도 직업을 가져본 적이 없거든."

선배의 이야기는 오래지 않아 가족사로 넘어갑니다. 그의 성장기나 청춘 역시 질곡이 벽돌처럼 쌓여 이뤄졌습니다. 그 당시의 가장들은 가족에 대한 책임감이 지금보다 훨씬 약했는지도 모른다는 생각이 들기도 합니다. 아니, 반드시 그렇지는 않겠지요. 자식들을 눈물로 키웠다는 가장들의 이야기는 또 얼마나 많은데요. 결국 개인의 문제라는 게 맞을 겁니다.

이야기를 듣다 말고 가만 생각해봅니다. 나도 아버지를 닮았던가? 아니라고 부정하지 못합니다. 지금의 저보다 조금 젊은 나이에 돌아가신 당신. 저 역시 가끔 거울 속에서 제 눈에 마지막으로 담긴 아버지를 봅니다. 기질도 닮았던가? 아! 닮았습니다. 방랑벽까지 닮았습니다. 아버지도 젊은 시절 떠돌던 날이 있었습니다. 그 윗대의 할아버지도 그랬고요. 삶의 과정 역시 크게 다르지 않습니다. 다만 저는 의지와 상관없이 물질적으로 조금 진화된 세상을 살고 있을 뿐이지요. 조금 더 긴 수명을 받았고요. 반드시 원하는 것만 피를 통해 이어지는 게 아니라는 사실을 확인합니다.

자꾸 살펴봐야겠습니다. 좋지 않은 유전은 제 대에서 끊어버리고, 좋은 자취만 따라가야겠습니다. 훗날 제 아이들이 거울 속에서 어떤 모습의 저를 보게 될지, 지금부터의 걸음도 중요할 테니까요.

당신에게 실망했습니다

모처럼 찾아온 그의 얼굴에 먹구름이 가득합니다. 이 친구 또 심각한 일이 생겼군. 청년기에 들어설 무렵부터 저를 따르던 후배입니다. 나이 차이는 꽤 나지만 워낙 오랜 시간 함께 하다 보니 형, 동생이라는 호칭도 자연스럽습니다. 그는 마음이 자재自在하여 장마철의 하늘을 닮았습니다.

"무슨 일 있어?"

마음이 급했는지, 미끼 낄 틈도 없이 던진 낚싯바늘을 덥석 물어버립니다.

"심란해요. 사람을 잃어버렸어요."

"사람을? 누가 가출이라도 한 게야? 아니면 그 나이에 이별을?"

"아뇨. 그건 아니고, 제가 존경하고 따르던 상사가 있었는데 알고 보니 엉터리였어요. 정말 실망했어요. 그래서 마음을 접기로 했는데, 영 기분이 안 좋네요."

"엉터리였다··· 그걸 확인할 만한 특별한 계기가 있었던 거야?"

"딱 그건 아닌데, 알면 알수록 제가 기대했던 그런 사람이 아니었어요. 성격도 행동도. 그 사람을 롤모델로 여겼거든요. 살다 보면 닮고 싶은 사람이 한둘은 있기 마련이잖아요. 그게 무너지고 나니 얼마나 실망스러운지."

"음, 특별한 비리나 사회적 범죄가 있었던 건 아니구먼. 그저 너 혼자 실망한 거겠지. 그런데 말이야. 혹시 스스로 고통을 지어서 앓고 있다는 생각은 안 들어? 그 사람은 원래 그저 그랬는데 네가 네 안의 우상으로 키웠던 건 아닐까? 그것도 그를 위해서가 아니라 너를 위해서. 그러다 그 우상이 바람에 흔들려 허상이라는 걸 알게 된 날, 혼자 실망한 건 아닐까?"

그가 억울하다는 듯 고개를 좌우로 흔듭니다. 하지만 명쾌하게 반박할 만한 확신이 있는 것 같지는 않습니다. 보통은 이야기를 들어주는 것만으로 끝나지만, 오늘은 말을 좀 많이 해야 할 것 같다는 예감이 듭니다. 따지고 보면 남의 일만은 아니기 때문입니다.

"늘 잔잔하게 흐르는 것처럼 보이는 강물도 어느 곳에서는 급류가 되어 우르르 탕탕 흐르기 마련이지. 게다가 큰 비라도 오게 되면 시뻘건 속내를 드러내기도 하고. 그때마다 내가 알던 강이 아니라고 부정할 수 있을까?"

"……."

"너도 그를 존경하고 따르는 동안에는 행복했겠지?"

"그래서 더 화가 난단 말입니다."

"그럼 됐네, 뭐. 행복했던 시간만큼 괜찮았던 사람이구먼. 분명 네 스스로 다가갔을 테고, 너는 그와 알고 있던 시간만큼 평화를 얻었을 테지. 네가 지금 왜 고통스러운지 알아? 얻은 건 모두 잊고 섭섭한 것만 기억해서 그런 거야."

"……."

"혹시 그 사람이 신神이나 성인이라고 생각했던 거야? 미안하게도 너와 똑같은 사람이겠지. 다만 조금 일찍 살아온… 누구도 스스로 우상을 만들어놓고 좋아하다가 혼자 비난할 자격은 없어. 누군가는 여전히 그를 사랑하고 존경할 테니, 그는 여전히 그 자리에 있는 거야."

누구나 아는 이야기지만, 우리가 겪는 고통의 상당 부분은 우리 스스로 지어낸 것입니다. 뭉게구름도 새털구름도 먹장구름도 나 혼자 그렸다가 나 혼자 지우는 것이지요. 그러니 나를 달랠 수 있는 존재 역시 나 하나뿐입니다.

나는 억울하다

올해도 어김없이 억울했습니다. 뭐가 그리 억울했느냐고요? 지난달 말에 종합소득세를 냈거든요. 일명 '종소세'를 낸다고 하면 "우와! 돈 좀 버나 보네?" 하는 사람도 있겠지만 그야말로 철모르는 소리입니다. 이자소득이나 배당소득·부동산임대소득 같은 게 있는 사람들 이야기지요. 꿈에라도 제게 그런 소득이 있을 리 없거든요. 오로지 몸으로 때우는 원고료나 강연료 몇 푼씩이 고작인데, 해마다 종소세 통지서는 강남 갔던 제비처럼 꼬박꼬박 날아옵니다.

아참, 종소세가 뭐냐고요? 모르는 분도 있겠군요. 근로소득(월급) 이외에 다른 소득이 있는 납세자들이 총소득을 자진 신고해서 더 물거나 환급받는 제도입니다. 여기서 '다른 소득'은 불로소득을 말한다는군요. 입법을 하고 세금을 걷는 분들에게는 강연과 원고 쓰는 게 '불로不勞'로 보였던 모양입니다. 설령 근로소득의 반대 개념으로 그렇게 불렀다고 해도 기분 좋은 이름은 아닙니다.

저라는 사람은 생래적으로 재테크·세금·이자 같은 단어와 가깝지 않습니다. 그리 타고났으니 극복을 포기한 지 오래입니다. 당연히 별로 아는 게 없습니다. 하지만 그런 저도 억울한 것 정도는 압니다. 아무리 생각해도 이해하기 어려운 한 가지 때문입니다. 원고료·강연료·인세는 받을 때 일정 비율의 세금을 뗍니다. 과세 자료가 유리알처럼 환하게 보이니 회피는 생각조차 할 수 없습니다. 그럼 끝난 거 아닌가요? 국가가 정한 세율에 따라 꼬박꼬박 세금을 내는데, 왜 해마다 다시 한 번 괴롭히는 걸까요. 지금의 원천징수율이 못마땅하면 세 배쯤 높이던가요. 저는 이거야말로 이중과세라고 굳게 믿고 있습니다.

정산 한번 해보자는 건데 뭐 그리 열 받을 것까지 있느냐고요? 환급받은 적은 없고 매번 더 물어내기만 하는데요? 올해도 몇 십만 원 물었습니다. 정작 큰 스트레스는 신고 절차가 만만치 않다는 것입니다. 직접 신고해본다고 국세청 홈택스에 들어가 끙끙거리며 씨름하다가, 결국 세무서로 찾아가거나 세무사무소에 맡기는 경우가 비일비재하지요. 저는 다행히 세무

사무소에서 일하는 가까운 이가 있어 어렵잖게 절차를 마치고는 합니다. 하지만 어떤 이는 세금보다 기장료가 더 많이 나왔다고 입이 나오기도 합니다. 까딱 잘못 신고하면 '세금 폭탄'을 맞게 된다니 5월만 되면 얼마나 떨리는지 모릅니다.

그나마 저는 올해까지 근로소득 자료가 있으니 덜 억울하지요. 그깟 원고료나 인세 몇 푼 받고 신고해보겠다고 컴퓨터 앞에서 끙끙대고 있을 가난한 작가들을 생각하면 열불이 솟고는 합니다. 그들이 받는 원고료 수준 아시지요? 제가 한 얘기가 공부가 부족하거나 뭔가 오해 때문에 나왔을 수도 있다는 생각은 합니다. 하지만 아무리 곱씹어 봐도 쥐꼬리만 한 고료에 세금을 두 번 터는 것은 납득하기 어렵습니다.

지하철의 노인과 청년의 발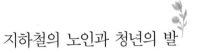

"자, 여기 좀 보세요. 이렇게 한번 달라붙으면 어른이 매달려도 절대 떨어지지 않습니다. 이거 절대 중국산이 아닙니다. 하나에 이천 원씩에 모십니다."

지하철 안에서 노인 한 분이 '절대'를 거듭 강조하며 강력접착제를 들이밉니다. 어눌한 말투가 장사를 오래 한 것 같지는 않습니다. 대신 목소리 톤이 얼마나 높은지 저절로 시선이 갑니다.

연세가 꽤 들어 보입니다. 최소 칠십 대는 된 것 같은데 어떻게 그렇게 우렁찬 목소리를 낼 수 있는지. 그리고 잘 차려입었습니다. 어디에 내놔도 손색이 없는 말끔한 신사입니다. 하긴 외모가 신뢰성이 되는 세상이니 전략적으로 접근한 것 같습니다. 일종의 투자인 셈이지요.

한참 홍보에 열을 올리는 중에 전철이 서고, 손님들이 우르르 탑니다. 노인은 자신의 짐이 인파에 밀릴세라 사람들 사이로 꾸역꾸역 밀어 넣습니다. 피난열차를 타기라도 하는 양 간절함까지 보입니다. 목청을 높이랴, 물건을 지키랴, 냉방이 무색하게 얼굴에 땀이 흐릅니다. 순간, 청년 하나가 얼굴 가득 짜증을 그리더니 노인이 안 보는 새 발로 짐을 지그시 밀어버립니다. 짐은 비명도 없이 한쪽에 처박힙니다. 제 마음에 주름살 하나가 깊게 고랑을 팝니다.

지하철에서 만나는 소위 '잡상인'들이 성가신 존재인 건 사실입니다. 통행을 방해하기도 하고 소음도 만만치 않지요. 누군가가 신고해서 쫓겨 다니는 경우도 허다하고요. 하지만 가만히 생각해보면 그들 역시 가난한 우리의 형제고 아버지이고 이웃입니다. 먹고 사는 문제가 아니라면 얼굴에 철판을 깔고 그 복잡한 곳에 서서 떠들고 싶은 사람이 누가 있을까요.

잠시만 불편을 감수하면 안 될까요? 이 또한 욕먹을 소리일지는 모르지만, 그 정도의 아량은 가진 사회였으면 좋겠다는 생각을 버릴 수 없습니다. 늘 하는 소리지만 내가 언제 그 자리에 설지 모른다는 생각으로 말입니다. 그 청년의 발이 지금 이 사회가 약자에게 저지르는 폭력인 것 같아 섬뜩했습니다.

버스에서 생긴 일

약속 장소까지 가려면 시간이 빡빡한 터라 자리에 앉아서도 안절부절못합니다. 전화해서 양해를 구해도 될 만한 상대지만, 기다리는 사람의 시간을 빼앗는다고 생각하면 마음 편한 일은 아닙니다. 목적지까지 가는데 변수가 없기를 간절히 바랄 뿐입니다. 하지만, 간절한 기도가 배신당한 적이 한두 번이던가요? 정류장에 섰다가 출발하려던 버스가 느닷없이 울컥, 하더니 멈춰 섭니다. 고장이라도 났나? 다행히 그건 아닌 모양입니다. 운전석에 있어야 할 기사가 서두르는 기색으로 승객들 틈을 뚫고 나옵니다.

"자리 좀 양보해주세요."

뒷문 가까이, 장애인석에 앉은 사람에게 자리를 비워달라고

요구합니다. 중년 사내가 의아하다는 표정으로 자리에서 일어납니다. 그렇다고 불쾌하다거나 항의하는 기색은 아닙니다. 뭐든지 따지기 좋아하는 요즘 세상에, 한눈에 봐도 착한 사람입니다. 저는 그제야 무슨 일이 일어났는지 궁금해집니다. 창밖에 전동 휠체어 한 대가 기다리고 있습니다. 그 위에는 몸이 불편해 보이는 청년이 앉아 있습니다. 제가 무심한 시선 속으로 흘려보냈던 청년과 휠체어를 운전사는 놓치지 않은 것입니다.

잠시 후 문이 열리고 '다리'가 내려지더니 휠체어가 스르르 버스 안으로 올라옵니다. 저상버스의 장점이지요. 청년이 들어오자 홍해 갈라지듯 사람들이 갈라지면서 길을 비켜줍니다. 그렇게 오래 버스를 타고 다녔는데도 처음 보는 풍경입니다. 운전사는 휠체어가 자리에 고정될 때까지 자리로 돌아가지 않습니다. 그 얼굴에는 오월의 햇살 같은 따뜻함이 드리워져 있습니다. 물론, 버스 기사들은 그렇게 하도록 교육을 받았을 겁니다. 또 당연한 일이기도 하고요. 하지만 그에게는 의무를 넘어선 진정성과 또 그것을 넘어서는 사랑이 보였습니다. 저도 약속 시간에 대한 강박을 잊어버린 지 오래입니다.

어찌 보면 너무 일상적이어서(일상적이어야 해서), 특별히 기록될 이유가 없는 풍경입니다. 하지만 제 눈에는 예사롭지 않았습니다. 출발하려던 차를 세우고 불편한 사람이 자리를 잡을 때까지 도와주는 운전사(누가 이들을 싸잡아 불친절하다고

했을까요), 그리고 기다려주고 비켜주고 따뜻한 시선으로 바라
보는 승객들. 세상은 여전히 그렇게 아름다웠습니다. 몸이 불
편한 청년도 운전사도 자리를 비켜준 승객도, 이 세상 소풍을
마치는 날까지 평화와 함께하기를….

약속 시간에 늦고도 행복한 날이었습니다.

노숙

늦은 밤이었습니다. 아니, 이른 새벽이었습니다. 술에 취해
있었습니다. 또 어디론가 불려가서, 남들보다 덜 마시면 내일
의 해가 뜨지 않는다는 듯, 정신없이 퍼마신 게 틀림없습니다.
그래도 꼿꼿이 걷기 위해 애쓰고 있었습니다.

백수가 비틀거리면 추해 보여. 꼿꼿하게 허리를 펴고. 그래
빠르지 않게, 아냐. 그런 자진모리장단으로는 삼류 백수로 전
락하는 거 금방이야. 아니, 아니, 그건 진양조장단이잖아. 너무
느려. 그렇게 걸으니까 정말 할 일 없어서 동네를 서성거리는
백수 같잖아. 그래, 그거야. 중모리장단쯤이 좋아.

저는 취해서도 자신을 훈육하는 데 열심이었습니다. 백수에
게도 백수의 법도가 있는 법이니까요.

그 혹은 그녀를 발견한 건 아파트단지 화단을 지날 때였습니다. 불그죽죽한 조명을 받은 생명 하나가 불그죽죽하게 앉아 있었습니다. 나비 아니면 나방이었습니다. 남들은 무엇이나 잘도 구분하던데, 저는 여전히 무언가를 '구분'하는데 서툽니다. 몸이 크지 않은 것으로는 배추흰나비 같았지만, 제 얕은 지식으로는 단정 짓기 어려웠습니다.

그런데 이 계절에 나비라니? 나비가 하룻밤을 지내기에는 너무 추운 때입니다. 이제는 아무도 집을 짓지 않는 계절이거늘, 이 나비는 왜 이곳에 있을까? 꽃이 진 계절에도 부양할 그 누가 있어, 멀리 꽃을 찾아 나왔다가 노숙하는 걸까? 나비는 시들어버린 꽃에 주둥이를 박고 있었지만, 꿀을 채취하는 것 같지는 않았습니다. 마치 석탄을 캐다 화석이 된 광부처럼 슬픈 뒷모습이었습니다.

궁금증이 걸음을 이끌었습니다. 가까이 가봤지만 나비는 꼼짝도 하지 않았습니다. 휴대전화를 꺼내 사진을 찍어도 움직임이 없었습니다. 죽은 건가 싶어서 눈을 바투 대고 들여다보니, 아직 생명의 기운이 느껴졌습니다. 그 어떤 생명도 이렇게 추위에 떨다 가서는 안 되는데. 누구든, 무엇이든 한번 온 것은 반드시 가도록 설정된 섭리를 몰라서는 아니었습니다. 아는 것이라고 모두 위로가 되지는 않습니다. 오도 가도 못하고 굳어버린 나비에게 저 자신을 투영시킨 것이었을지도 모릅니다.

스스로 달래고 추슬러 걸음을 재촉했습니다. 하지만 아무리 달래도 걸음은 진양조장단으로 제자리를 맴돌았습니다. 나비는 끝내 꼼짝도 하지 않았습니다. 박제가 된 생명에 부탁이라도 하듯 중얼거렸습니다.

내일 아침까지 견뎌주렴. 따뜻한 해가 떠오를 때까지라도.

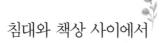

침대와 책상 사이에서

세상에서 가장 멀고도 가까운 사이는 무엇일까요? 여러 가지 대답이 나올 것 같습니다, 누구는 가슴과 머리 사이라고 하겠지요. 삶과 죽음 사이라고 할 수도 있겠네요. 한국과 일본 사이? 혹은 처갓집이라고 대답하는 사람도 있을 것 같습니다. 저는 좀 생뚱맞지만 침대와 책상 사이라고 대답하겠습니다. 기껏해야 1~2m 떨어진 그 거리가 하늘과 땅 사이만큼이나 멀어 보이는 날이 있습니다. 무슨 소리냐고요?

퇴직 후 집에서 일하면서 절감하는 것입니다. 침대에서 몸을 일으켜 책상으로 가야 하는데 그게 그렇게 어려운 날이 있더라는 것이지요. 노트북컴퓨터만 하나 달랑 놓은 좌식책상이라 유인 효과가 덜하기 때문인지도 모르겠습니다. 아니, 꼭 그런 이유만은 아닐 겁니다. 출근이라는 절차를 거치지 않기 때문이라고 설명하는 게 더 사실에 가까울 것 같습니다. 책상에 앉기까지는 과정과 격식이 필요한 거지요. 행동을 끌어내기 위해서는 마음뿐 아니라, 형식도 중요하다는 것을 새삼 실감합니다.

기자 시절에 특파원을 마치고 돌아온 선배들이 농담처럼 들려주던 이야기가 생각납니다. 워싱턴에 주재했던 어느 선배는 아침이면 안방에서 양복에 넥타이까지 단정히 매고 건넛방으로 출근했다고 합니다. 그곳에 가서 하는 일이라야 조간신문을 읽고 컴퓨터를 들여다보는 것이지만 절대 잠옷 차림으로는 안 갔다는 것이지요. 그래야 일이 제대로 되더라는 겁니다. 그런 습관 역시 시행착오를 거쳐서 만들어진 것이겠지요. 처음에는 복장 따위야 아무려면 어떠랴 하는 마음이 없지 않았을 것입니다.

아무튼 저는 요즘 그 1~2m를 가기 위해 아침마다 부단하게 노력합니다. 신문이야 침대에서 보면 어때? 하는 속삭임에 저항하기 위해서는 특별한 결단이 필요할 때가 많습니다. 한데, 돌아보면 그렇습니다. 제 마음이 무른 게 문제지요. 정말 자기중심이 제대로 잡혀 있고 일에 투철한 사람이야 그깟 침대에서 책상으로 옮겨 앉는 게 뭐 그리 대단하려고요. 아, 이 글을 쓰는 지금도 침대가 요염한 자세로 유혹하고 있습니다. 허리도 살살 아파 오네요.

보건소에 가다

낯선 번호로부터 걸려온 전화는 설렘보다는 경계를 먼저 안 깁니다. 게다가 얼마 전부터는 제게 특별한 능력이 생겼습니다. 안 좋은 일이 벌어질 것 같은 벨소리를 미리 알아챌 수 있게 됐습니다. 그 전화가 그랬습니다. 벨소리가 울릴 때부터 예감이 안 좋더니 결국 낯선 여자의 목소리가 들렸습니다.

"안녕하세요? 이호준 님이시지요? ○○보건소인데요. 지난달에 건강검진 받으셨지요?"

여자의 목소리는 그렇게 시작됐습니다. 저는 벌써 긴장하기 시작했습니다. 보건소라니 최소한 '고객님'을 연발하는 전화는 아니겠지만, 사설기관의 검진 결과를 공공기관에서 알고 있다는 자체가 그리 유쾌한 일은 아니었습니다. 빅브라더부터 떠올랐다면 신경과민일까요?

내용은 그랬습니다. 민간기관에서 받은 건강검진 결과라도 문제가 있는 사람들은 거주지 보건소로 통보돼서 집중관리를 받는다는 것이었습니다. 국민보건시스템이 그만큼 잘 구축됐다는 것이지요. 사실 따지고 보면 나쁠 건 없었습니다. 특히 제 건강을 관리해준다는데 싫다고 할 사람이 있으려고요. 그만큼 의료 선진국에서 산다는 의미도 되겠지요.

문제는 자신의 문제를 적나라하게 확인했다는 데 있습니다. 제가 대사 증후군 환자라고 합니다. 솔직히 말해서 그때까지도 대사 증후군이 뭔지 잘 몰랐습니다. 사전을 찾아보니 이렇게 나와 있었습니다.

만성적인 대사 장애로 인하여 내당능 장애(당뇨의 전 단계, 공복 혈당이 100mg/dL보다 높은 상태, 적절한 식사요법과 운동요법에 의해 정상으로 회복될 수 있는 상태), 고혈압, 고지혈증, 비만, 심혈관계 죽상동맥경화증 등의 여러 가지 질환이 한 개인에게서 한꺼번에 나타나는 것을 대사 증후군이라고 한다.

설명을 모두 이해한 건 아니지만 뭐가 문제라는 것 정도는 알 수 있었습니다. 이 증상이 심각한 건, 특별한 치료법이 없고 식이요법과 운동을 통해 점진적으로 치료해야 한다는 것이었습니다. 전화한 사람의 결론은 그랬습니다.

당신 같은 사람을 나라에서 관리해주니 보건소에 나와 프로그램에 따라 검사도 받고 처방도 받아라.

거절할 명분이 없었습니다.

보건소에서 일어난 일을 시시콜콜 적을 거야 없지요. 아무튼 거기서 또 한 번의 간이 건강검진을 받았습니다. 결과야 먼저 받은 것과 크게 다를 것도 없고요. 특히 고지혈증이 심각하다는 것이었습니다. 제 상식으로는 고기를 많이 먹는 사람에게 주로 오는 줄 알았더니, 그게 아니었습니다. 설명을 들은 바에 의하면, 원흉은 술이었습니다. 고지혈증뿐 아니라 모든 증상을 부르는 게 술이라는 것이었습니다. 저는 담임선생님에게 끌려간 아이처럼 고개를 푹 숙이고 절주와 금주, 그리고 체중과 운동에 대해서 일장훈시를 들었습니다. 이 상태에서 더이상 나아지지 않으면 약물치료 처방을 하겠다는 말에 화들짝 놀라, 열심히 하겠다고 다짐에 다짐을 하고 나왔습니다. 3개월 뒤에 다시 부르겠다는 통보를 뒤로하고.

그런데… 뭘 열심히 하지? 아하! 그래. 절주구나. 술을 줄여야 하는구나. 그러고 보면 참으로 절제 없이 술을 마셨습니다. 부르는 사람이 많다는 핑계로 거의 쉬지 않고 마셨으니 몸에 이상이 오지 않는 게 더 이상하지요. 보건소에서 나오는 발걸

음은 좀 무거웠습니다. 이제 여기저기 고장 날 나이를 살고 있
구나. 술을 마신 게 어제오늘 일이 아니건만, 몸에서 본격적으
로 아우성을 치는 것이겠지. 한계에 달했다고 강력한 경고를
보낸 것이겠지.

그나마 얼마나 다행인지요. 제 나이 정도 되면 심각한 지병
한둘은 나타나기 마련인데, 아직은 조금씩 골고루 문제가 있
다니 말입니다. 일단은 긍정적으로 생각하는 것부터 실천하기
로 했습니다.

보건소에 다녀온 뒤

대사 증후군. 보건소에서 건강에 이상이 있다고 경고를 받은 뒤, 선방에 들어가며 받아든 화두처럼 머리를 떠나지 않는 단어입니다. 결국 특단의 조치가 필요하긴 한데…. 하긴, 뭐 간단하지요. 답은 이미 나와 있으니까요. 술을 끊고 매일 운동을 하고 먹는 것을 확 줄이면 해결되는 문제입니다. 그런데 그중 만만한 게 하나도 없습니다.

먼저 가장 많이 지적받은 술을 끊는 문제인데, 그게 제 의지만으로 될 일은 아닙니다. 최소한 제게 술을 끊는다는 말은 인간관계를 끊는다는 말과 크게 다르지 않으니 말입니다. 하루가 멀다고 곳곳에서 들이닥치는 연락. 미루고 미뤄도 술 약속은 왜 그리 쌓이고 쌓이는지. 어느 땐 이 역시 제가 전생부터 쌓아온 업보가 아닐까 하는 생각마저 듭니다. 건강을 위해서라면 그조차 딱, 소리 나게 끊어야겠지요. 내가 죽을 참인데 술 약속이 뭐 그리 대단하겠습니까. 문제는 제 마음이 두부처럼 무르다는 데 있습니다. 그다음이 운동인데, 이거야말로 핑곗거리가 없지요. 그래서 산에 열심히 오르기로 자신과 약속했습니다. 문만 나서면 북한산이고 도봉산인데 그조차 안 하겠다면 아예 삽을 들고 묏자리를 파는 게 나을지도 모르지요. 이제 먹는 것이 남았습니다. 이것 역시 술자리가 관건이긴 하지만, 집에서 먹는 것만이라도 조절하는 수밖에 없습니다. 그래서 아내에게 선언했습니다. "나를 살리고 싶으면 식단을 조절해라." 그날부터 다이어트 및 질병 조절용 식단이 꾸려졌습니다. 아침은 밥 대신 파프리카·당근 같은 색깔 있는 채소와 과일 조금, 점심은 고구마, 저녁은 현미밥 반 공기. 그리고 당 조절기능이 뛰어나다는 돼지감자 차를 물 대신 상복하기로 했습니다.

사실 이 정도의 식사는 그동안 무절제한 식사를 해오던 저에게 거의 '치사량'에 가까운 것입니다. 하지만 어쩌겠습니까? 살아야지요. 살아서 두고두고 먹어야지요. 얼마나 갈지, 정말 건강이 좋아질지는 저도 잘 모르겠습니다. 보건소에 불려가 혼나는 것보다는 나은 것 같으니 하는 데까지 해봐야지요. '건강은 건강할 때 지켜라.' 당분간은 이 경구를 화두 삼아 살아볼 생각입니다.

중고책을 고르는 행복

시내에 나갈 일이 있으면 시간을 만들어서라도 헌책방에 들릅니다. 집에 책이 쌓여 미처 읽어내지 못하는데도 그 습관을 버리지 못합니다. 책 사이에 서는 순간 새록새록 솟아나는 기분 좋은 느낌. 그것만으로도 헌책방에서 보내는 시간이 아깝지 않습니다.

맨 먼저 시집 코너에 갑니다. 헌책방에서는 시집이야말로 언제 찾아가느냐가 무척 중요합니다. 모든 것은 운이 결정짓습니다. 그 운을 잡기 위해서는 자주 찾아가는 수밖에 없습니다. 시집들이 한꺼번에 나올 때가 있거든요. 누군가가 집에 있던 시집들을 통째로 내놓을 때도 있습니다. 그런 때 맨 먼저 발견하면, 처음 수박 서리에 나선 아이처럼 가슴이 쿵쾅거립니다.

때를 놓치면 절대 살 수 없는 것들이니까요.

교양이나 소설 코너도 돌아보고 여행서적도 한 번씩 훑어봅니다. 오늘 필요로 하는 책은 미술사학과 관련된 책입니다. 마침 원하는 책들이 서가에 꽂혀 있습니다. 같은 책이 여러 권 있을 때, 일반 서점에서는 한 권을 뽑아들면 되지만, 헌책방에서는 나름대로 고르는 재미가 있습니다. 하나씩 살펴보면, 어디엔가 이 책의 원래 주인이 남긴 흔적이 남아 있습니다. 물론 사놓고 전혀 읽지 않은 깨끗한 책도 있습니다. 그조차도 원주인이 남긴 흔적입니다.

약간 특이한 취미를 가진 저는, 대부분 판 사람의 흔적이 남아 있는 책을 고릅니다. 흔적도 여러 종류가 있지요. 누가 누구에게 선물한다고 써놓았거나, 어디 어디에서 샀다고 기록하거나, 심지어는 저자의 사인이 있는 책이 나오는 경우도 있습니다. 저자가 정성껏 사인한 책을 만날 땐 괜히 얼굴이 뜨거워집니다. 내가 사인한 책들도 이렇게 나도는 건 아닐까? 다행히 지금까지 직접 마주친 적은 없었습니다.

오늘 고른 책에는 이런 문구가 있습니다. '경주 토함산에서 하산한 후 경주 시내에서 어디로 갈까! 방황하다가 삼. 94.9.27. 火' 책을 산 사람의 이름은 없습니다. 하지만 저는 그를 만난 듯 반갑습니다. 그리고 혼자 상상해봅니다. 학생이었을까? 여행은 혼자 갔을까? 분위기로 보면 분명 혼자 여행하는 사람인데. '어디로 갈까! 방황하다가'라는 문구 앞에서는 잠시 막막하고 먹먹해집니다. 여행이 주는 가장 큰 행복이자 고통의 순간이라는 것을 잘 아니까요.

그와 저는 이미 소통하고 있습니다. 물론 그는 제 존재를 모르지만, 저 역시 더 이상은 그에 대해서 알 수 없지만, 시간 차이를 두고 같은 책을 가졌다는 것만으로도 남 같지 않습니다. 헌책방에서만 만날 수 있는 기쁨이지요. 이 책을 읽는 내내 그와 함께 걸을 것입니다. 그가 보는 것 듣는 것 느끼는 것을 공유할 것입니다. 그리고 다 읽은 다음에 물을 것입니다.

"저와 함께한 여행 재미있었어요?"

입주자 대표를 뽑는다는데

아파트 입주자 대표를 뽑는다는 벽보가 붙었습니다. 얼마 전에는 동 대표를 뽑는다고 슬그머니 술렁거리더니 다시 한 번 바람이 불 모양입니다. 동 대표보다는 입주자 대표가 '고위직'일 테니 좀 더 치열하겠지요. 이왕이면 한꺼번에 뽑을 것이지 만날 투표만 할 건가? 괜스레 투덜거리면서도 벽보를 찬찬히 들여다봅니다.

출마한 분들의 이력이 화려합니다. 고위공무원 출신에 회사 대표, 의사…. 거기에 슬그머니 제 이력을 얹어보니 재고의 여지도 없이 저울추가 확 기웁니다. 대단한 분들과 한 아파트에서 사는 셈입니다. 거참! 입주자 대표가 뭐라고 저렇게 화려한 경력을 가진 사람들이 서로 하려고 할까. 제 상식으로는 이해하기 어려운 일입니다.

농담 삼아 슬그머니 아내에게 묻습니다.

"백수 생활도 지겨운데 나도 한번 출마해볼까?"

아내 역시 슬그머니 웃고 맙니다. 나름대로 그 웃음을 해석해봅니다. '농담도 참… 그냥 시켜준대도 안 할 거면서…' 대충 그런 뜻이라는 것을 압니다. 제가 그런 데 나서는 걸 싫어한다는 사실을 누구보다 잘 알고 있으니, 다른 해석의 여지가 없습니다.

그러고 보면 무엇이든 선출직에 나서는 것을 질색하며 살아왔습니다. 특별한 이유가 있는 것도 아닌데, 늘 남의 일로 치부했습니다. 젊은 시절에 '강요'에 못 이겨 노조 간부 선거에 나섰던 것 외에는 출마 자체를 해본 적이 없습니다. 퇴직하기 몇 해 전에는 사주조합장에 출마하라는 엄청난 압박에 시달렸지만 끝내 거절한 '투쟁 이력'도 갖고 있습니다.

저는 근본적으로 자유인이자 유랑민입니다. 조직의 생리에 매력을 느끼지 못합니다. '떼'나 '패'를 본능적으로 싫어합니다. 그런 판에 앞에 나서서 누군가를 이끄는 것에 흥미를 느낄 턱이 없습니다. 게다가 리더가 되려면 조직적이고 치밀한 두뇌가 필요할 텐데, 저란 사람은 태생적으로 갖지 못한 재능입니다. 나서지 않아야 할 사람이 나서지 않는 것도 누군가를 도와주는 것이라고 믿습니다. 가당치도 않은 인물들이 '무엇 무엇이 되겠다'며 선거판에 뛰어드는 것을 볼 때마다 제 생각은 더욱 굳어지고는 합니다.

저의 체질적 문제도 있지만, 민주주의의 꽃이라고 부르는 선거제도에 대해서도 부정적인 생각을 갖고 있습니다. 가장 공정해 보이면서도 가장 공정하지 못하다고 믿기 때문입니다. 어릴 적부터 끊임없이 들어온 부정선거라는 단어가 그런 고정관념을 심어줬는지도 모르지요.

아닙니다. 사실은 '지금'이 더 문제입니다. 국가 정보기관이 선거에 개입했다는 사실이 드러나도, 의례적인 일로 치부하는 나라에서 '선거'나 '투표'에 무슨 고귀한 가치를 부여할까요. 오래전에 죽어버린, 한때 썩 괜찮았던 제도일 뿐이지요.

어느 택시기사

좋은 수제 맥주를 파는 곳이 있다는 꼬임에, 얼떨결에 따라갔다가 돌아오는 길이었습니다. 절주 기간에 마시는 술맛은 달콤했고 안주는 적당히 가벼웠습니다. 하지만 밖으로 나오니 찬바람이 여전히 진을 치고 있었습니다. 더구나 지하철역이 멀리 있으니 택시를 잡을 수밖에 없었습니다.

택시를 타자마자 시선이 자연스럽게 기사에게 향합니다. 그럴 수밖에 없는 게, 기사는 한마디로 최첨단 멋쟁이입니다. 길게 길러 묶은 머리에 모던한 복장, 화룡점정이라도 하듯 스카프로 마무리한 패션은 눈길을 끌 수밖에 없습니다. 그런데 자세히 보면 주름살 많은 노인입니다. 최소한 일흔은 넘어 보이는. 이런 때 그냥 지나갈 수는 없지요.

"선생님, 정말 멋쟁이신데요?"

기사가 씩 웃습니다.

"그러는 선생님이야말로 더 멋쟁이십니다."

반격인지 칭찬인지 애매하지만, 기분이 나쁘지는 않습니다. 대화는 자연스럽게 이어집니다. 젊었을 때는 꽤 화려한 삶을 살았다고 합니다. 택시 운전을 한 지는 십 년쯤. 1940년생이라고 자신을 밝혔으니 칠십 대 중반입니다. 하지만 이런 분 때문에 '나이는 숫자에 불과하다'는 말이 생겼을 겁니다. 삶에 대한 자신감을 굳이 숨기지 않습니다. 언변도 얼마나 좋은지 이야기가 실타래처럼 풀려나옵니다.

"처음 택시 운전을 시작했을 때는 말도 못하게 힘들었어요. 자존심도 엄청나게 상했고요. 그래서 스스로 보람을 만들지 않을 수 없었습니다."

나이와 상관없이 끄떡하면 반말하거나 시비를 일삼는 손님들, 아직은 서툰 길, 노동 시간을 따라가지 못하는 수입…. 누가 생각해도 행복한 상황은 아니었을 겁니다. 더구나 '화려한' 과거가 있는 사람에게는 더 그럴 수밖에 없겠지요. 그때부터 그는 운전 시간 이외에 집중할 만한 일을 찾았다고 합니다. 그래서 찾아낸 게 바로 시 낭송이었습니다.

좀 엉뚱하다고요? 저도 처음엔 그렇게 생각했습니다. 특별히 시와 가까웠던 건 아니라고 합니다. 어느 날 우연히 시를 접했는데 가슴에 쏙쏙 들어오더라는 것이지요. 새로 부딪힌 팍팍한 현실이 시와 가까워질 수 있는 감성을 만들어줬는지 도 모르고요. 이야기 끝에 그는 즉석에서 시를 한 수 읊었습니다. 저도 잘 알고 있는 시였습니다. 낭랑한 목소리로 조금도 막힘없이 끝까지 읊었습니다. 감탄사가 저절로 나왔습니다. 시인이라는 저도 시를 외우지 못하는데… 곳곳에서 열리는 시낭송회에도 자주 참여한다고 합니다.

그에게서 에너지가 넘쳐흘렀습니다. 보약에서 나오는 에너지가 아니라 스스로가 끊임없이 생산해내는 에너지. 제가 시인 겸 여행작가라고 밝히자 무척 영광이라고 고개를 숙였습니다. 저는 속으로 중얼거렸습니다. '영광은 제가 영광이지요.' 유쾌한 시간이었습니다. 이제 나이 따위는 별로 무서울 것 같지 않습니다.

백수의 설 연휴

무쇠 혹은 송곳 같은 주먹이 정확하게 복부 한가운데로 꽂힙니다. 숨이 턱 막힙니다. 컥컥거리는 몸이 가차 없이 ㄱ자로 꺾입니다. 한동안은 통증도 느낄 수 없습니다. 몸이 무너지고 있는 건 분명한데 신음조차 나오지 않습니다. 그렇게 쓰러진 몸에 발길질이 이어집니다. 겨우 솜털을 벗은 약관이고 52kg의 '별 가능성 없는' 육신에 쏟아지는 폭력. 이 순간 할 수 있는 것은 새우처럼 구부리고 타격점을 최대한 줄이는 게 전부입니다.

왜 느닷없이 청년기에 태워버린 줄 알았던 필름 한 장이 재생됐는지 모를 일입니다. 군이 이유를 찾자면 명절 연휴 내내 새우처럼 웅크리고 있었기 때문일 것입니다. 실직 아닌 퇴직 5개월째. 하루하루가 낯선 시간이지만, 처음 맞는 명절은 역시 만만치 않았습니다. 가정이라는 울타리를 친 뒤 처음으로 아무것도 갖다 주지 못했습니다. 아내는 묵묵하게 그런 현실을 받아들이고 있었습니다. 회사를 나올 때 가져온, 미처 풀지 못한 짐들을 뒤지다 오래전에 넣어두고 잊어버린 상품권 한 장을 발견했습니다. "전이라도 부쳐야지?" 그걸 받아드는 아내는 반가운 표정이었습니다.

나는 다시 먼 길을 나갔다 돌아온 자벌레처럼 몸을 한껏 말았습니다. 이것저것 미뤄둔 원고들이 미늘처럼 입천장을 찔러댔지만, 몸은 자꾸 움츠러들었습니다. 이러다 언젠가는 벌레처럼 작아질지도 모르겠구나. 그깟 것들 써봤자…. 온갖 생각이 머릿속을 명멸했습니다. 일의 절대량이나, 잠이 아까울 정도로 분주한 일상에 비해 소출은 너무 적었습니다. 퇴직 이후 유일한 밥벌이가 글을 쓰는 일이었습니다. '일'에 몰입할 땐 '돈' 같은 건 아무것도 아닌데, 중간중간 아득한 순간이 오고는 했습니다. 이렇게 살아도 되나?

그 물음에 대한 답은 스스로가 가장 잘 압니다. 그렇게 사는 수밖에 없습니다. 그렇게 살아도 되기 때문이 아니라, 그럴 수밖에 없기 때문입니다. 나는 지금 최선을 다하고 있지 않은가. 웅크리고 있는 것은 감정의 과잉 때문일 겁니다. 천형으로 받은 가난 때문이지, 퇴직 때문은 아닙니다. 평생 쉬지 않고 일을 했습니다. 물을 마시러 갔다가 잠시 내다본 세상에는 겨울비가 내리고 있었습니다.

큰아이가 방문을 열고 들어오더니 영화를 보자고 했습니다. 웅크리고 있는 아비가 안돼 보였던 모양입니다. 못 이기는 체, 아니, 정말 못 이겨서 몸을 일으켰습니다. 오랜만에 가보는 영화관이었습니다. 가벼운 코미디 영화는 제 기분을 풀어낼 만큼 가볍지 않았습니다. 하지만 전 가벼워져야 했습니다. 일부러 크게 웃는 건 평생 훈련했으니 어렵지 않았습니다. 계속 웅크리고 있어도 될 만큼 세상은 만만한 곳이 아니지. 사실 세상에 투정하고 싶었던 건지도 모릅니다. 아니, 그런 게 틀림없습니다. 정말 처절할 정도로 슬픈 명절을 보내는 사람들이 얼마나 많은데. 웅크리고 있던 껍데기를 경멸의 눈으로 내려다보았습니다. 조금 가련했지만, 그래야 마땅했습니다.

집으로 돌아와 은행 잔고를 조회해 보니, 산문집 '계약금'이 들어와 있었습니다. 찍힌 숫자에서 보내준 이의 마음을 읽었습니다. 출판사 대표 역시 설을 앞두고 자금 압박을 받았을 텐데, 제 가난한 설을 위해 쪼개 넣었을 것입니다. 전화기에는 친구의 문자도 들어와 있었습니다. '자는 거지?' 1시 24분. 그 시간에 안 자면 어쩌자고? 그러고 보니 여러 날 술을 쉬었습니다. 오늘은 종일 자판과 함께해야 할 모양입니다. 전송 버튼을 누른 뒤, 다시 배낭을 꾸릴 것입니다.

산에서 만나는 것들

산은 여전히 말없이 반겨줍니다. 아직 봄빛을 제대로 입지 못한 탓에 조금 쓸쓸해 보이지만, 반가운 기색만큼은 푸근하게 와 닿습니다.

오랜만에 오르는 산입니다. 운동해야 살 수 있다는 보건소의 권고도 있었지만, 스스로를 다잡아보겠다는 결심도 한몫했습니다. 직장 생활할 때의 틀은 조금씩 흔들리고 침대에서 좀 더 많은 시간을 가지려는 자신에 대한 경고의 의미도 있습니다. 아침 일찍 산에 다녀와서 샤워하고 간단하게 식사한 뒤, 책상에 바로 앉기. 제가 새로 세운 계획입니다.

몇 년 만에 오르는 산길은 많이 변했습니다. 우선 눈에 띄는 게 '둘레길'이라는 이름으로 이것저것 낯선 구조물들이 많이 들어서 있습니다. 사람에게는 참 편리해졌지만, 산은 불편할 수도 있겠다는 생각이 듭니다. 그것만 달라진 것이 아닙니다. 전에 물이 흐르던 골짜기는 어느덧 길이 되고 길이었던 곳은 스스로 회복하여 나무들이 자랍니다. 세상은 그렇게 끊임없이 변합니다.

그러고 보면 저도 많이 달라졌습니다. 우선 시선이 달라졌습니다. 세상을 보는 눈이 표피적이었다면 이제는 내면을 들여다보려고 애씁니다. 나무와 숲의 안쪽을 들여다보고 그들이 전하는 이야기에 귀를 기울일 줄 알게 되었습니다. 전에는 보이지 않던 것들이 보이기도 합니다. 눈이 어두워지면서 비로소 보이기 시작한 것들입니다. 저곳은 밟을 곳, 저곳은 밟으면 안 되는 곳…. 전에는 지식으로 알던 것들이 이제는 지혜를 통해 보이기도 합니다. 제가 원하던 '나이 잘 먹는 방법'이기도 합니다.

어제 내린 비로 촉촉이 젖은 숲은 금방 머리를 감고 나온 나부裸婦처럼 설렘을 안깁니다. 조금만 올라가면 사람 사는 곳이 아득히 멀어집니다. 거리감은 옅은 안개 덕분에 조금 더 과장돼 있습니다. 사람 가까이 있어 안도하면서도 늘 떨어지려고 발버둥 치는, 제가 가진 모순이 아직도 마뜩잖습니다. 어쩌면 저는 영원히 경계인으로 살다 떠날지도 모릅니다. 아니면 기회주의자겠지요. 산을 오르는 것은 세상을 사는 것의 축소판이

기도 합니다. 가파른 곳에서 심장이 터질 듯 숨을 헐떡거리다가 어느 순간 평안을 얻는 과정의 반복.

딱따구르르, 딱따구르르, 멀리서 들리는 딱따구리 소리가 계절을 깨웁니다. 멧비둘기 울음에도 물기가 가득합니다. 정말 봄이 머지않은 것 같습니다. 어젯밤 바람이 꽤 쌀쌀했는데도 땅은 얼지 않았습니다. 발밑에 밟히는 흙에서도 봄을 읽습니다. 제 발은 두 살짜리 아기처럼 조심조심 흙의 품에 안깁니다. 이렇게 걸을 수 있다는 것, 산에 오를 수 있다는 것, 참으로 고마운 일입니다.

다만 분명히 기억하고 있습니다. 봄은 결코 한 번에 오지 않는다는 것. 내가 행복하다고 세상 모두가 행복한 건 아니란 것. 천천히 겸손과 함께 걸어갈 일입니다.

나무들도 전쟁을 한다

"왜 저 나무는 저렇게 길게만 자라지?"

산행에 함께 나선 아내가 고개를 갸웃거리며 묻습니다. 그 말을 듣고 보니 정말 소나무 한 그루가 위태로울 정도로 가느다란 몸피로 흔들리고 있습니다.

"저게 바로 생존 본능이야. 살려는 몸부림이지. 저렇게라도 키를 키워서 햇빛을 조금이라도 받아 써야 이 숲에서 살아남을 수 있거든."

조금 관심 깊게 숲을 보면 마냥 평화롭지만은 않다는 사실을 금방 확인할 수 있습니다. 아니, 목숨을 걸고 전쟁 중입니다. 피만 흘리지 않을 뿐입니다. 소나무와 참나무는 이 땅의 대표 수종입니다. 소나무가 침엽수를 대표하고 참나무는 활엽수를 대표하지요. 이 두 수종이 우리 국토의 대략 80% 정도를 차지한다고 합니다. 둘 다 곧고 깊게 뻗은 뿌리를 갖고 있어서 가뭄에 잘 견디고 나무껍질이 두꺼워서 산불과 추위에 강하기 때문입니다. 하지만 한 산에 두 마리의 호랑이가 살기는 어려운 모양이지요?

이들의 전쟁은 사람이 생각하는 것보다 치열합니다. 잡초만 있던 곳에 소나무가 자리 잡으면 햇볕을 가리기 때문에 잡초들이 죽고 점차 소나무 숲이 됩니다. 그때 햇빛이 많이 필요하지 않은 참나무 같은 활엽수가 슬그머니 잡초의 빈자리를 차지합니다. 이때부터 '박힌 돌'을 밀어내려는 참나무의 음모가 싹을 틔웁니다. 참나무가 키가 자라고 잎이 무성해지면서 소나무는 하나둘 도태되고 결국 숲은 활엽수림이 됩니다. 그러다가 산불이 나거나 산사태가 일어나면 잡초가 먼저 자리를 잡고 소나무의 세상이 되었다가, 참나무가 그 자리를 차지하는 순환이 이뤄지게 되는 것이지요.

소나무와 참나무는 종족 번식에도 나름대로 특기가 있습니다. 소나무가 성숙하면 가을 바람에 종자를 날려 보냅니다. 그렇게 날아간 소나무씨는 흙이 있는 곳에 떨어지면 즉시 싹을 틔웁니다. 하지만 낙엽 등의 위에 떨어지는 경우에는 흙이 몸에 닿고 햇빛을 받을 수 있을 때까지 차분하게 기다립니다.

참나무는 대개 동물들이 먹고 남을 만큼 충분히 도토리를 떨어뜨립니다. 결국 남은 것들이 발아해서 참나무로 자라는 것입니다. 하지만 그 정도로는 소나무의 번식을 따라갈 수는 없지요. 결정적인 무기는 맹아(움싹)입니다. 참나무가 쇠약해지면 줄기나 뿌리에서 영양 증식을 통해 싹이 자랍니다. 그렇게 만들어진 숲이 종자에서 성장한 숲에 비해 훨씬 빨리 자리를 잡습니다. 참나무 숲의 재생을 진행하는 것도 이들이지요.

숲의 순환 원리야 더 이상 알아서 뭐에 쓸까요. 다만 분명한 것은 전쟁이 계속되고 있다는 것이지요. 삼백 년 주기로 숲의 주인이 바뀌는데, 지금 한반도는 소나무 숲에서 참나무 숲으로 넘어가는 과정에 있다고 하네요. 한 사람의 생명이 숲이 바뀌는 과정을 모두 볼 수 없으니, 우리 후손들은 참나무 숲이 지금보다 훨씬 번성한 산을 볼 수 있겠지요.

그런 눈으로 보니 가느다랗게 흔들리고는 소나무의 몸짓이 예사롭지 않습니다. 참나무 사이를 뚫고 올라 광합성을 하고, 그만큼 생명을 늘리기 위해 몸부림치는 모습. 키부터 키우려니 몸은 자꾸 야위어가고 작은 바람에도 흔들리는 고단. 한번 누우면 풀잎처럼 다시 일어날 수도 없으니 눕지 않으려 밤을 낮처럼 밝히는 노역. 우리네 살아가는 모습과 별로 다르지 않습니다. 가난한 이들의 생존을 향한 몸짓처럼 보이니 말입니다. 어쩌면 모든 생명은 고통을 안고 온다는 말이 맞을지도 모른다는 생각을 하는 아침입니다.

그날 본 것이 정말 나비였을까?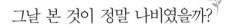

1

유채 꽃일까? 그리 높지 않은 구릉입니다. 시선의 끝이 닿는 곳까지 꽃으로 덮여 있습니다. 아무리 둘러봐도 온통 노란색입니다. 주변조차 제대로 돌아보지 못하고 사는 동안 세상은 나들이를 가는 여인처럼 곱게 화장했습니다.

노란 나비 떼가 꽃 위를 날고 있습니다. 바람도 향기에 취한 듯 비틀거립니다. 저 멀리서 누가 걸어오고 있습니다. 거리가 멀어 누군지 알아볼 수는 없지만 낯설지 않은 느낌입니다. 너울너울 춤을 추듯 다가옵니다. 가까이 오는 이의 윤곽이 점차 뚜렷해집니다. 이럴 수가! 아버지입니다. 아버지가 꽃길을 따라 걸어오고 있습니다.

언덕을 마구 뛰어 내려갑니다. 급한 마음에 소리를 질러봅니다. 아버지! 하지만 소리가 나오지 않습니다. 소리는 목에 단단히 걸려 있습니다. 가슴이 답답해집니다. 주먹을 쥐고 쾅쾅 두드려 봐도 비명 한 조각 내보낼 수 없습니다.

아버지! 아버지! 흐느끼며 부르다 벌떡 일어납니다. 역시 꿈이었습니다. 아직 날이 밝지 않은 모양입니다. 숨을 몰아쉬어 봅니다. 가슴은 여전히 답답하다 못해 옅은 통증까지 느껴집니다. 온몸이 땀에 젖었습니다. 가만히 몸을 일으켜 문을 열고 나섭니다.

2

아버지가 떠나시던 해, 저는 육군 병장이었습니다. 제대를 한 달이나 남겼던가. 남자가 한생을 살며 가장 지루하고 가장 편하다던 말년을 즐기고 있었습니다. 월요일 아침 기상하자마자 중대장이 호출하더니 말없이 종이 한 장을 내밀었습니다.

부친 사망 급래 요.

눈을 비비며 전보용지를 몇 번 들여다봐도 그 여덟 글자가 뜻하는 것을 실감할 수 없었습니다. 이럴 리가 없어. 뭔가 잘못된 것이겠지. 머릿속을 휘젓는 생각은 그게 전부였습니다.

저는 그 전주에 외박을 다녀왔고, 아버지는 어느 곳도 불편해 보이지 않았습니다. 그런데 일주일 만에 돌아가셨다니. 믿을 수가 없었습니다. 저는 고작 스물다섯이었습니다. 눈물도 나지 않았습니다. 앞에 선 중대장의 얼굴이 차라리 더 울상이었습니다. 어느덧 휴가증이 손에 쥐어졌고, 저는 혼이 나간 듯 멍한 상태로 집에 도착했습니다. 아버지는 혼수상태로 기다리다가 제가 도착하자 바로 눈을 감았습니다.

3

늦가을에서 초겨울로 넘어가는 계절. 장례식 날은 화창했습니다. 저는 울음을 흘리기도 하고 삼키기도 하면서 상여 뒤를 따랐습니다. 동네 사람들은 저놈이 가장 많이 속을 썩이더니 울기도 가장 많이 운다고 혀를 찼습니다.

믿지 못할 광경을 본 것은 상여가 개울을 건너느라 기우뚱하는 순간이었습니다. 어디서 나타났는지 노란 나비 한 마리가 상여 위를 한 바퀴 돌고 있었습니다. 노란 나비… 처음엔 무심코 보다가, 아니 지금이 어느 땐데 나비가 있지? 하는 생각에 눈을 비비고 다시 한 번 보았습니다. 틀림없었습니다. 노란색이 선명한 나비 한 마리가 날개를 힘차게 펄럭이며 저만치 날아가고 있었습니다.

다른 사람들도 보았을까? 여기저기 둘러봐도 특별한 것을 봤다는 기색은 없었습니다. 개울을 건너느라 다들 신경을 발 아래에 집중하고 있었습니다. 나비 이야기를 하는 사람도 없었습니다. 그렇게 장례를 치렀습니다.

4

아주 오랫동안 그날 보았던 나비가 떠오르고는 했습니다. 하지만 세월은 그 무엇도 지우는 법. 여러 해가 지나면서 기억은 점차 흐려졌습니다. 가끔 생각이 나도, 상중에 거의 잠을 못 잤으니 헛것을 본 것이려니 치부하고 말았습니다. 그런데 꿈속에서 아무런 특징도 없고 그저 노란색만 선명한, 그날 보았던 나비를 보았습니다.

시간이 지나도 꿈에서 본 풍경은 지워지지 않습니다. 마음이 편치 않습니다. 아버지가 꿈에서 보이기는 무척 오랜만입니다. 나에게 무슨 할 말이 있었던 걸까? 날이 환하게 밝아옵니다.

아침 햇살을 타고 온 눈물 한 줄기가 흘러 내립니다. 당신이 세상을 떠날 때보다 더 나이를 먹어버린 아들, 그 아들이 보고 싶으니 찾아오셨겠지요.

오늘은 아버지 산소에 다녀와야겠습니다.

잘려진 나무들 앞에서

느닷없이 창을 넘어온 소리는 분명 전기톱이 내는 굉음이었습니다. 마감이 임박한 원고를 쓰던 중이었습니다. 소리가 얼마나 요란한지 아파트 전체가 들먹거릴 정도입니다. 문을 열고 나가 보니 아파트 정원수 학살이 시작되고 있습니다. 전기톱이 여러 대 동원되어 동시다발적으로 나무들을 동강내기 시작합니다.

학살이라는 표현을 대체할 말이 생각나지 않습니다. 키가 훤칠하던 은행나무는 아예 허리가 잘렸습니다. 해마다 실하게 열매를 맺던 대추나무도 참상을 피하지 못했습니다. 산수유나무·단풍나무… 하나씩 따지는 것 자체가 의미가 없습니다. 대부분 목이나 허리를 뚝뚝 잘라내는 바람에 무슨 나무인지 구분조차 어려워졌으니까요.

　다른 해에는 없던 참사입니다. 물론 조경이란 이름으로 저지른 짓이겠지요. 하지만 아무리 봐도 정상적인 조경은 아닙니다. 조경은 아름다움을 전제로 하는 것이지 이런 무자비한 폭력은 아니니까요. 속내를 짐작할 수 있을 것도 같습니다. 이왕 돈을 주고 조경업자(조경을 배우지 않은 인부일지도 모릅니다)를 부른 김에 깔끔하게 잘라서 몇 년은 그냥 지나가자는 심산인 것 같습니다. 주민들도 분담금이 덜 들어가니 굳이 반대할 일도 없을 테고요. 무성하게 자란 나무가 그늘을 만드는 바람에 불편했던 1, 2층 주민들은 쌍수를 들고 환영하겠지요.

　하지만 나무들은 어쩌란 것일까요? 어느 날 갑자기 허리를 잘리고 목을 잘리고 생의 끄트머리만 쥐고 있어야 하는 나무는…. 저와 가장 가까이 지내던 능소화 줄기도 밑동부터 잘렸습니다. 밑동이 잘렸으니 은행나무에 기대고 살던 몸뚱이가 허공에 걸렸습니다. 늦봄에 주황색의 첫 꽃을 선보여 초가을까지 피고 지기를 반복하는 꽃. 저에게 늘 글의 소재를 제공해 주던 친구 같은 나무입니다. 이제 다시 보기 어려워지겠지요.

　대상이 무엇이든, 마음에 두었던 것들과의 이별은 아픔입니다. 더구나 살아 있는 것, 오래 정든 것과의 이별은 말할 것도 없습니다. 잘린 나무들 앞에 망연하게 서 있습니다. 꼭 이래야만 했는지. 자연에서 잘사는 것들을 옮겨 심은 것으로도 부족해 이런 폭거를 저질러야 하는지.

저는 역시 사회 부적응자입니다. 나무 따위 신경 쓰지 말고 제 할 일이나 잘하면 좋으련만.

신비! 고이 잠들라

또 하나의 이별을 했습니다. 집에서 키우는 네 마리의 강아지 중 한 마리가 먼 길을 떠났습니다. 신산한 삶을 살아온 아이였습니다. 운명이 그려놓은 그림이 그랬는지 여러 주인을 전전했습니다. 오랫동안 철창 속에 갇혀 살아야 했습니다. 가정집이 아니라 애견샵에서 새끼 낳는 역할을 했습니다. 그러다 심장이 많이 안 좋아진 상태로 저의 집에 왔습니다. 수의사도, 수술보다는 편안하게 노년을 보내다가 죽게 하는 게 최선이라고 했습니다.

그러니 처음부터 오래 함께할 거라고 기대하지는 않았습니다. 다만 늦게 온 아이고 살날이 많이 남지 않았다는 생각으로 많이 안아주고 간식도 맨 먼저 주고는 했습니다. 다른 아이들이 괴롭힐까 봐 걱정했지만 다행히 잘 어울렸습니다. 나름대로 카리스마도 있어서 죽는 날까지 권위를 철저하게 지켰습니다. 하지만 자신의 운명을 아는지 끝내 우울한 기색을 감추지는 못했습니다.

다른 아이들은 모두 제가 이름을 지어줬는데, 이 아이만큼은 끝내 불리던 이름으로 불렸습니다. 원래 주인은 무슨 생각이었는지 이름을 '신비'라고 지어줬습니다. 그러고 보니 그 이름이 어울린다는 생각이 듭니다. 깊은 눈동자를 가진 아이였습니다. 이빨이 안 좋아 사료를 불려 줘야 했지만 밥은 잘 먹었습니다. 늘 심장약을 섞어 줬고요. 한데, 어제 저녁밥을 먹다 말고 심하게 헉헉거렸습니다. 밤새 기운이 없는 기색이더니 결국 아침에 눈을 감았습니다.

옛사람들의 말대로 이제 좀 살 만하니 떠난 것입니다. 그래도 말년이 조금 따뜻해서 다행입니다. 마지막 순간에도 별 고통 없이 떠났습니다. 다만 눈가가 많이 젖어 있었습니다.

아내는 온기가 식어가는 아이를 품에 안고 마냥 웁니다. 자꾸 이름을 불러보지만 꼬리 한 번 흔드는 법 없습니다. 아내는 "아침밥도 못 먹고 갔다"고 더욱 서럽게 웁니다. 햇살까지 슬프게 비껴드는 아침입니다.

먹고살기도 힘든 세상에 강아지 죽은 걸 가지고 유난을 떤다고 할지 모르지만, 한 공간에서 고락을 함께한 생명입니다.

여러 번 겪어도 슬픔의 항체는 만들어지지 않습니다. 태어남이 없으니 죽음도 없다는 경구도 떠올려보고, 긴긴 윤회의 사슬에서 벗어나기를 기원해보기도 하지만, 봇물 터진 듯 우르르 몰려드는 슬픔에 마음 가누기가 쉽지 않습니다. 생명 앞에서 '그깟 강아지'는 없습니다.

이별이 두려워서 반려동물을 키우지 않는 사람도 많다고 합니다. 저도 늘 두렵습니다. 그렇다고 오갈 곳 없는 아이들을 외면할 수도 없습니다. 강아지를 키워본 분들은 잘 알겠지만, 그들은 주인에게 버림받으면 엄청난 상처를 입습니다. 심지어는 자폐 증상을 보이기도 하고 죽을 때까지 그 기억을 잊지 못하기도 합니다. 사랑받기 위해 태어난 존재들의 '취약점'입니다.

집에 세 마리의 강아지가 남아 있습니다. 사람보다 수명이 짧은 그들이니 제 생전에 이별이 오겠지요. 두려운 게 사실입니다. 함께할 때 최선을 다해서 사랑하는 수밖에.

신비야! 너를 행복하게 해준 날이 너무 짧았구나. 우리 앞에 놓인 이별은 얼마나 길지…. 불행하고 행복했을 작은 생명이여, 고이 잠들라.

치매라는 이름의 악마

"어머니! 어머니 연세가 얼마나 됐는지 아세요?"

"그럼."

"얼만데요?"

"예순."

"그럼 제 나이는 얼마나 됐을까요?"

"쉰여섯… 그래도 아줌마는 젊어."

늦은 밤 택시를 타고 가다가 라디오에서 들은 이야기입니다. 집중하고 듣지 않았기 때문에 숫자가 정확한지는 자신이 없습니다. 치매 시어머니를 모시는 며느리가 보낸 사연이었습니다. 여든이 넘은 자신의 나이를 예순 살로, 며느리의 나이를 쉰여섯 살로 기억하는 시어머니. 그러면서 '네 살 적은' 며느리에게 아줌마는 젊다고 말하는 슬픈 이야기지요. 그 노인은 어느 날부터 시간을 뒤집어 나이를 거꾸로 먹기 시작했는지도 모릅니다.

다음 날 지하철역에서 조금 색다른 풍경과 마주쳤습니다. 청년 몇 명이 책상을 사이에 두고 노인들과 이야기를 나누고 있었습니다. 가까이 가 보니 '기억력 테스트'라고 써놓았습니다. 일종의 치매 테스트인 모양이었습니다. 노인들이 줄을 서서 기다리고 있었습니다. 그만큼 관심이 많다는 뜻이겠지요. 치매는 죽음보다 더 무서운 형벌이니까요. 누구든 그 올가미 속으로 들어가지 않으려고, 거기서 벗어나려고 발버둥을 칠 수밖에 없지요. 노인들의 긴장된 표정에서 절박한 심정을 읽을 수 있었습니다. 치매의 원인을 딱 꼬집어서 말하기는 쉽지 않습니다. 지금까지 알려진 원인과 질환만 해도 60여 가지가 넘는다니, 사람마다 다르다고 보는 게 맞겠지요. 내가 언제 무슨 질환으로 치매를 앓게 될지 알 수 없기도 하고요. 우리나라의 경우 전체 노인 인구의 10% 정도가 치매 환자라고 하니, 절대 강 건너 불이 아닙니다. 노인이 되지 않는 사람은 없을 테니까요.

증상 역시 다양하게 나타납니다. 날짜나 요일을 혼동하는 것은 물론, 같은 질문을 반복하고 물건을 두던 곳을 몰라 찾지 못하는 경우가 빈번해집니다. 가스 불에 냄비를 올려놓고 잔뜩 태운 뒤 며느리에게 잔소리를 늘어놓는 노인을 보는 건

드문 일이 아닙니다. 심지어는 늘 다니던 곳에서 길을 잃거나 버스·지하철을 반대 방향으로 타기도 합니다. 또 전에 없이 슬퍼하거나 난폭해지고 사회적으로 어울리지 않는 행동을 하는 경우도 있습니다.

대부분의 치매 환자들은 자신에게서 나타나는 인지기능장애를 자각하지 못한다고 합니다. 가족들이 좀 더 세심히 살펴야 하는 이유이기도 합니다. 환자를 조기 발견해 치료하면 많은 효과를 볼 수 있기 때문입니다. 단순히 건망증이려니 하고 무심히 지나쳤다가 훗날 후회하는 자식들도 많습니다.

기억력 테스트 현장을 지나가다가 멈춰 서서 어머니께 전화를 드렸습니다. 올해로 여든다섯. 치매 증상이 보이지 않아서 얼마나 다행인지 모릅니다. 당신 자신도 무척 자랑스럽게 여깁니다.

어머니는 여전히 맑은 정신으로 전화를 받습니다. 저는 일부러 이것저것 묻습니다. 최근에 결혼한 손자가 살림하는 이야기서부터 아주 오래전에 있었던 집안 이야기까지 한 치도 틀림없이 대답해주십니다. 다행입니다. 정말 다행입니다.

어쩌면 제 걱정을 해야 할 나이가 다가오고 있는지도 모르겠습니다. 미당未堂 선생은 치매로부터 도망치기 위해 매일 아침 30~40분씩 산 이름을 외웠다고 하던데.

사는 것, 걸음마다 첩첩산중입니다.

백수를 위한 공간은 없다

여행을 가지 않을 때는 대개 집에서 글을 씁니다. 주로 신문에 연재 중인 여행칼럼을 쓰지만, 청탁받은 시나 산문을 쓸 때도 있습니다. 다행히 낮에는 강아지들만 있어서 안으로부터의 방해꾼은 없습니다. 누구나 그렇겠지만, 저는 특히 조용한 환경일 때 마음에 드는 글이 나오는 편입니다. 그래서 글을 쓸 때는 TV는 물론 음악조차 켜놓지 않습니다. 직장에 다닐 때는 새벽에 출근해서 아무도 없는 사무실에서 한두 시간씩 썼습니다.

요즘은 글쓰기 환경에 치명적인 문제가 자주 발생하고 있습니다. 아침부터 저녁까지 이어지는 아파트 소음 때문입니다. 엘리베이터 바닥에 합판이 깔리고 공사 예고문이 붙으면 불안해지기 시작합니다. 'ㅇㅇㅇ호에서 ㅇ월 ㅇ일부터 ㅇ월 ㅇ일까지 공사하니 양해를 부탁한다'는 내용. 어느 집에서 집수리를 시작한다는 예고입니다. 이 예고문이 붙으면 며칠 동안은 신경이 곤두서는 경험을 해야 합니다. 더구나 공사 현장이 바로 이웃이거나 옆집일 때는 '지옥에서의 몇 날'을 보내게 됩니다. 쉬지 않고 들리는 드릴 소리, 망치 소리, 인부들 오가는 소리, 예민해진 개들이 짖는 소리….

이번 공사는 특히 유난합니다. 가까운 곳인 데다가 공기를 단축하려고 그러는지 아침 일찍부터 저녁 늦게까지 소음이 멈추지 않습니다. 드릴도 하나가 아니라 두 개가 쉬지 않고 굉음을 쏟아냅니다.

글을 쓰는데 계속 방해받다 보면, 당장 쫓아가 소리라도 지르고 싶을 만큼 신경이 곤두섭니다. 하지만 이웃 간에 그럴수는 없는 일이지요. 제 사정을 봐주기 위해 수리를 포기할 턱도 없고요. 저 역시 이사 올 때 누군가를 괴롭혔을 거라 생각하면, 얼른 끝내게 해달라고 기도나 하는 수밖에 없습니다. 그런 땐 소음으로부터 도망치는 게 최선이지만, 급한 원고 때문에 그럴 수도 없고, 오밤중에만 쓰자니 마감에 댈 수 없고, 없는 작업실 내놓으라고 조를 데도 없고.

직장 생활을 할 때는 몰랐는데 퇴직한 뒤 절실하게 느끼는 것이, 아파트가 절대 소음의 안전지대가 아니라는 것입니다.

특히 서민들이 모여 사는 곳은 더욱 그렇습니다. 배달 다니는 오토바이 소리, 트럭에서 들리는 "헌 컴퓨터 팔아요! 냉장고 팔아요!", 개 짖는 소리, 낮부터 부부싸움 하는 소리…. 그나저나 저 사람들은 만날 싸움만 하면 일은 언제 하나.

백수를 위한 공간은 없습니다. 하루에도 열두 번씩 멀리 떠나고 싶은 날들입니다.

4
바닷가에서 한철

바닷가 마을에서 쓰는 편지

한적한 바닷가 마을에 머물고 있습니다. 여름 한철을 지낼 요량으로 찾아왔습니다. 내세운 명분이야 글을 쓰는 것이지만, 삶의 여정에 쉼표 하나 찍고 싶었다는 게 사실에 가까운 설명일 것 같습니다. 오랜만에 한곳에 머물러 있자니, 떠돌도록 운명 지워진 유랑민이 정착민으로 살라는 명령을 받은 듯 어색하지만, 이 또한 생을 건너가는 과정이라 믿고 있습니다. 아니, 저라는 사람이 원래 정착민 체질이 아니었는지 의심이 들 정도로 잘 적응하고 있습니다.

행복하다는 이야기부터 해야 할 것 같습니다. 우선 잠을 잘 잡니다. 저녁 열 시만 되면 눈이 게슴츠레해지니 잠자리에 들지 않을 수 없습니다. 도시에서요? 새벽 한두 시 넘기는 건 보통이었지요. 밤을 꼬박 밝히는 날도 많았습니다. 날카롭게 벼려진 불면 속으로 인색하게 찾아오는 잠을 허겁지겁 받아먹는 날들이었습니다.

이곳은 밤 아홉 시만 넘으면 불빛을 보기 어렵습니다. 별도 달도 없는 밤은 한 치 앞의 손도 보이지 않을 정도로 캄캄합니다. 저 역시 저녁밥을 일찌감치 차려 먹고 어둠을 온전히 받아들입니다. 세상은 원래 이랬습니다. 아니, 이래야 합니다. 보이지 않아야 본질을 볼 수 있습니다.

별꽃들이 곱게 핀 밤이면 슬그머니 문을 열고 나가 별빛을 몸에 들입니다. 어릴 적 보던 그 별들입니다. 어디에 숨었다가 이제야 돌아왔는지. 이거야말로 억지입니다. 이제야 돌아온 건 별이 아니라 저니까요. 그들과 오래전 이야기를 나누다 보면 새록새록 잠이 밀려옵니다. 잠은 깊고도 달콤합니다. 늘 누군가에게 쫓기던 꿈도 찾아오지 않습니다.

아주 먼 길을 걸어서야 고요의 가장자리에 닿은 듯합니다. 바람 부는 날 미루나무처럼 흔들리던 마음은 조금씩 침잠의 세계로 향하고 있습니다. 그동안 너무 많은 것을 밖에서 찾으려고 한 것 같습니다. 정작 중요한 것은 안에 있었습니다. 깨달음을 참구한 게 아니라 떠돌기 위해 떠돌았던 건 아닐까 하는 생각에, 걸어온 길을 자꾸 돌아보게 됩니다.

일찍 잤으니 아침 일찍 눈이 떠집니다. 아니 일찍 잔 까닭만은 아닙니다. 더 이상 잘 수 없기에 일어나는 날이 많습니다. 바람이 나뭇잎을 흔들어 어서 일어나라고 재촉합니다. 이른 성찬을 준비한 갈매기들도 창문까지 날아와서 끼룩끼룩 부릅니다. 순서를 잊을세라 마을의 닭들도 목청을 돋워 아침을 알립니다. 머리맡의 시계를 보면 여섯 시에도 못 미쳐 있습니다.

아! 빼먹을 뻔했군요. 결정적으로 잠을 깨우는 것은 역시 바다가 부르는 소리입니다. 사납지 않고 어지간해서 이를 드러내는 법도 없으니 파도라는 이름은 어울리지 않습니다. 얼마나 부드러운지 어린 손자의 늦잠을 깨우던 할머니의 목소리 같습니다. 얼른 일어나 내다보지 않을 수 없습니다.

해가 새벽을 열고 얼굴을 내밀 때쯤에는, 대충 챙겨 입고 산책에 나섭니다. 바다는 썰물 때가 되어도 멀리 가지 못하고 마을 주변에서 서성거립니다. 사람의 온기가 그립기 때문일 것입니다. 설령 저만치 멀어져도 누구도 안타까워하지 않습니다. 때가 되면 다시 돌아온다는 것을 알기 때문입니다. 따지고 보면 모든 것이 그렇습니다. 꽃이 지는 것은 다시 피겠다는 약속입니다. 사람인들 그렇지 않을까요. 누군가 떠나면 또 누군가는 오게 마련이지요.

밤바다의 기억을 듬뿍 머금은 굴은 어제보다 몸피를 훌쩍 키웠습니다. 바다는 얼마나 많은 것들을 품어 살찌우는지. 갯강구도 부지런히 바위틈을 뒤집니다. 발걸음 소리에 작은 게 한 마리가 얼른 몸을 감춥니다. 아! 살아 있는 것들. 얼마나 큰 선물인지. 눈물이 솟을 것 같습니다. 행복해서 울어본 게 얼마 만인지 모릅니다.

여름이지만 바닷가의 아침 바람은 시원합니다. 잠의 찌꺼기를 터는 동안, 도시에서 싸안고 온 상처들도 하나둘 아뭅니다. 돌아보면 하루하루 전투를 치르듯 살아왔습니다. 퇴직한 뒤에도 전투는 끝나지 않았습니다. 아니, '미래의 불안'이라는 무게를 하나 더 지고 걸어야 했습니다.

모든 무게를 내려놓은 것은 아니지만, 도시로 돌아가면 오늘 멈췄던 만큼의 무게를 더 지고 걸어야 하겠지만, 이 순간만은 가벼워지고 싶습니다. 굴종, 불안, 경쟁, 밥, 돈… 이성이 일깨우는 것들에게서 잠시 떨어져, 원래대로의 모습으로 살아가고 싶습니다. 바닷가에 서 있는 낯선 사내를 바라봅니다. 원래의 제 모습인데, 너무 오래 잊고 살았습니다.

참 오랜만이지?

슬그머니 어깨에 손을 얹고 해변을 걷습니다. 갈매기 몇 마리가 천천히 머리 위를 선회합니다.

꽃자리에 서 있는 아침

소나무 언덕을 지나 해변으로 가면 바다가 품을 열고 기다립니다. 이른 아침 이곳은 정적靜寂이 주인입니다. 배도 몇 척 있군요. 작은 배들입니다. 갯벌에 비스듬히 누워 잠든 선체에는 미처 씻어내지 못한 고단이 묻어 있습니다. 물이 들었던 새벽을 저어 멀리 다녀온 모양입니다.

모래밭을 걷습니다. 어느 곳은 척척, 어느 곳은 사각사각, 또 어느 곳은 저벅저벅… 몸 하나의 무게를 받아들이는 소리가 조금씩 다릅니다. 해변에는 자갈과 모래가 섞여 있습니다. 조금 나가면 개흙이 드러납니다. 그러니 물도 흐릴 수밖에 없습니다. 장난기 많은 아이가 분탕질을 쳐놓은 것 같습니다. 물이 들고 나는 차이도 무척 큽니다. 인근의 바닷가처럼 해수욕장으로 개발되지 못하고 어촌으로 남은 이유입니다.

조용한 환경을 원하는 제게는 하늘이 내린 선물처럼 고마운 일입니다. 물론 이곳도 완벽한 정숙은 기대하기 어렵습니다. 해수욕장의 번잡을 피하고 싶은 사람들이 주말마다 찾아옵니다. 펜션과 횟집도 두셋씩 있습니다. 그때마다 마을이 조금씩 들먹거리고는 하지요. 하지만 그것도 괜찮습니다. 고요를 저 혼자 가지려고 하면 쓰나요. 이 마을 사람들도 벌어야지요. 게다가 이른 아침은 늘 제 세상입니다. 산책 코스는 대부분 마을 안길을 돌아서 해변을 걷는 것으로 마무리합니다. 해변은 초승달 모양으로 길게 뻗어 있습니다.

바닷물이 머물다 간 해변에는 생명의 기운이 가득합니다. 바다의 젖을 먹고 살아가는 것들입니다. 조개들은 해가 뜨기 전에 몸을 숨기고 게들은 부지런히 집을 복구합니다. 바위 위에는 갈매기들이 날개를 말립니다. 발소리에 두어 마리가 푸드덕, 허공을 할퀴지만 지나는 사람에게 생색을 내느라 그런다는 것 정도는 알고 있습니다. 이곳 갈매기들은 사람을 무서워하지 않습니다. 사진 몇 장 찍자고 애원해도 못 들은 척하기 일쑤입니다. 그러다 저만치 지나가면 뒤에서 어이, 어이, 부르고는 합니다. 알면서도 매번 깜짝 놀라 돌아봅니다.

해가 더 떠오르기 전에 밤섬으로 건너가야 합니다. 밀물 때는 섬이 되었다가 썰물 때가 되면 육지와 연결되는 작은 섬입니다. 날마다 두 번씩 길이 태어나는 셈이지요. 어느 날은 물 때를 못 맞춰 길이 열리기를 기다리기도 합니다. 그런 날은 마치 '열려라 참깨'를 외치는 알리바바처럼 초조를 가장합니다. 하지만 길은 초조나 성화로 열리는 게 아니라는 것을 압니다. '다 때가 있는 법'이라는 말을 몇 번 되새김질한 뒤에야 슬그머니 열립니다. 그 순간 마음도 활짝 열립니다. 기다림이 있었기에 보너스처럼 주어지는 기쁨입니다.

섬으로 들어갈 때마다 감동을 만납니다. 맨 먼저 들어갔기 때문이 아니라, 매번 탄생을 목격하기 때문입니다. 물이 목까지 찼다가 물러간 자리에는 모든 게 다시 태어납니다. 아무도 밟지 않은 갯벌도 모래밭도 바위도…. 바다는 그렇게 세상을 지우기도 하고 다시 낳기도 합니다.

먼저 섬으로 들어간 사람을 만나는 날도 있습니다. 대개는 외지에서 온 사람들입니다. 그들은 고둥이나 작은 소라를 줍습니다. 오늘 아침에는 중년 부부가 섬의 주인이 됐습니다. 두 번째 들어간 저는 그들 영지의 불청객입니다. 그렇다고 그들의 신민이 될 수도 없으니 눈인사를 남기고 멀찌감치 돌아서 걷습니다. 먼저 온 사람들에 대한 예의입니다. 벌써 저만치 물러가 몸을 뉘인 바다는 고요합니다. 바위 위에 올라 시선을 멀리 던집니다. 더 이상 아무 곳도 가고 싶지 않습니다. 지금 서 있는 자리가 꽃자리라는 생각에 홀로 웃습니다.

오늘도 섬을 반만 돌고 돌아섭니다. 더 가면 무언가 있을 것 같지만 욕심을 뚝 떼어 버립니다. 처음엔 입구에서, 다음엔 삼분의 일쯤, 그리고 반쯤, 조금씩 늘려가는 중입니다. 이렇게 작은 섬쯤이야 금방 돌 수 있지만 아껴두고 있습니다. 날마다 조금씩 신천지를 발견하는 기쁨 때문입니다. 욕심을 줄일수록 많은 것을 가질 수 있다는 이치를 겨우 알 것 같습니다.

뻐꾸기 다시 울다

쓸쓸한 날에는 아버지 산소를 찾아갑니다. 머무는 바닷가 마을에서 멀지 않습니다. 제가 고향 쪽으로 찾아든 까닭이기도 하지요. 그곳에는 아버지뿐 아니라 할아버지 할머니도 함께 누워 계십니다. 작년 가을, 남의 땅에 흩어져 있던 분들을 함께 모셨습니다.

이장하는 날 저는 가보지 못했습니다. 일 때문에 지방을 돌아다닐 때였습니다. 그날은 여관방에서 막걸리를 따라 놓고 큰절을 올렸습니다. 그리고 혼자 술을 마시며 울었습니다. 죽어서까지 남의 땅에 몸을 맡겨야 했던 분들 생각에, 이장하는 날까지 타향을 헤매고 다니는 스스로가 가여워서 눈물이 났습니다.

산소는 봉분 없는 평장으로 했습니다. 할아버지 할머니를 합장하고 아버지를 곁에 모셨습니다. 한 분이 차지한 면적은 보자기 하나 정도에 불과합니다. 봉분 대신 나무를 하나씩 심었습니다. 차지하는 면적이 워낙 작으니 앞으로도 수십 기의 묘가 들어설 수 있습니다. 저는 육신을 태워 길 위에 뿌려주길 원하지만, 아이들이 말을 듣지 않는다면 이곳에 묻힐지도 모릅니다.

산소에 갈 때마다, 그리움은 시간의 지우개로도 지울 수 없다는 사실을 확인합니다. 뼈가 다 삭을 동안 남의 땅에 누웠던 아버지는 여전히 눈물입니다. 어느 해에 이런 글을 쓴 적이 있었습니다.

뻐꾸기는 끝내 울지 않았다

아버지를 찾아가는 길은 철조망 사이에 개구멍을 뚫는 '범법행위'로 시작됐다.

아버지 홀로 누워 있는 골짜기를 오르는 산길에는, 지난해만 해도 안 보이던 날카로운 철조망이 둘러쳐져 있다. 아우성처럼 솟아오르는 5월의 풀잎 속에서, 그들은 금방이라도 나를 덮칠 듯 날카로운 이를 드러내고 있다. '입산금지 XX 군수'

라는 이름표 때문에라도 타협하지 않을 것처럼 당당한 기세로 서 있는 저 철조망. 이승과 저승 사이의 거리보다, 아버지의 무덤과 나 사이에 존재하는 저 경계선이 나를 더욱 절망케 한다.

산천은 세월을 이고 지고 흐르고 있었다.

맑은 물이 도랑도랑 흐르는 냇가 바위틈에서 가재들이 얼핏 얼굴을 내밀었다 얼른 숨는다. 이곳만큼은 시간이 멈추어버린 걸까? 옛 풍경 그대로다. 해마다 베어도 베어도 솟아오르는 가시덤불을 헤치며 등에 땀이 배일 만큼 올라서야 다다르는 곳, 외로이 서 있는 아버지의 무덤은 작년보다 더 여위었다. 지난해 등에 지고 올라가서 심은 떼는 척박한 땅에 기대 생명줄만 간신히 붙잡고 있다.

살아서나 죽어서나 '누울 곳' 하나 자신의 것으로 가져보지 못한 아버지. 꼬챙이처럼 작던 노간주나무 두 그루는 시간을 먹고 내 키의 두 배 가까이 자랐다. 그러고 보니… 아 그래! 저 소나무들은 내 팔 길이를 넘지 않았었고, 저 떡갈나무, 그리고 밤나무…. 저들이 저만큼 자라기 위해 아버지의 무덤은 이리도 작아진 것일까?

무덤 앞에는 이름 모를 꽃이 피고 진다.

오늘따라 늦게 얼굴을 내민 태양은 낡은 잔디 위에 골고루 햇살을 뿌린다. 무릎 꿇고 깊이 머리 숙여 울음을 삼킨다. 생솔가지 태우는 연기를 마신 듯 목구멍이 쓰리다. 가시처럼 목에 걸려 밭은기침으로도 토해내지 못하는 통곡은, 얼마만큼의 세월을 살아내야 시원스레 풀어낼 수 있을까? 이대로 아버지 곁에 누워 잠들고 싶다. 이대로… 신음처럼 불러본다. 아버지! 무덤 앞의 작은 꽃은 바람이 없어도 어깨를 들썩인다.

뻐꾸기는 끝내 울지 않는다.

무덤을 등지고 담배 하나 물고 앉아 먼 산에 눈을 둔다. 저물어 가는 해를 바라보며 뻐꾸기의 울음을 기다린다. 어느 해였던가, 세상을 떠돌다 돌아와 아버지 무덤 앞에 엎드린 날, 그리도 가슴을 파고들던 뻐꾸기의 울음은 아직도 이 산을 맴돌고 있을까? 왜 그 해의 뻐꾸기 울음에는 상두꾼으로 살다간 종태 아버지의 처량한 요령소리가 묻어 있었을까? 철쭉이 뚝뚝 꽃잎을 내려놓는다. 뻐꾸기는 끝내 울지 않는다. 세상에 두고 온 것은 두고 온 것대로 두고 나도 여기 눕고 싶다.

석양 머금은 바람 한 자락이 "일어나라, 일어나 내려가라" 자꾸 등을 떠민다.

어깨 위로 어디선가 날아온 뻐꾸기 소리가 내려앉습니다. 설움을 날것으로 쏟아내던 날만큼 서럽지는 않습니다. 세 분 모두 고향에 모셨기 때문인지, 슬픔을 정제할 만큼 살아냈기 때문인지는 잘 모르겠습니다. 아니 구분하고 싶지 않습니다. 술잔에 뻐꾸기 울음까지 그득 담아놓고 절을 합니다. 이분들을 만날 날이 그리 멀지 않다는 생각으로 안도합니다. 참 다행입니다.

길에서 만난 강아지 '자유'

아침 산책길마다 만나는 강아지가 있습니다. 개라고 부르기에는 아직 어려, 강아지라는 말이 딱 어울리는 아이입니다. 견종은 잘 모르겠습니다. 어찌 보면 골든레트리버 같은데, 어느땐 전형적인 '똥개' 같기도 합니다. 얼굴이 뾰족한 게 가끔 여우를 연상시키기도 하고 맑은 눈동자는 사슴을 빼닮아서, 조상의 정체를 밝히라고 윽박질러보고 싶지만 꾹꾹 눌러 참고는 합니다. 낯선 곳에 깃들어 사는 저에게는 참으로 살가운 존재입니다.

대개 같은 코스로 산책을 나가지만 녀석을 어디에서 만날지는 알 수 없습니다. 어느 날은 늙은 소나무 숲에서 불쑥 튀어나오기도 하고, 어느 날은 막 꽃잎을 닫고 있는 달맞이꽃 그늘 사이에서 취한 듯 걸어 나오기도 합니다. 꽃밭에 숨어 얼굴만 드러낸 적도 있고 웅덩이에 자신의 얼굴을 비춰보며 황홀한 표정으로 서 있는 날도 있습니다. 물론 제가 올 줄 알았다는 듯이 길가에 엎드려 기다리는 날도 있고요. 가끔은 보이지 않는 날도 있는데, 혀를 입천장에 대고 '쭈쭈쭈' 소리를 내면 어디선가 득달같이 달려오고는 합니다.

오늘은 꽃그늘에 숨어 있다가 느닷없이 얼굴을 내밀어, 방파제 너머 갈매기를 깜짝 놀라게 하다가 딱 걸리고 말았습니다. 갈매기를 쫓던 녀석이 저를 보더니 부리나케 달려와 알은척합니다. 머리를 쓰다듬으며 묻습니다.

"넌 왜 비 오는데 나와서 이러고 다니는 거야? 옷이 다 젖었잖아."

"……."

"밥이나 먹고 나온 거니? 배가 홀쭉한데?"

"……."

"그나저나 너는 집이 어디야? 사는 집이 있기나 한 거야?"

"……."

녀석은 끝내 대답이 없습니다. 별걸 다 묻는다는 듯이 꼬리나 흔들 뿐입니다. 아니 뭔가 이야기를 하는데 경지가 얕아서 못 알아들었는지도 모릅니다. 그런데, 묻다 보니 정말 궁금해졌습니다. 이 녀석은 대체 집이 있기나 한 걸까? 첫날부터 길 위에서 만났기 때문에 대체 알 수가 없습니다. 만나자마자 아무런 경계도 없이 다가온 녀석입니다. 짖는 법도 없습니다. 더럽거나 궁색해 보이지 않는 것으로 봐서는 집이 있는 것 같기는 합니다. 하지만 늘 배가 홀쭉한 채 돌아다닙니다. 밤낮으로 싸돌아다니니 뭔들 제대로 얻어먹을까요.

다른 때는 머리를 쓰다듬고 몇 마디 나누면 가차 없이 돌아서서 갈 길을 가던 녀석이 뒤를 따라옵니다. 비가 추적추적 내리는 날 혼자 바닷가를 걷는 중년 사내가 쓸쓸해 보였나 봅니다. 아니면 뭔가 불안해 보였을 수도 있고요. 저는 모른 척하고 가던 길을 갑니다.

조그만 저수지를 지나고 포도 넝쿨이 있는 담장을 지나고 호두나무를 지납니다. 곧이어 제가 가장 좋아하는 무화과나무들이 나타납니다. 꽃마저 숨기고 태어난 열매들이 조롱조롱 맺혀 있는 모습은 늘 걸음을 붙잡고는 합니다. 녀석은 제가 서면 기다리고 있다가 걸음을 옮기면 함께 움직입니다.

한데, 산책의 반환점을 돌아서니 이 녀석이 더는 따라오지 않습니다. 마치 최선을 다했다는 듯 오던 길을 내쳐 걸어갑니다. 뒤를 돌아보는 법도 없습니다. 우리 함께 걸어왔던 거 맞아? 만남과 헤어짐의 달고 쓴 맛을 모두 아는 것 같은 그 허허로운 뒷모습. 진정한 자유를 얻은 자만이 가질 수 있는 쓸쓸함이 어깨에 얹혀 있습니다. 방랑자는 모름지기 이래야 한다는 고집과, 미련 따위는 두지 않는 결기도 보입니다.

아! 녀석을 무어라 부를지 생각났습니다. 자유. 이제부터 이 강아지의 이름은 자유입니다. 물론 혼자만 알고 있는 이름입니다. 자유야! 자유야! 자꾸 불러봅니다.

입안에 하얀 박하 향이 맴돕니다.

잠자리 떼 속을 걷다

노트북용 좌식책상을 거실의 통 넓은 유리창 앞에 놓았습니다. 고개만 들면 바닷물이 들고나는 게 훤하게 보입니다. 유리창은 늘 소나무 두 그루와 전봇대 하나를 액자에 담아서 보여줍니다. 가끔은 떠돌이 구름을 불러 걸어 놓기도 합니다. 그 사이를 갈매기가 다녀갑니다. 선물 아닌 것이 없습니다.

풍경화를 활동사진으로 바꿔주는 건 잠자리입니다. 이곳에는 잠자리가 유난히 많습니다. 가을에나 나타나는 줄 알았는데, 뜨거운 여름의 공간을 가득 메웁니다. 비가 그친 뒤로는 더욱 많아졌습니다. 오랫동안 도시에서 살아온 제게는 신기한 광경입니다. 산책길에는 수천 마리쯤 돼 보이는 잠자리 떼를 만나기도 합니다. 가만히 서 있으면, 저만치 떨어져 날던 녀석들이 다가와 코앞으로 머리 위로 날아다닙니다. 저 자신이 자연 속에 편입된 것 같아서 기꺼워집니다.

날아다니는 잠자리를 잘 살펴보면 나름의 질서가 있습니다. 한 떼는 왼쪽에서 오른쪽으로 다른 한 떼는 왼쪽에서 오른쪽으로 날아갑니다. 대부분 수평의 대열을 유지합니다. 해저의 물고기 떼처럼, 공간을 끊임없이 유영합니다. 저들은 무엇을 찾아 저렇게 날아가는 걸까? 밥은 언제 먹는담? 혹시 저들에게도 정해진 길이 있을까? 자판을 치다가도 밥을 챙겨 먹다가도 엉뚱한 생각을 하고는 합니다.

잠자리 무리에도 일탈하는 녀석이 없는 것은 아닙니다. 잘 따라가다가 느닷없이 돌아서서 반대편을 따라가기도 합니다. 수평을 버리고 수직으로 솟아오르는 녀석도 있고요. 그럴 때마다 혼자 웃습니다. 일탈이야 어느 집단에나 있는 것이니까요. 사람이라는 집단은 말할 것도 없고요. 한때 비뚤어졌던 아이들이, 멀리멀리 돌아서 제 길을 찾아가는 것을 보면 눈물겹기도 합니다.

잠자리가 있는 풍경 위에 유년의 뜰이 펼쳐지기도 합니다. 어릴 적 살던 집 마당에도 잠자리가 무척 많았습니다. 잠자리를 잡는다고 무던히 쫓아다녔지요. 못된 짓도 많이 했습니다. 잠자리의 꼬리를 자르고 풀잎을 끼워서 날게 한다든가, 꼬리에 실을 묶어 날리는 짓 말입니다. 뱀을 만나면 돌을 던지고

개구리를 패대기치고 사슴벌레나 말똥구리를 장난감으로 알 던 때였습니다. 누구는 아이들의 그런 짓을 일러 성악설性惡說 의 논거로 삼기도 합니다. 일찍이 순자荀子는 "사람의 본성은 악한 것이다. 선한 것은 인위적인 것"이라고 주장했지요.

옛사람의 말을 빌려 어릴 적의 패악을 변명해보자는 이야기 는 아닙니다. 고향과 비슷한 환경 속으로 수십 년 만에 돌아 와 보니 그때 생각이 새록새록 되살아났을 뿐입니다. 참 먼 곳 을 돌아서 잠자리들이 사는 곳까지 왔습니다.

작은 돌이 전하는 말

섬에 갈 때마다 작은 돌을 하나씩 주워 옵니다. 바닷물이 물러난 해변에는 돌이 지천입니다. 파도와 시간이 교접해서 낳은 것들입니다. 제가 줍는 돌은 주로 작고 까만 돌입니다. 어느 것은 깎이고 깎여 거의 바늘만큼이나 가늘어져 있습니다. 머지않아 세상에 왔던 흔적을 지울 것들입니다. 원래의 모습은 알 수 없습니다. 바윗덩어리만큼 컸는지, 아니면 바위에서 떨어져 나온 작은 돌이었는지. 아무리 들여다보고 귀를 기울여 봐도 그에 대한 기록은 없습니다.

작은 돌을 골라 손에 쥐면, 덜어내고 덜어낸 뒤 남은 소멸 직전의 무게에 가슴이 뭉클합니다. 시간은 더해주는 게 아니라 덜어내는 것이라는 진리를 실감합니다. 제게서도 뭔가 덜어내고 있겠지요. 그 끝머리에서 윤회의 굴레를 벗을 수 있으면 좋겠습니다.

머무는 집으로 돌아올 때쯤이면 돌의 물기는 모두 말라버립니다. 그제야 돌의 참모습이 보입니다. 어느 것은 주울 때 모습 그대로 까만색이지만 어느 것은 다른 색깔로 변해 있습니다. 갈색이나 회색도 있습니다. 반은 까만색 반은 회색인 돌은 볼수록 신기합니다. 젖어 있을 때는 확인할 수 없었던 '구분' 혹은 '다름'입니다. 다른 돌끼리 붙었을 리는 없으니, 샴쌍둥이처럼 한 몸으로 태어나 '다른 색깔의 하나'로 살아온 게 틀림없습니다. 떨어지지 않고 끝내 함께할 수 있었으니 행복했을 거라고 믿습니다.

방에 앉아 돌을 귀에 대고 들어보면 온갖 소리가 들립니다. 쏴아 바람 소리, 철썩철썩 파도 소리, 끼룩끼룩 갈매기 소리…. 아득한 시절, 바위였을 무렵의 이야기를 해달라고 조르기도 합니다. 누천, 누만의 시간이 전하는 소리가 거기 들어 있다는 것을 압니다. 저는 다만 들을 뿐이지, 그 소리가 전하는 뜻은 해독하지 못합니다. 세상 모든 것을 안다는 듯 얼굴을 쳐들고 살아온 날들이 부끄러워지는 순간입니다.

돌들을 상 위에 올려놓고 가만히 바라봅니다. 같은 재질이고 같은 바닷가에서 같은 파도에 몸을 맡겼는데도 어찌 이렇게 모두 다를까요. 깎이고 깎이어도 끝내 버리지 못하는 '나'.

경이로운 고집입니다. 하나씩 집어서 들여다봅니다. 어느 돌은 새를 닮았고 어느 돌은 긴 장화처럼 생겼습니다. 고개를 빳빳이 쳐든 사람의 모습도 돌고래도 있습니다.

어떤 돌은 누군가 일부러 깎아놓은 것 같군요. 더도 말고 덜도 말고 딱 화살촉처럼 생겼습니다. 당장에라도 누군가의 심장에서 붉은 피를 꺼내올 듯 날카롭습니다. 바다는 누구와 전쟁을 벌일 일이 있어 이런 무기를 준비한 것일까. 누구를 생각하며 밤마다 화살촉을 가는 것일까. 저 넓은 가슴에도 미움이 있을까…. 온갖 생각을 해보는 시간입니다.

바닷가를 떠날 때 돌들을 모두 반납할 것입니다. 애당초 제 것이 아니었으니까요. 가슴속의 사랑과 미움도 슬그머니 내려놓고 갈 것입니다. 가벼운 몸과 마음으로 세상을 걸을 것입니다.

세상에서 가장 평화로운 마을

　이곳은 세상에서 가장 평화로운 마을입니다. 눈만 뜨면 전쟁하듯 살아온 제게는 천국이나 다름없습니다. 산은 겸손하고 바다는 안온합니다. 사람들은 배를 부려 고기를 잡거나 갯벌을 뒤져 바지락을 캐내기도 하지만 주로 농사를 짓습니다. 바다에서 조금만 벗어나면 너른 땅이 펼쳐져 있습니다. 옛날에는 염전이었거나, 혹은 간척으로 생긴 땅인지도 모릅니다.

　어느 날은 무인도에 표류한 소년처럼 호기심 가득한 눈으로 마을 곳곳을 탐험합니다. 어느 집에는 잘 익은 무화과가 담장밖으로 얼굴을 내밀고, 마당 넉넉한 민박집에는 염소가 지나온 길을 묻습니다. 가끔 마주치는 주민들의 얼굴은 햇볕에 그을려 거칠지만, 그래서 더욱 순박해 보입니다. 눈인사를 하면 미소로 답례해줍니다. 누구냐느니 어디서 왔느냐니 묻는 법은 없습니다.

가끔 나타나는 행상 트럭이 아니면 적막이 깨질 일은 거의 없습니다. 이 트럭은 말 그대로 만물상입니다. 라면·국수·막걸리·소주 같은 공산품에서 젓갈 같은 저장식품까지 팔지 않는 게 없습니다. 이 마을에서 그런 것들을 사기 위해서는 외지로 한참 나가야 하기 때문입니다.

이곳저곳 걷다 보면 마음은 어느덧 어린 시절로 달려갑니다. 초등학교 5학년까지 이 동네와 비슷한 환경에서 자랐습니다. 학교로 오가는 길은 바다를 끼고 있는 신작로였습니다. 하굣길에는 누가 먼저랄 것도 없이, 발걸음이 자연스럽게 바다로 향했습니다. 바다로 이어진 냇가에서 발가벗고 헤엄도 치고 물고기도 잡았습니다. 물이 빠지면 개펄로 가서 그물에 걸린 꼴뚜기를 떼먹기도 했습니다. 입안 가득 맴돌던 짭조름한 맛은 여전히 강렬한 기억으로 남아 있습니다. 도시락을 제대로 싸가지 못할 정도로 배고픈 시절이었습니다.

서리도 많이 했습니다. 먹을 게 흔치 않았던 시절, 서리는 허기도 끄고 스릴도 즐길 수 있는 최고의 놀이였습니다. 보리서리, 감자 서리, 고구마 서리, 참외 서리, 수박 서리, 복숭아 서리… 어지간한 서리는 어른들도 그러려니 눈을 감아줬습니다. 그렇게 망아지처럼 들판과 갯벌을 뛰어다니던 날들. 그런 날들이 피를 데우고 뼈를 굵게 했습니다.

그 푸르던 시간을 몇십 년 만에 다시 누려보는 것인지. 얼마나 먼 길을 걸어 여기까지 온 것인지. 누가 부르는 것 같아 가만히 돌아봅니다.

호준아! 호준아….

어릴 적 친구들의 목소리인 것 같은데 아무도 없고, 갈매기 몇 마리만 노을 속으로 몸을 던집니다.

새 신을 신고 뛰어보자, 팔짝!

　바닷가를 자주 걷다 보니 도시에서 신고 온 신발이 불편합니다. 전국의 산천을 함께 걸어온, 전우 같은 운동화지만 바닷가에서는 기를 못 폅니다. 샌들을 한 켤레 사야겠다는 생각이 들어서 모처럼 외출했습니다. 요즘에는 작은 도시에도 대형마트들이 있어서 마음만 먹으면 뭐든지 살 수 있습니다. 원래부터 장사하던 사람들은 어떻게 살까, 다 망한 건 아닐까, 걱정을 하면서도 따로 아는 곳이 없으니, 발길은 자연스럽게 그곳으로 향합니다.

　한여름의 신발 판매대는 화려합니다. 유명한 해수욕장과 멀지 않아서인지 소위 '아쿠아슈즈'들이 많이 나와 있습니다. 가격도 천차만별입니다. 쌈 직한 샌들 하나를 골라 신습니다. 어차피 바닷물에 젖을 테니 고급 신발이 필요하지 않습니다. 그래도 발에 맞는 신발을 골라서 기분이 좋습니다. 가격에 비교하면 모양도 그럴싸합니다. '새 신을 신고 뛰어보자, 팔짝!' 어릴 적 부르던 노래가 떠오릅니다.

기억의 다락방에 숨어 있는 신발의 추억은 기쁨보다는 슬픔입니다. 어릴 적부터 새 신을 신어본 기억이 별로 없습니다. 초등학교 때까지는 검정고무신을 신었는데 구멍 나면 때우고 떨어지면 기우는 게 당연한 절차였습니다. 반짝거리는 흰 고무신을 신어보고 싶었지만 소망이 이뤄진 적은 없었습니다.

중학교에 들어가서는 교복에 맞춰 검정 천 운동화를 신었습니다. 워낙 약하기도 했지만, 먼 길을 걸어 다녔기 때문에 운동화는 자주 해졌습니다. 겨울이면 찢어진 틈으로 눈이 들어오고 눈은 녹아 금방 물이 됐습니다. 기온이 떨어지면 발이 거의 마비되기도 했습니다. 계속 걷지 않으면 돌멩이처럼 굳어져 깨질지도 모른다는 공포에 시달리기도 했습니다.

어느 날 할머니가 운동화를 하나 가져왔는데, 해지지는 않았지만 낡은 상태로 봐서 누가 신던 게 분명했습니다. 아니나 다를까 친척 집에 갔는데, 멀쩡한 운동화를 마루 밑에 처박아 놓았기에 얻어온 것이라고 했습니다. 제 발에는 조금 컸지만 구멍 난 신발을 신는 것보다는 훨씬 좋았습니다. 한동안은 그 신발을 신고 학교에 다녔습니다.

어른이 돼서도 신발은 여전히 남다른 의미로 남아 있습니다. 애틋함이랄까요. 특별히 고급 신발에 욕심을 낸 적은 없지만, 괜찮은 신발을 보면 저도 모르게 눈길이 가고는 합니다.

삶과 빈곤이 같은 의미였던 시절을 돌아봅니다. 척박한 환경 속에서도 모나지 않은 성품으로 한세상을 건너게 해준 건 할머니의 사랑이었습니다. 당신이 베푼 무한한 사랑은 떨어진 신발이 주는 열패감을 어렵지 않게 덮어주고는 했습니다. 지금도 신발을 이야기하려 하면 할머니부터 떠오릅니다. 발부터 시작해서 온몸이 따뜻해집니다.

인연이 주는 선물

바닷가 마을에 머물기까지는 주변의 도움이 컸습니다. 그렇지 않았다면, 주변머리 없는 제가 이런 곳을 찾는 것은 어림도 없는 일입니다. 머무는 집은 바닷가의 조그만 빌라입니다. 지은 지가 꽤 오래된 바람에 외양은 조금 허술해 보이지만 제게는 과분할 정도로 좋은 환경입니다.

바다가 눈앞이라든가 하는 자랑거리는 따로 열거하지 않겠습니다. 이 집에 처음 왔을 때 저를 깜짝 놀라게 한 건 따로 있었습니다. 말 그대로 '몸만 들어오면 될' 정도로 모든 게 준비돼 있었습니다. 주인이 쓰던 그대로 넘겨줬기 때문입니다. 냉장고·세탁기·에어컨·TV·청소기 모두 가동 상태 '이상무'였습니다.

그중 에어컨은 입주하는 날 딱 한 번 켜봤습니다. 문만 열어놔도 더운 줄을 모르니 쓸 일이 없기 때문이지요. 손빨래를 하니 세탁기 역시 필요 없습니다. TV는 정말 적적할 때만 켜는 편이고, 냉장고는 아주 긴요하게 쓰고 있습니다.

아침에 산책하고 돌아와 빨래를 하고 밥을 해 먹는 절차도 선물입니다. 자취하던 학생 시절, 그리고 산속에서 혼자 지내던 청년기를 제외하면 모처럼 만끽하는 혼자만의 즐거움입니다. 나머지 시간은 전부 글 쓰는데 할애하지만, 방해받지 않고 글을 쓸 수 있다는 것은 또 얼마나 큰 행복인지요. 그때마다 이런 환경을 제공해준 분에게 감사할 수밖에 없습니다.

집을 빌려준 분은 지인의 소개로 딱 한 번 인사를 나눴을 뿐입니다. 그런데도 아무 조건 없이 쓰고 싶은 대로 쓰라며 모든 것을 내줬습니다. 대체 나를 어떻게 믿고… 제가 차에 싣고 온 거라고는 밑반찬 몇 가지에 조그만 상 하나, 노트북컴퓨터, 책 몇 권이 고작이었습니다. 인연은 반드시 시간에 비례하는 게 아니라는 사실을 절감합니다.

이곳에서 사는 데 도움을 준 사람은 집주인뿐이 아닙니다. 그분을 소개해준 분에게도 큰 도움을 받았습니다. 안부를 꼬박꼬박 물어주는 분들 역시 위안이자 나태에 빠지지 않게 하는 채찍입니다. 숨긴다고 숨겼는데도, 어찌어찌 알아내서 건강식품이나 반찬이 될 만한 것을 보내주는 분들도 있습니다. 오래 인연을 나눈 형님은 포장 곰탕을 한 상자나 보내줬습니다. 제가 한 보답이라고는 뭘 그렇게 많이 보냈느냐는 타박이 전부였습니다.

생각해 보면 염치없는 짓이지요. 무슨 대단한 일을 한다고 이곳까지 내려와 이 사람 저 사람 걱정시키고 신세까지 지는지. 살아 있는 동안 아무리 열심히 갚아도 다 갚지 못할 것 같습니다.

내내 인연을 생각합니다.

주례사를 하지 않은 주례

큰 조카의 결혼식이 있어서 다녀왔습니다. 서른다섯 살이
넘도록 결혼할 기미가 없어서 집안 어른, 특히 어머니의 걱정
이 많았는데 때가 되니 짝을 찾고 가정을 이뤘습니다.

결혼식은 숙부인 제가 집전했습니다. 조카의 결혼식을 왜
작은아버지가 집전하느냐고 의아해하는 분도 있겠지만, 그럴
만한 사정이 있었습니다. 혼례 날짜를 잡을 때 제가 '주례 없
는 결혼식'을 하는 게 어떠냐고 제안했습니다. 순전히 제 경험
때문에 나온 제안이었습니다.

어쩌다 보니 결혼식 주례를 열 번쯤 하게 됐는데, 결혼식 과
정이 늘 마음에 차지 않았습니다. 기계로 찍어내듯 일률적으
로 진행되는 식이 못마땅했던 거지요. 특히 낯선 주례가 나와

서 늘어놓는 장광설은 꼭 필요한 것 같지 않았습니다. 그럴 시간이 있으면 혼주나 신랑 신부가 하객들에게 인사말이라도 하는 게 낫다는 생각이 들었습니다.

그런 생각을 한 사람은 저 혼자만은 아니었던 것 같습니다. 요즘 주례를 세우지 않고 진행하는 결혼식이 제법 많아지고 있다고 하지요. 그럴 경우 보통 사회자가 전체적인 순서를 진행하는데, 제가 계획한 것은 혼합형이었습니다.

제가 단상에 나가 집전을 하게 된 이유가 바로 그것이었습니다. 가족 대표가 일부 주례의 역할을 맡기로 한 겁니다. 주례 없는 결혼식이라고 해서 순서나 근본이 바뀌는 것은 아닙니다. 양가 어머니가 나와 촛불을 켠 뒤, 주례를 소개하는 시간에 제가 대신 나가서 인사말을 했습니다. 찾아온 분들에게 감사 인사를 하고, 왜 주례 없는 결혼식을 진행하게 됐나 간략하게 설명했습니다. 그날의 신랑 신부에게 축복을 내리는 것도 잊지 않았습니다. 신랑 신부가 입장해서 서로 인사를 하고 함께 혼인서약을 하고, 저는 성혼선언문을 낭독한 다음 단상에서 내려왔습니다. 나머지 순서는 다른 결혼식과 다르지 않았습니다.

사실 하고 싶었던 말은 주례 없는 결혼식보다는, 새로 태어나는 한 쌍의 부부가 얼마나 아름다운지에 대한 것이었습니다. 예쁘지 않은 신부가 없다고 하지만 그날의 신부는 참으로 고왔습니다. 조카며느리를 맞이하는 기쁨 때문에 그렇게 보인 것만은 아니라고 장담할 수 있습니다. 신랑 역시 멋지고 씩씩했습니다. 저 아이가 언제 저렇게 장성했을까. 뿌듯한 마음을 떨칠 수 없었습니다. 제가 군에 있을 때 세상에 태어난 아이입니다. 쌍둥이 조카들이었지요. 그 소식을 전하던 형수의 편지는 지금도 생생하게 기억할 만큼 감동적이었습니다. 아이들이 초등학교에 다닐 때까지 한집에서 살았기 때문에 정도 두텁습니다.

행복한 하루였습니다. 한 쌍의 부부가 탄생하고, 그 사이에서 아이들이 태어나고 자라면서 어른들은 자신이 늙는 것을 실감하기 마련이지요. 하지만 최소한 그날만큼은 제게도 잎이 새로 돋고 꽃이 피는 것 같은 활력이 샘솟았습니다. 뒤로 밀려나면서도 행복할 수 있다는 것을 확인한 날입니다.

별을 헤는 밤

　문득 마당으로 나간 건 풀벌레 소리 때문이었습니다. 이 마을은 밤이 되면 풀벌레 소리가 참 곱습니다. 아니, 이 마을의 풀벌레 소리만 특별히 좋을 리야 없지요. 조용하기 때문일 겁니다. 먼 길을 달려온 바닷물마저 고단을 베고 잠들면, 세상은 침묵 속으로 깊이 잠깁니다. 이제부터 온 세상은 풀벌레의 영토이고, 시간은 풀벌레를 위해 흐릅니다. 누가 지휘하는 걸까요. 그들이 일제히 노래를 시작합니다. 한낮을 묵묵하게 건너 고요의 시간에 닻을 내린 그들이 부르는 합창은 천상의 화음인 듯 달게 들립니다.

　창문을 넘어온 풀벌레 소리는 귓전까지 다가와 속삭입니다.

　방에만 있지 말고 나와서 걸어보세요. 오늘은 바람이 얼마나 좋은지 몰라요.

누가 손이라도 잡아끄는 듯 문을 열고 나갑니다. 마당으로 나서면 풀벌레의 합창은 한층 가까워집니다. 오늘 객석에 초대받은 사람은 오직 저 하나입니다. 저를 위해 저들은 목청 높여 노래합니다. 아차, 아니군요. 하늘의 달과 별이 함께 듣고 있었습니다. 문득 올려다본 하늘에는 얼마나 별이 많은지요. 비가 내리거나 흐린 바람에 며칠 동안 만나지 못했더니 오늘은 우르르 싹을 틔웠습니다. '별이 쏟아질 듯하다'라는 표현이 판에 박힌 것 같아서 쓰기를 꺼렸는데, 한 번은 써야 할 것 같습니다. 정말 쏟아질 것 같은데, 아무리 생각해도 대체할 만한 말이 떠오르지 않는군요.

'주먹만 한 별'이라는 표현도 그렇습니다. 말 그대로 별 하나가 어른 주먹만큼씩 큽니다. 까치발을 딛고 팔을 올리면 딸 수 있을 것처럼 만만해 보입니다. 별이 저리 크고 밝고 많은 것 역시 다른 불빛이 없기 때문이지요. 인공의 불빛이 없는 곳에서는 오로지 달이나 별이 주인공이니까요. 우리는 너무 오래 별을 잊고 살았습니다. 별을 잊는 것은 꿈을 잃는 것입니다. 꿈을 꾸지 않는 사람들이 사는 세상은 사막처럼 서걱거리기 마련입니다.

마당의 평상에 누워 별을 보던 시절이 있었습니다. 할머니는 무릎을 베고 누운 손자에게 부채를 부쳐주며 노래하듯 별을 헤아렸습니다. 할머니 하는 대로 세어보렴. 별 하나 나 하나, 별 둘 나 둘, 별 셋 나 셋… 그 뜻 없는 헤아림이 얼마나 아련하고 행복했는지요. 꿈은 그렇게 어린 제 안에서 하나, 둘, 셋, 싹을 틔웠습니다. 졸음을 못 이겨 잠이 든 뒤에도 무럭무럭 자랐습니다.

눈을 들어 별을 헤아려 봅니다. 별 하나 나 하나, 별 둘 나 둘… 예고도 없이 눈 주변이 시큰해집니다. 별은 저곳에서 기다리고 있었는데, 별 헤는 법을 가르쳐주던 할머니는 떠난 지 오래고, 저는 세상의 때를 가득 묻히고 돌아왔습니다. 꿈을 파종하기는 너무 늦은 건 아닌지…. 별을 헤아리다 말고 사랑하는 이들의 얼굴을 하나씩 떠올립니다. 그들에게도 저 별빛이 가 닿기를, 희망의 씨앗이 되기를. 모처럼 두 손 모읍니다.

지하철의 취객과 여인

　서울에 강의하러 간 날, 늦은 밤 지하철을 탔습니다. 그 시간쯤이면 지하철 안은 천태만상을 품기 마련입니다. 꾸벅꾸벅 조는 사람, 전화기에 대고 쉬지 않고 떠드는 사람, 부둥켜안고 애정 표현에 열중인 젊은 연인들…. 가끔은 웃음을 자아내는 장면도 있지만 불쾌한 일도 자주 일어납니다. 그중에서도 취객들이 연출하는 풍경은 맨정신으로 보기 민망할 때가 많습니다.

　무심코 앉은 게 하필 취객의 맞은편이었습니다. 술독에서 헤엄치다 금방 빠져나온 것 같은 오십 대 후반의 사내가 전화기 저쪽에 대고 무언가 열변을 토하고 있었습니다. 목소리가 얼마나 큰지, 객차 한 칸이 통째로 쩌렁쩌렁 울릴 정도였습니다. 정작 눈길을 끄는 건, 통화 중간중간 옆에 앉은 여자에게 무언가 동의를 구하거나 설명을 하는 것이었습니다. 전화 상대방과 목소리를 높이다 갑자기 옆의 여자를 돌아보며 "내 말이 맞지 않아요?" 묻는 식이었습니다. 사십 대 중반쯤 돼 보이는 여자는 남자가 말을 걸 때마다 눈을 맞춰주거나 고개를 끄덕거리며 동의를 표시해주었습니다.

처음에는 당연히 일행인 줄 알았습니다. 하지만 생판 모르는 사람이라는 것을 확인하는 데는 오래 걸리지 않았습니다. 그들 사이의 인연이라고는 조금 전 옆자리에 앉았다는 것뿐이었습니다. 그런데도 여자는 취객의 주사酒邪를 잔잔한 웃음과 함께 받아주었습니다. 남자는 어느 순간 전화를 끊고 여자에게 본격적으로 말을 걸기 시작했습니다. 언뜻 들어도 턱없는 소리를 쉬지 않고 중얼거리는데, 여자는 별 귀찮은 기색 없이 장단을 맞춰줬습니다. 저걸 왜 다 들어주지? 보는 사람이 민망할 정도였습니다.

그렇다고 남자가 소위 '작업'을 거는 건 아니었습니다. 말하기 좋은 상대를 찾았다는, 쉽게 놓쳐서는 안 되겠다는 의지 같은 게 읽힐 뿐이었습니다. 여자가 목적지에 도착한 듯 자리에서 일어나더니 남자에게 인사했습니다. 마치 이야기를 들려줘서 고맙다는 듯, 아니면 좀 더 듣고 싶었는데 너무 일찍 내려서 아쉽다는 듯, 공손한 인사였습니다.

여자가 내리고 나자 남자의 눈동자가 급격하게 비어갔습니다. 행복이 사라진 빈자리에 쓸쓸함과 안타까움이 고였습니다. 더 이상 전화를 걸지도 않았고 다른 사람을 찾아 말을 걸지도 않았습니다. 텅 빈 눈동자로 허공을 응시할 뿐이었습니다. 말할 상대를 잃어버린다는 것은 사람을 저리도 쓸쓸하게 만드는구나. 남자는 뭔가 맺힌 게 있어서 술을 마셨고, 취한 김에 가슴에 두었던 이야기를 주절주절 늘어놓았던 모양입니다.

그렇게 결론을 내리고 생각하니, 그 여자야말로 큰 보시布施를 베푼 셈이었습니다. 잔잔한 미소로 모르는 사람의 이야기를 들어주는 것, 누구도 쉽게 할 수 있는 일은 아니었습니다. 생각을 바꿔 보면 그 취객이야말로 세파에 흔들리는 우리의 가장이니까요. 남이 아니라 모두의 자화상이 될 수 있으니까요. 온갖 형상으로 현신하여 중생을 고통에서 구해준다는 관음보살이 잠시 눈앞에 나타났던 건 아닐지, 과장된 상상까지 해봤습니다.

불가佛家에서는 자비심으로 남에게 재물이나 불법을 베푸는 것을 보시라고 이릅니다. 어찌 재물이나 불법을 베푸는 것뿐일까요. 맺힌 사람의 이야기를 들어주는 것, 지친 이의 어깨를 한번 두드려주는 것, 쓸쓸한 이에게 따뜻한 말 한마디 건네주는 것이야말로 부처가 가르치려던 자비가 아닐까요?

내 말은 줄이고 많이 들어줄 일입니다. 바람이 전하는 말에도 귀를 기울여볼 일입니다.

밥 짓고 빨래를 하면서

아침 일찍 산책에서 돌아오면 쌀부터 씻어 안칩니다. 차려줄 이가 없으니 스스로 해야 하는 일입니다. 밥은 전기밥솥에 합 니다. 씻어 안치기만 하면 알아서 해주니 어려울 것도 없지요. 한꺼번에 여러 끼 분량을 해놓고 먹어도 식은 밥이 될 일은 없지만, 가능하면 조금씩 해서 먹습니다. 전기밥통이 아무리 좋아졌다고 해도 오래 두면 금방 했을 때 특유의 맛이 사라지 기 마련이거든요.

밥을 안치고 기다리면 딸랑딸랑 소리가 나고 증기를 배출합 니다. 기분 좋은 시간을 알리는 신호입니다. 이제부터 밥 냄새 를 즐길 수 있습니다. 밥 냄새. 어떻게 설명해야 할까요. 어쩌 면 설명이 필요하지 않은, 또는 설명할 수 없는, '존재만으로도 행복한 것'입니다. 밥 냄새는 고향의 향기입니다. 어머니의 기억입니다. 향수鄉愁와 동의어입니다. 작은 쌀눈에는 그런 정보들이 빽빽하게 기록돼 있습니다.

밥 냄새는 기억의 문을 열어주는 열쇠이기도 합니다. 날이 저물 무렵 집으로 돌아갈 때면 고샅까지 나와 달음박질을 재촉하던 밥 냄새는 얼마나 달콤했던지. 먼 길을 떠돌다가 고향으로 돌아가는 길, 굴뚝에 연기가 오르면 가마솥의 밥 냄새가 마중이라도 온 것 같아 걸음이 빨라지고는 했습니다.

어쩐 일인지, 도시에 정착한 뒤로는 밥을 하지 않는 것도 아니고, 후각에 이상이 생긴 것도 아닌데 맛있는 밥 냄새를 맡은 기억이 거의 없습니다. 그러던 것이 요즘 다시 밥 냄새에 설렙니다. 시골로 내려오면서 다시 찾은 가장 소중한 것입니다. 밥상은 초라하기 그지없습니다. 집을 떠날 때 가져온 서너 가지 밑반찬이 전부지만 그래도 매끼 꿀맛입니다. 밥은 반찬으로 먹는 게 아니라 그리움으로 먹는다는 사실을 실감하는 나날입니다. 아침마다 밥을 짓지 않을 수 없는 이유입니다.

밥을 안쳐놓은 뒤에는, 소금기가 묻은 신발을 닦아 말리고 샤워와 빨래를 합니다. 혼자 있는 데다 행동반경도 넓지 않으니 빨랫감이 많을 리는 없지만, 날마다 조금씩 합니다. 기껏 속옷이나 수건을 빨아 너는 거지만 정성껏 비누칠을 하고 박박 문질러 거품을 냅니다.

빨래를 헹굴 때 가장 기분이 좋습니다. 몸에서 나온 땀과 체취, 세상에서 묻혀온 먼지와 욕심까지 말끔하게 헹궈냅니다. 그것들이 물에 씻겨나갈 때의 청량감은 손빨래를 해보지 않은 사람은 잘 모릅니다. 세상의 얼룩, 가슴에 쌓여 있는 얼룩, 그리고 내 안에 고인 찌꺼기를 멀리 보내는 일이기도 합니다. 자취하던 시절의 풋풋한 기억도 돌아오고 군대에 있던 때가 생각나기도 합니다. 남의 손에 맡기고 기계에 맡기면서 잊어버렸던 것들입니다.

살아온 날보다 살아갈 날이 짧은 게 분명한 지금, 스스로를 찬찬히 들여다볼 수 있는 시간을 기쁘게 받아들입니다.

손님은 빚쟁이다?

이 후미진 마을까지 후배가 찾아왔습니다. 서울을 떠날 때 부터 연락처를 알려달라고 조르던 친구입니다. 밥이나 제대로 먹는지 잠이나 제대로 자는지 걱정됐던 모양입니다. 이곳에 들어오면서 세운 원칙은, 있는 곳을 아무에게도 가르쳐주지 않는다는 것이었습니다. 다른 곳에 눈 돌릴 틈 없이 글을 써보 겠다는 욕심도 있었지만, 익숙한 것과의 이별을 연습해보겠다 는 심산도 있었습니다.

하지만 그는 집요했습니다. 전화를 살려놓은 게 화근이었는 지도 모르지요. 여러 번 조르기에 주소를 알려줬더니 점령군 처럼 들이닥쳤습니다.

예로부터 여름 손님은 환영받지 못했습니다. 오죽했으면 '여름 손님은 호랑이보다 무섭다'라는 속담이 생겼을까요. 지금처럼 냉장고니 에어컨이니 없었던 시절이라 더욱 그랬을 겁니다. 먹을 것도 변변치 않은 판에, 무더위 속에 손님맞이를 하려니 보통 고역이 아니었을 겁니다. 물론 이 속담은 오는 손님을 경계하기 위한 것이 아니라, 여름에는 남의 집에 함부로 가지 말라고 이르는 데 목적이 있습니다.

하지만 냉방이나 음식 보관시설이 발달한 요즘이야 특별히 계절을 가릴 만한 일은 아니지요. 더구나 저처럼 혼자 지내는 몸이야 여름 손님 겨울 손님을 가릴 것까지도 없고요. 이곳 바닷가 마을은 시원합니다. 문을 활짝 열어놓으면 아침저녁으로는 썰렁할 정도입니다. 게다가 후배는 자기가 먹을 것을 가져왔으니 제가 특별히 준비해야 할 것도 없습니다. 속으로는 무작정 찾아온 후배가 무척 반가웠던 것도 사실입니다. 혼자 있는 시간이 길어지면 알게 모르게 외로움이 쌓이기 마련이니까요.

손님이 반가울 때도 있구나. 전에 없었던 자각이었습니다. 어릴 적부터 손님은 제게 불화와 고통을 주는 존재였기 때문입니다. 일종의 트라우마라고 해도 과언이 아닙니다.

'나를 키운 건 8할이 가난'이라고 기억하는 어린 시절, 누군가 찾아오면 십중팔구 빚쟁이이기 마련이었습니다. 낯선 사람은 말할 것도 없지만 가까운 친인척도 마찬가지였습니다. 늘 선물을 사오고 조카라면 간이라도 빼줄 것 같던 고모도, 어느 날은 빚쟁이가 되어 찾아왔습니다. 제 어린 눈에는 어떤 손님도 분탕질을 치기 위해 오는 것으로 보였습니다. 그러다 보니 손님을 반기는 법보다 미워하거나 날을 세우는 법부터 배웠습니다. 할아버지가 아버지에게 물려준 유일한 유산이 쉽사리 갚을 수 없는 빚이었다는 사실은 좀 더 성장하고야 알게 됐습니다.

'손님=빚쟁이'의 등식은 꽤 오랫동안 계속됐습니다. 군대를 다녀와 성인이 된 뒤에야, 빚 그리고 빚쟁이의 강박에서 벗어날 수 있었습니다. 아버지는 세상을 뜨고 나서야 빚의 올가미에서 벗어날 수 있었습니다. 가정을 꾸린 뒤에도 가난의 그림자는 여전히 뒤를 따라다녔고, 집에 대한 소유권의 반은 은행에 있지만, 최소한 빚을 독촉하러 찾아오는 사람은 없습니다. 드디어 '손님=손님'의 등식을 찾은 거지요.

결국 무작정 쳐들어온 후배가, 손님은 반가운 존재라는 사실을 확인시켜준 셈입니다. 지금 해변으로 산책하러 나갔습니다. 손님으로 찾아온 손님이니 잘 대접해서 보내야겠습니다.

바닷가에서 만나는 것들

하늘이 낮게 내려와 앉았습니다. 비를 예감해서인지 잠자리도 날지 않습니다. 오늘은 바깥 풍경을 담아내는 넓은 유리창까지 무거워 보입니다. 바다도 저만치 물러나 하늘과의 경계를 쓱쓱 지웁니다.

이런 땐 가만히 앉아 있다가 우울의 급습을 받을 수도 있습니다. 아침에 산책하러 다녀왔지만 다시 바닷가로 갑니다. 평소에는 잘 가지 않는 곳까지 가볼 생각입니다. 밤섬과 반대방향으로 가면 숨겨진 해변이 나옵니다. 바위를 타고 넘어야 하기 때문에 사람들이 잘 가지 않는 곳입니다. 꼭꼭 숨겨놓고 혼자만 가끔 찾아가고는 하지요.

그곳에는 바다에 깃들어 사는 생명들의 작은 마을이 있습니다. 맨 먼저 만나는 것은 고둥의 마을입니다. 고둥은 밟고 걸어가기가 미안할 정도로 밀도가 높습니다. 작은 아이들과 어른들, 진회색의 껍질을 가진 것들과 조금 환한 것들, 하얀 띠를 두른 것들과 그냥 까만 것들. 모양과 색깔이 각기 다른 고둥들이 한데 어울려 삽니다. 어느 녀석은 느린 걸음으로 먼 길을 떠나는가 하면 참선에 들어간 듯 미동도 안 하는 녀석도 있습니다.

그 자리에 쪼그리고 앉아서 들여다보고 있으면 고둥들의 일상이 환하게 들어옵니다. 아이들은 신나게 뛰어놀고 어른들은 부지런히 일합니다. 서로 다르게 생겼다고 밀어내는 법은 없습니다. 이들 역시 어둠이 깔리면 저녁밥을 짓고 등불을 걸겠지요. 아이들이 숙제하는 동안 어른들은 골목을 지나 밤마실을 갈지도 모릅니다. 밤이 깊어지면 바닷물을 이불 삼아 끌어 덮고 잠들겠지요. 그들의 평화를 방해할까 봐 슬그머니 물러나 조심조심 걷습니다.

따개비 마을은 요즘 좀 시끄럽습니다. 주택난이 심각하기 때문입니다. 가정을 이룬 젊은 따개비들이 전세를 구하지 못해 전전긍긍하고 있을 거라는 생각에 마음이 짠합니다. 거주할 바위는 한정돼 있고 새 생명은 계속 태어나니 뾰족한 대책이 없어 보입니다. 얼마나 심각하면 바위 하나에 이중 삼중으로 집을 지었습니다. 배를 묶어놓은 밧줄에도 다닥다닥 붙어 있습니다. 촌장도 걱정이 많겠습니다. 그저 백성들에게는 배부르고 등이 따뜻한 게 최고인데….

굴 마을에는 전쟁이라도 일어난 걸까요? 집들이 폭탄을 맞은 듯 깨어지거나 파편이 여기저기 흩어져 있습니다. 어제 도시에서 온 사람들이 뒤지고 다니더니 결국 비밀의 해변까지 초토화한 모양입니다. 곳곳에 흩어진 잔해를 보니 속이 쓰립니다. 자본 권력에 쫓겨 삶터를 잃어버린 달동네 사람들을 보는 것 같습니다. 하지만 이들은 포기하지 않을 겁니다. 다시 일어서서 집을 짓고 아이들을 낳고 마을을 이룰 것입니다.

아기 게 한 마리가 바위틈에서 나와 물속으로 얼른 숨습니다. 어미를 잃었는지 겁이 많아 보입니다. 언뜻 보면 움직임이 없는 것 같은 이 바닷가에도 많은 것들이 오가고 숱한 생명이 태어나고 죽습니다. 그 모든 것들이 경이롭습니다. 해변을 한 바퀴 돌고 나니 기분이 많이 나아졌습니다. 이젠 비가 내려도 괜찮을 것 같습니다. 사람 사는 세상에 섞여 있을 때보다, 고둥과 게·따개비가 사는 마을을 거닐 때가 훨씬 행복합니다.

돌아오는 길에 조가비 몇 개를 주워왔습니다. 오늘은 이들을 졸라서 옛날이야기나 들어야겠습니다.

우엉차를 마시는 아침

물이 팔팔 끓을 무렵 불을 끄고 말린 우엉을 넣습니다. 우엉차를 우리는 중입니다. 엊그제 장 구경을 나갔다가 조금 사온 것입니다. 우엉뿐 아니라 돼지감자 말린 것도 사왔습니다. 식혀서 물 대신 마실 생각입니다. 구수한 냄새가 방 안에 가득 퍼집니다.

우엉과 돼지감자를 살 때는 몰랐는데, 돌아와서 인터넷을 검색해보니 무척 잘 샀다는 생각이 듭니다. 둘 다 성인병에 좋다는 정보에 한껏 고무돼 있습니다. 제 몸에 찾아온 고혈압·고지혈증 같은 대사 증후군이 여전히 나갈 생각을 안 하고 있거든요.

요즘은 우엉차가 폭발적인 인기를 끈다고 하네요. 다이어트

식품으로 알려지면서부터랍니다. 식이섬유와 사포닌 등의 영양소가 풍부하고 비만을 예방하는 효능이 뛰어나답니다. 특히 '리그닌'이라는 성분이 콜레스테롤을 흡착해 몸 밖으로 배출시켜주고 항산화 물질이 노화방지에 도움을 준다고 합니다. 더위를 타기 쉬운 여름에 마시면 원기 회복에도 효과가 있다고 하고요.

저로서는 최고의 차를 만난 셈입니다. 이왕 알아보는 거 돼지감자의 효능도 찾아봤습니다. 뚱딴지라고도 부르는 돼지감자 역시 만만치 않은 선물입니다. '이눌린'이라는 성분은 당뇨병에 특효약으로 알려졌습니다. 이눌린은 열량이 낮은 다당류로 위액에 소화되지 않고, 분해되어도 과당으로만 변화되어 혈당치를 상승시키지 않으면서 천연인슐린의 역할을 한다지요. 또한 우엉차와 마찬가지로 다이어트 식품으로도 주목받고 있다고 합니다. 물론 이런 정보가 정확한 것인지, 효과가 있다면 어느 정도 있는 것인지는 정확히 알 수는 없습니다. 하지만 싼 값에 물처럼 마실 수 있으니 마다할 이유가 없습니다.

구수하게 우러난 차를 마시면서 이 차가 제 곁으로 오기까지의 과정을 생각합니다. 당연히 농부의 노고가 있었을 것입니다. 또 이들을 키워낸 흙과 태양이 보낸 빛과 바람과 물을 잊을 수 없습니다. 무엇 하나 그냥 주어지는 것은 없으니까요.

강의를 하다 보면

화요일마다 강의하러 서울에 갑니다. 다른 도시에서 월요일에 하는 강의는 방학 중입니다. 개학하는 9월부터는 두 곳에서 강의합니다.

강의 주제는 '여행 글쓰기'입니다. 여행이 대중화되면서 사진 찍기나 글쓰기를 좀 더 잘하고 싶은 사람들, 책을 내고 싶은 사람들이 늘고 있는 추세에 맞춰 생긴 교육과정입니다. 또 여행작가가 새로운 직업군으로 부상하면서, 먼저 걸어간 사람이 뒤에 오는 이들에게 기법을 전하는 과정이기도 합니다.

처음 한 대학교의 평생교육원으로부터 강의 제안을 받았을 때는 무척 당혹스러웠습니다. 배우는 것에도 익숙하지 못한 처지에 누굴 가르치다니. 사실 저는 배움만으로도 이번 생이

벅찬 사람입니다. 그러니 '내가 무엇을 안다고 가르치지?' 하
는 생각이 들 수밖에 없었지요. 더구나 여행 글쓰기와 관련된
교재가 따로 있는 것도 아니고, 학문으로 정립된 건 더욱더 아
니고, 저 자신이 체계적으로 배워서 여행 글을 쓰기 시작한
것도 아니니 막막할 뿐이었습니다.

처음에는 당연히 손사래까지 치며 거절했습니다. 하지만 설
득은 집요했고, 거절하는 솜씨가 형편없는 저는 얼떨결에 고
개를 끄덕이고 말았습니다. 그 대가는 혹독했습니다. 교재를
만들고 가르치는 것이야 그럭저럭 하면 되는데, 그놈의 죄책감
이 문제였습니다. 강의를 듣겠다고 피곤한 몸을 이끌고 오는
수강생들을 볼 때마다 고통스러웠습니다. 저들에게 무엇을 줄
수 있단 말인가? 저들의 휴식을 빼앗고 고단을 더 얹는 죄를
어찌한단 말인가? 수업에 들어갈 때마다 지옥문을 열고 들어
가는 심정이었습니다.

그런 자괴를 줄이기 위해 부단히 노력하는 수밖에 없었습니
다. 세상을 누비며 나름대로 터득한 지식을 체계화하고, 남들
이 가진 지식을 빌리거나 훔쳐오기도 하고, 부지런히 예문을
만들었습니다. 최선을 다하는 수밖에 없다는 게 결론이었습니
다. 다행스럽게도 수강생들의 반응이 나쁘지 않았고, 또 그들
이 내준 입소문 덕분에 매년 수강신청이 늘어났습니다. 물론
그렇다고 죄의식이 완전히 사라진 것은 아닙니다.

그런데 이상한 일도 있지요. 수강생들과 어느 정도 익숙해질 무렵이면 그들이 못 견디게 보고 싶어지는 겁니다. 그 보고 싶다는 감정이, 수시로 고개를 쳐드는 자괴를 눌러버리고 학교로 달려가게 합니다. 그리고 기다리는 수강생들의 얼굴을 보고서야 평안을 얻게 되는 것입니다.

여행작가 아카데미를 연 것도, 그런 '그리움 중독'이 큰 영향을 미쳤습니다. 수강생들을 만나지 못하면 여전히 허전하고 뭔가 놓친 것 같은 기분이 들기 때문입니다. "그 시간에 다른 일을 하면 돈을 더 벌 텐데…"라는 조언 따위는 귀에 들어오지도 않습니다. 커리큘럼이 별로 달라질 것도 없는 제 강의를 듣자고 몇 학기째 등록한 수강생도 있습니다. 제가 외면할 수 없는 이유입니다. 이번 주에도 그들에게 달려갑니다.

그냥 오뎅과 매운 오뎅

"내가 가장 좋아하는 음식은 그냥 오뎅(어묵으로 써야 하지만 맛을 살리기 위해 오뎅으로 씁니다)이고 가장 싫어하는 음식은 매운 오뎅이야."

"무슨 소리예요?"

"응, 말 그대로라니까. 오뎅은 무척 좋아하지만 매운 오뎅은 싫어하거든."

아침에 모처럼 오뎅탕을 끓이다가 생각난 후배와의 대화입니다. 저는 정말 오뎅은 무척 좋아하는데 매운 기운이 섞인 오뎅은 질색합니다. 다른 음식도 마찬가지입니다. 입맛이 까다로워서라기보다는 매운 것을 잘 못 먹는 체질 때문이라는 게 진실에 가깝습니다.

그러고 보니 오뎅을 아예 먹지 못하던 때도 있었습니다. 고등학교 2학년 때 소풍을 갔다가 오뎅을 먹고 크게 체한 뒤로 한동안 입에 대지도 못했습니다. 기억이 기억을 부르다 보니 무엇이든 잘 먹기로 소문(?)난 제게도 멀리하는 음식이 몇 가지 있었다는 게 떠오릅니다. 가장 대표적인 게 국수입니다. 어릴 적 워낙 질리도록 먹는 바람에, 세상에 나와서는 국수와 수제비 등 소위 '밀것'을 원수 대하듯 했습니다. 그러다가 어느 날부터는 없어서 못 먹는, 아니 자다가도 벌떡 일어나서 먹는 음식이 됐습니다. 마음의 변덕인지 몸의 변덕인지는 아직도 모르겠습니다. 안 좋은 기억조차도 그리움으로 만들어내는 '그 무엇'의 작용이 있었겠지요.

고등어도 안 먹는 음식 중 하나였습니다. 친척 집에서 고등어를 얻어먹고 식중독에 걸린 적이 있었습니다. 의료시설도 변변찮은 시골에서 호되게 고생한 기억이 지금도 선명하게 남아 있습니다. 몸이 거부하는 바람에 수십 년 고등어를 멀리했습니다. 물론 지금은 없어서 못 먹습니다.

아주 먹지 않는 건 아니지만 지금까지 피하는 음식도 있습니다. 바로 보리밥인데요. 일 년에 쌀밥을 두 번만 먹어도 자랑하고 다니던 시절, 보리밥이 정말 싫었습니다. 쌀밥만 먹고 사는 게 소원이었지요. 보리밥을 별미라며 찾아다니며 먹는 사람들을 이해할 수 없습니다.

그러고 보면, 아직도 세상을 투정하며 사는 건지도 모르겠습니다. 무엇이든 맛이나 질을 따지며 먹을 형편도 아니면서 보리밥 타령이나 하고 있으니 말입니다. 어릴 적 옆집 아주머니의 욕설 섞인 타박이 생각나기도 합니다. 투정하는 아이들에게 그렇게 소리 질렀지요.

"배때기가 불러서 그려. 먹지 말어. 개나 갖다 주게."

이제는 매운 오뎅도 먹어봐야겠습니다.

나는 사하촌 아이였다

궁벽한 사하촌寺下村이었지만 초파일만큼은 대목이었습니다. 부처님이 오셨는지 가셨는지는 그리 중요하지 않았습니다. 관심은 오로지 오늘 하루 잘 벌어야 밀린 사납금을 낸다는 데 있었습니다. 이름도 생각나지 않는, 우리끼리 꺽다리라 부르던 서무과 직원은 끄떡하면 수업 중에 수업료가 밀린 학생들을 불러 허벅지를 꼬집었습니다. 그는 아이들이 얼굴을 찡그리거나 이를 악물고 신음을 삼키는 것을 즐기는 것 같았습니다. 가끔 킬킬거리며 웃기도 했으니까요. 나중에 보면 허벅지에 시퍼런 멍이 들어 있었습니다. 하지만 아무에게도 말하지 않았습니다. 집에 가서 조르지도 않았습니다.

"언제까지 낼 거야? 계속 공짜로 학교 다닐래?"

껑다리의 목소리는 지옥에서 온 사자만큼이나 으스스했습니다. 아픈 것보다는 수업 중에 불려 나가는 게 훨씬 더 고통스러웠습니다. 아이들은 모든 걸 안다는 듯, 그리고 이해한다는 듯, 서무과 여직원을 따라 교실을 나가는 친구를 바라보았습니다. 어린 제 고개는 갈수록 땅에 가까워졌고, 갈수록 소심한 아이가 되어갔습니다.

사월 초파일. 그날은 온 가족이 새벽부터 일어나 장사 준비를 했습니다. 빈 맥주병에 막걸리를 담고 도토리묵을 썰었습니다. 아침을 먹기도 전에 손님들이 몰려들었습니다. 그들 역시 부처님이 오셨는지 가셨는지 별 관심이 없었습니다. 절에 올라가기도 전에 술판부터 벌였습니다. 부처님은커녕 법당 처마 끝도 구경 못 하고 돌아가는 사람이 허다했습니다. 단 하루 그렇게 풀고 가면 가을까지 논과 밭에 파묻혀 살아야 하는 사람들이었습니다.

우리 가족은 온종일 뛰어다녔습니다. 팔아도, 팔아도 손님이 몰려들었습니다. 몸에서는 막걸리 독에 넣었다 꺼낸 듯 술 냄새가 진동했습니다. 그래도 좋았습니다. 내일이면 아버지가 수업료를 척척 세어서 줄 테고, 수업 시간마다 문 쪽에 신경을 쓰지 않아도 될 테니까요.

제가 하는 일 중에 가장 중요한 것은 기록과 계산이었습니다. 어느 자리에 몇 병의 막걸리가 들어갔는지 안주는 얼마나 들어갔는지 일일이 기록해야 했습니다. 까딱 잘못하면 돈을 적게 받거나 그냥 가기 일쑤기 때문입니다. 머리를 박박 깎은 아이가 하기에는 적절치 않은 일이었는지 모르지만, 뭐라는 사람은 없었습니다. 가끔은 학교 친구들이 흘끔거리며 지나가기도 했지만 대수로운 일은 아니었습니다.

밥 먹을 새도 없이 하루가 후딱 지나갔습니다. 작은 손금고도 아버지의 전대도 제 바지 주머니도 불룩해질 무렵이 되면 손님들의 주문이 끊겼습니다. 어둠은 아주 빠르게 부처님 오신 날을 덮었습니다. 미처 돌아가지 못한 사람들의 고성방가마저 희미해질 무렵, 온 가족이 둘러앉아 허기를 끄며 모처럼 웃었습니다. 우리에겐 가장 행복한 날이었습니다. 초파일은 그랬습니다.

그 시절의 그림 몇 장은 여기서 끝나지 않았습니다. 이튿날 학교에 가면 선배들이 으슥한 곳으로 불렀습니다. 알 만한 얼굴들이었습니다.

"야, 어제 네가 상필이하고 종규 이름 적었다며?"

"예?"

"어제 말이야. 절 밑에서 막걸리 먹는 애들 이름 적었다며."

"예? 아, 그게… 뭐…."

"앞으로 신경 좀 써줄 테니 걔들 이름 빼줘라."

"아, 예…."

술값 적는 것을, 선생님의 특명을 받고 저희 이름 적은 것으로 착각한 선배들. 밤새 얼마나 걱정됐으면 저와 좀 친하다는 선배에게 부탁했을까요. '도둑이 제 발 저리다'는 말로는 설명하기 아까운 오해였습니다. 학교를 무사히 졸업하게 해줬으니 이래저래 썩 괜찮은 초파일이었습니다. 그 선배들도 다 자라 늙었을 테지요. 요즘은 허벅지를 꼬집히던 기억조차 그리울 때가 있습니다.

엊그제 장 구경을 나간 김에 모교에 가봤습니다. 얼마나 많은 그림이 떠오르던지….

네모 수박을 아십니까?

사과나무 앞에 서면 늘 감탄하는 게 있습니다. 사과나무는 어떻게 모양을 기억했다가 해마다 저렇게 똑같은 사과를 키워내는 것일까? 때가 되면 어떻게 붉은 색깔을 골고루 입힐까? 수박밭에 가면 감탄은 더욱 커집니다. 수박씨는 또 어디에 그렇게 큰 기억을 감췄다가 수천 배나 되는 수박을 작년과 똑같은 모양으로 키워내는 것일까? 저 줄무늬는 어떻게 대대손손 변하지 않을까? 유전자가 어떠니 멘델의 유전법칙이니 하는 과학을 들이대, 제 상상력에 칼질할 생각은 없습니다. 세상을 마칠 때까지 감동을 멈추고 싶지 않으니까요.

올여름에도 TV에서 네모 수박을 보았습니다. 둥그렇게 익어야 할 수박이 네모난 모양으로 진열돼 있었습니다. 일본에서

341

는 이 네모 수박 한 통이 우리 돈으로 십만 원쯤 하는데, 없어
서 못 팔 정도라고 하지요. 비싼 건 삼십만 원까지 한다고 합
니다. 새삼스러운 뉴스도 아닙니다. 네모 수박이 생산된 게 벌
써 삼십 년이나 되었다고 하니까요. 그러니 정색하고 이야기할
생각은 없습니다.

수박 모양의 변화는 다행스럽게도 유전자 조작에 의한 것은
아닙니다. 수박이 성숙하기 전에 네모난 금속 틀에 가둬, 성장
과정에서 네모난 형태로 굳어지게 한 것이지요. 열매가 커지
기 전에 특수한 도구를 이 주일 정도 씌운 뒤, 다시 열흘 동안
자라게 해서 시장에 내놓는다고 합니다. 삼각형 모양이나 하
트 모양도 나온다고 하니, 별 모양이라고 나오지 말란 법이 없
을 것 같습니다. 그에 비하면 국내에서 생산되는 복福사과나
합격合格사과는 애교에 불과한 셈입니다.

이렇게 해서 출하하면 유통과정에서 부피가 작아지고 소비
자가 껍질을 자를 때도 편리하다고 하네요. 하지만 독특한 모
양으로 소비자의 호기심을 끄는 게 더 큰 목적이겠지요. 부피
가 커서 운송에 큰 지장이 있다거나, 껍질 자르기 힘들어서
수박 먹기를 포기했다는 사람을 보지 못했기 때문에 하는 말
입니다.

이 네모 수박을 볼 때마다 조금 섬뜩한 느낌이 들고는 합니
다. 분명히 기억하고 있는, 그리고 완성하고 싶은 자기 모양이

있을 텐데, 인위적으로 일그러뜨리는 그 강제야말로 또 하나의 폭력이 아닐까요? 그게 사람이라고 생각하면 몸서리쳐지는 일이 아닐 수 없습니다.

아니, 가만히 생각해보면 지금 우리가 그런 틀을 만들어서 아이들에게 씌우고 있는지도 모릅니다. 외양까지는 아닐지라도 내면은 일정한 틀로 들어가기를 끊임없이 강요하고 있으니까요. 영어는 이만큼, 수학은 이만큼…. 과외는 누구만큼 해야 해, 옆집 아이는 이렇게 한다잖아…. 성격이든 개성이든 창의든 모두 버리고 남들 하는 대로 따라가야 살아남는 세상이 다시 한 번 무서워집니다.

그나저나 TV를 많이 본 아이들은 이제 수박을 네모나게 그리지 않을까요? 아니면, 하트 모양으로 그릴까요?

비 내리는 아침이면

　오늘 아침 머리맡으로 먼저 찾아온 것은, 파도 소리도 갈매기도 아닌 빗소리였습니다. 혼곤한 잠 속으로 들어온 빗소리는, 자장가처럼 아련한 그리움을 품고 있었습니다. 아! 비가 내리고 있구나. 눈을 뜨고 벌떡 일어나 창문을 열었습니다. 후드득! 후드득! 빗방울은 땅 위에 떨어지고 바다 위에 떨어지고 제 가슴에도 떨어졌습니다. 아침 산책이 망설여졌습니다. 어쩌지? 저 정도 비면 우산을 써도 맞을 텐데. 해변도 흠뻑 젖었을 텐데. 오늘은 세상의 모든 것들이 바다를 연모합니다. 하늘이 낮게 내려오고, 나무도 바다로 걸어 들어갈 듯 온몸이 출렁거립니다. 세상의 모든 길은 흔들리며 바다를 향해 흐릅니다. 망설임을 멈추고 우산을 꺼내 듭니다. 해변으로 가봐야겠습니다.

바위 위에 앉은 갈매기들이 한층 깊어진 눈으로 저를 맞이합니다. 저 멀리 점점이 떠 있던 섬들은 아예 몸을 숨겼습니다. 해송은 검푸른 무게를 못 이겨 허리가 더욱 굽었습니다. 물 위에 떠 있는 작은 배가 속절없이 흔들립니다. 하지만 배를 묶은 속박의 밧줄은 강고強固합니다. 빗방울들이 쉬지 않고 바다로 떨어집니다. 길었던 수직의 여로를 마치고 물 위에 누워 수평의 안도를 맛봅니다. 바다 위에서는 모든 구분과 경계가 순식간에 사라집니다. 장엄도 화려도 동반하지 않은 소멸만 거기 있습니다. 조금 덜 젖기 위해 우산을 펴든다는 게 거추장스러워 우산을 접어버립니다. 비가 몸을 적시고 마음마저 시나브로 적십니다.

젊을 적 뜨거웠던 날들이 생각납니다. 이십 대, 질풍노도의 시기에 도망치듯 도시를 떠나 산속에서 홀로 지낸 적이 있었습니다. 비가 쏟아지면 옷을 모두 벗어버리고 빗속을 달렸습니다. 산이든 들이든 마구 달렸습니다. 광기에 영혼을 잡힌 아이처럼 달렸습니다. 그러고 나면 제 안에서 치솟던 열기가 조금은 가라앉았습니다. 그렇게 흔들리는 한 시절을 건넜습니다.

지금은 가만있어도 몸 구석마다 한기가 드는 나이. 여전히 비를 맞고 걷습니다. 하지만 옷을 벗지도 않았고 달리지도 않습니다. 이렇게 자꾸 걷다 보면 스스로가 비가 되고 바람이 되고 파도가 될 것 같습니다. 결국은 작은 점으로 스러져 세상에 다녀간 흔적을 말끔하게 지울 수 있을 것 같습니다.

오일장에 가던 날

마음이 겨울 들판의 억새처럼 서걱거리는 날에는 오일장에 갑니다. 어제는 비가 내렸고 사람 냄새가 그리웠습니다. 그런 날 자판하고 씨름해봐야, 커서는 늘 그 언저리를 맴돌기 마련입니다. 장터 역시 쓸쓸했습니다. 아무래도 비 오는 날은 장에 나오는 사람이 줄어들게 마련이지요.

맨 먼저 만난 카세트테이프 파는 아저씨는 잠 속에 빠져 있습니다. 자신이 켜놓은 음악에 취한 건지, 빗소리에 취한 건지 모를 일입니다. 아직도 저런 걸 파는 사람이 있구나. 시골장이 아니면 보기 어려운 풍경입니다. 외딴 골목에는 지갑이나 나침반·돋보기·시계 등을 파는 이동 잡화점도 있습니다. 아무리 봐도 1970년대에 찍은 낡은 사진 한 장을 닮았습니다. 저런 물건을 007가방에 넣어 가지고 다방마다 돌아다니며 파는 사람도 있었는데…. 다방에 앉아서 성냥 쌓기로 시간을 접던 시절의 이야깁니다. 주인아저씨는 어디 갔는지 보이지 않습니다. 비는 오는데 장사도 그렇고 그러니 일찌감치 막걸리나 한 잔하러 갔는지도 모릅니다.

빵집·순댓집·옷 가게도 한산합니다. 닭집만 도마 소리가 요란합니다. 그러고 보니 복날이 코앞입니다. 꽃 파는 아저씨도 입꼬리가 귀까지 올라갔네요. 젊은 부부가 손을 잡고 오더니 꽃을 한 다발 사갑니다. 비 오는 날에는 꽃을…. 왜 느닷없이 이런 문장이 생각났을까요?

역시 장에 가장 많이 나온 건 농산물입니다. 복숭아·자두는 금방 나무에서 따온 듯 싱싱합니다. 옥수수도 소담 지고 마늘·양파·고추는 산더미처럼 쌓였습니다. 노각이라 부르는 늙은 오이도 나왔고 어른 주먹만큼씩이나 큰 토마토도 있습니다. 수세미 닮은 여주도 있네요. 그 옆엔 진짜 수세미도 주인을 기다리고 있고요. 요즘은 설거지용이 아니라 기관지·폐 등에 좋은 약용으로 많이 쓰인다고 하지요?

해산물도 많이 나왔습니다. 꽃게와 새우는 물론 갖가지 절인 생선과 제가 좋아하는 소라도 있습니다. 횟집 주인은 주문받은 우럭 두 마리를 바닥에 놓고 칼등으로 때려 기절시킵니다. 회를 뜨기 위한 절차지요. 젊은 엄마가 아이를 데리고 지나가다가 치마폭으로 얼른 얼굴을 가려줍니다. 아이에게 '잔인한' 순간을 보여주고 싶지 않았던 게지요. 아직은 세상이 꽃처럼 곱게 보여야 할 나이입니다.

한쪽에서는 버젓이 '개고기'라고 써놓고 팔고 있습니다. 장터마다 목청을 높이던 약장수는 오지 않고, 편백나무 베개를 선전하는 트럭 행상의 목소리가 장터를 울립니다. 잠 못 자는 사람에게 특효랍니다. 노인 몇 분이 베개를 고르고 있습니다.

골목으로 들어가 봅니다. 설마 했는데, 이곳에도 작은 장이 섰습니다. 큰 장터로 들어가지 못한 노인들이 신문지만 한 전을 펴놓고 장사를 합니다. 누가 여기까지 찾아와서 물건을 산다고. 어느 노인은 강낭콩을 조금 가져와서 펼쳐놓았습니다. 비틀어진 오이와 구부러진 애호박 몇 개를 놓고 손님을 기다리는 노인도 있습니다. 가져온 것을 다 팔아봐야 단돈 만 원도 안 될 것 같은데…. 바지락을 까는 노인의 손놀림은 기계처럼 빠릅니다.

허름한 국숫집 앞에서 걸음을 멈춥니다. 주인이 큰 그릇에 국수를 말고 있습니다. 김이 펄펄 솟는 것이 먹음직스러워 보입니다. 노인 몇 분이 국수를 맛있게 들고 있습니다. 아침도 제대로 못 뜨고 장에 간 할머니는 손자 입에 물릴 사탕 하나를 사기 위해 허름한 국숫집을 그냥 지나쳤습니다. 지금이라면 국수 수십 그릇이라도 사드릴 수 있는데…. 국수를 드실 분은 세상을 뜬 지 오랜데, 늙어가는 손자의 눈에는 당신의 모습이 자꾸 얼비칩니다.

그러고 보니 물건을 파는 사람도 물건을 사러 온 사람도 대개가 노인입니다. 배회가 목적인 것처럼 보이는 분들도 있습니다. 사람이 그리워서 나온 것이겠지요. 이곳의 시간은 도회지의 시간보다 훨씬 천천히 흐릅니다. 몇몇 노인은 처마 밑에 모여서 농사 걱정을 합니다. 올해는 고추가 하나도 맵지 않아서 걱정이라는 노인과 너무 매워서 걱정이라는 노인의 목소리가 겹칩니다.

추억을 찾아온 걸음이지만, 고단한 삶의 현장에 구경 삼아 왔다는 게 미안해지기 시작합니다. 천천히 장터를 빠져나옵니다. 비는 여전히 느릿느릿 내립니다. 허름한 순댓국집이라도 들어가 막걸리 한잔 청해야겠습니다.

태풍이 지나가는 날에

먼바다 어디쯤 태풍이 지나가나 봅니다. 오늘 아침에는 비바람이 거셉니다. 바닷가 마을로 온 뒤, 신문은 구경도 못 하고 TV도 잘 켜지 않으니 세상 소식이 아득하게 멉니다. 태풍이 오는지 가는지조차 알 수 없습니다. 눈에 보이고 귀에 들리는 게 전부입니다. 예측이나 예단을 하지 않고 미리 준비할 일도 없는 삶, 제게는 평화 그 차체입니다.

이번 비는 좀 많이 올 것 같습니다. 가뭄으로 그리 애를 태우더니 한꺼번에 벌충해줄 모양이지요. 바닥이 갈라지던 저수지들도 물을 가득 채울 수 있겠습니다. 쌀독에 쌀을 들이거나 광에 연탄을 들이면 그렇게 좋아하시던 할머니 생각이 납니다.

조금 느긋하게 아침을 차려 먹었습니다. 단벌 셔츠도 꼼꼼하게 빨았습니다. 오늘따라 시간을 천천히 보내고 싶어서였습니다. 빨래를 널고 왔는데도 바람은 여전히 창문을 두드립니다. 못 이기는 척 문을 엽니다. 밖에 오래 세워두었다고 바람이 잔뜩 화가 났나 봅니다. 문을 열자마자 왈칵 쏟아지듯 들어옵니다. 비가 섞여 축축한 바람입니다.

발코니에 서서 세상을 바라봅니다. 오늘은 잠자리도 날지 않고 매미도 울지 않습니다. 날마다 창문 앞까지 다녀가던 갈매기도 보이지 않습니다. 아! 용감한 갈매기 한 마리가 솟아오르다 바람을 못 이겨 돌멩이 떨어지듯 하강합니다. 어딘가 급히 가야 할 곳이 있었나 봅니다. 하지만 날갯짓 정도로 거스를 수 있는 바람이 아닙니다. 포기해야 할 때 포기하는 것도 용기지요.

눈길을 바다에 고정합니다. 반도와 섬으로 둘러싸인 내해內海라 늘 잔잔하던 바다도 오늘은 거칠게 으르렁거립니다. 하얗게 갈기를 세운 파도가 해안을 향해 돌진합니다. 바람 소리, 파도 소리와 함께 쿵쿵 대지를 두드리는 소리도 납니다. 잠들어 있던 지하의 신 하데스가 깨어났는지도 모릅니다. 명부冥府를 관장하는 그는 오래 지하에서만 살았기 때문에 성격이 조금 난폭합니다.

하늘과 바다의 구분이 사라진 지는 오래입니다. 애초 그런 구분이 없었는지도 모릅니다. 그 무엇도 경계를 지으려 하

지 않는데, 오직 사람만이 너와 나를 가르는 선에 집착하는지
도…. 이런 날은 바닷가로 나가는 것을 포기해야 합니다. 화가
난 것들은 화가 가라앉을 때까지 기다려줘야 합니다. 평소에
잊고 있었던 경외敬畏를 돌려줘야 합니다.

신용산역에서 만난 청년

　며칠째 비를 내려놓고도, 하늘은 뭔가 못마땅한 게 틀림없습니다. 일요일 아침이 비에 흠뻑 젖었습니다. 지하철 안 사람들의 표정도 잔뜩 무겁습니다. 어쩌면 제 몸 상태 때문에 그렇게 보이는지도 모릅니다. 토요일인 어제 가보지 않을 수 없는 행사가 있어서 서울에 왔습니다. 행사 뒤풀이 역시 빠질 수 없었습니다. 모처럼 술을 꽤 많이 마셨습니다. 바닷가 마을에서도 술을 아주 안 마시는 것은 아니지만 소주 한두 잔 혹은 맥주 한 캔이면 충분합니다. 오래 쉬었다고 소위 말하는 '술발'이 죽은 걸까요? 몇 잔밖에 안 마셨는데도 취기가 빨리 올라왔습니다. 결국 아침에 일어나니 몸 상태가 엉망이었습니다.

　바닷가로 돌아가기 위해 기차를 타러 가는 길에도 몸은 계속 무겁습니다. 며칠째 비가 온 탓일 거라고 애써 자위하며 신용산역에서 전철을 내렸습니다. 계단을 올라가는데 외국인 청년 하나가 계단 위를 보고 뭐라고 소리칩니다. 계단 위에도 똑같이 생긴 청년이 서 있습니다. 말을 알아들을 수는 없지만 대충 짐작해보면, 늦었으니 빨리 가자고 재촉하는 것 같습니다.

네팔 청년들일 거라고 짐작해봅니다. 전에 그 나라에서 온 친구들을 만난 적이 있었거든요. 관광객은 아니고 '외국인 노동자'로 한국에 온 것 같습니다. 일요일을 맞아서 친구끼리 나들이를 가는 모양입니다. 계단 중간에 서 있는 청년이 동전 지갑에서 뭔가 꺼냅니다. 그 앞에 노인 한 분이 엎드려 있습니다. 청년이 지갑 안에 있는 동전을 모두 털어내더니 망설임 없이 노인 앞에 놓인 통에 넣습니다.

예사롭지 않은 풍경에 걸음이 저절로 멈춰집니다. 비 오는 일요일 아침에 계단에 엎드려 구걸하는 노인. 무심하게 지나치는 시민들. 가던 길을 멈추고 동전 지갑을 터는 외국인 청년. 왠지 누군가 설정해놓은 상황극처럼 보입니다.

계단 끝에 오르니 어느새 비가 그쳤습니다. 구름 사이로 햇살이 쏟아져 내립니다. 햇살 한 다발을 얼른 엮어 청년에게 안겨주고 싶습니다.

그대, 행운이 함께 하기를….

세상이 주는 선물

눈을 떠보니 는개가 내리고 있습니다. 아니 정확하게 말하면 산책하러 가려고 문을 나서서야 세우細雨가 내린다는 것을 알았습니다. 이슬비보다도 더 가는 비. 눈에는 잘 보이지 않으니 창문으로 내다볼 때는 몰랐던 것이지요. 다시 들어가 우산을 가져올까 고민하다가 그냥 걷기로 했습니다. 바닷가 마을에 와서는 어지간한 비는 그냥 맞는 게 예삿일이 되었습니다.

그런데 사람 마음이 참 이상하지요. 오늘따라 평소에 가지 않던 길을 걷고 싶어집니다. 는개가 내리기 때문이라고 자신을 설득합니다. 마을 안길을 지나 논과 밭을 가로지르는 샛길로 들어섭니다. 밭에는 옥수수가 아이들 키만큼 자랐고 고구마 덩굴도 부지런히 빈 땅을 더듬고 있습니다. 고추는 얼마나 실한지요. 아래에 매달린 것들은 벌써 빨갛게 익었습니다. 참깨는 종처럼 생긴 하얀 꽃들을 달았습니다. 바람이 불면 뎅그렁 소리라도 날 것 같습니다.

호박 넝쿨이 어우러진 언덕을 지나 오솔길로 접어듭니다. 어디를 둘러봐도 인적은 없습니다. 아침 일찍 길 하나를 독차지하고 걷는 기분이 얼마나 좋은지는 걸어본 사람만 압니다. 저자신도 모르게 어린 시절로 줄달음칩니다. 동구 밖 과수원길… 노래라도 나올 것 같습니다.

느닷없이 눈앞이 환해집니다. 누가 저만치에 수백 개, 수천 개의 등불을 켜놓았습니다. 뭐지? 걸음을 재촉합니다. 아! 연꽃입니다. 그리 크지도 작지도 않은 저수지에 분홍색의 연꽃들이 환하게 피었습니다. 여기에 이런 저수지가 숨어 있었다니. 한동안 벌어진 입이 다물어지지 않습니다. 매일 지나치던 길에서 멀지 않은데도 전혀 모르고 있었습니다.

연꽃을 처음 보는 것도 아닐 텐데, 뭘 그리 감동하느냐고요? 글쎄요. 분위기 때문이 아닐까요? 이곳저곳 다니며 숱한 연지蓮池를 보았지만, 이렇게 마음이 흔들리기는 처음입니다. 는개곱게 내리는 아침 아무도 없는 곳에서 느닷없이 만나는 붉은 등불의 향연.

아무도 없는 건 아니었군요. 저수지 건너편 조각배 하나가 천천히 노를 저어 는개가 쳐놓은 장막 속으로 잠겨 들고 있습니다. 삐걱삐걱 소리가 나지 않았다면 끝내 모를 뻔했습니다. 잘 그린 풍경화에 마지막 점을 찍듯, 환상적인 연출입니다. 이런 그림은 대체 누가 준비하는 것일까요? 누가 비를 내리고 누가 이곳으로 저를 불렀을까요? 연꽃은 쉬지 않고 피고 집니다. 이제야 봉우리를 여는가 하면 연밥이 되어 내년을 기약하기도 합니다.

그 사이를 논병아리들이 헤엄치며 놉니다. 어린 두 녀석은 낯선 발걸음 소리를 듣자 얼른 물속으로 몸을 숨깁니다. 잠시 뒤 수십 마리의 논병아리들이 대오를 갖춰 전진합니다. 마치 전쟁을 치르러 가는 함대처럼 질서정연합니다. 연꽃들이 등불을 높이 들고 전송합니다.

사람 사는 마을은 저만치 물러나 있습니다. 그 뒤로 높고 낮은 산들이 느개를 불러들여 수묵화 놀이를 합니다. 오늘은 해가 나오지 않으니 마을까지 내려오던 산 그림자도 늦잠을 자나봅니다. 일어나라! 일어나라! 멧비둘기가 게으른 세상을 재촉해보지만 누구도 귀를 기울이지 않습니다.

마을에서 달려온 닭 울음소리가 등짝을 후려치지 않았으면 한없이 있을 뻔했습니다. 내일을 기약하고 발길을 돌립니다. 세상은 늘 주머니 속에 선물을 하나씩 숨겨놨다가 이렇게 불쑥 내밉니다. 눈물겹게 고마운 일입니다.

다시 느개 속을 걷습니다.

빈집 옆을 지나며

이른 아침 카메라를 메고 연지로 가던 길이었습니다. 길모퉁이에서 그동안 못 보던 빈집을 하나 발견했습니다. 한때 집이었던 건 분명한데 온통 풀이 감싸고 있는 집. 그래서 지금까지 못 보고 지나친 모양입니다. 집은 마치 풀들의 거대한 무덤처럼 보입니다. 집을 점령하고 있는 풀은 멀리서 봐도 환삼덩굴이 분명합니다. 시골 사람들에게 '원수 같은 가시풀'이라고 불리는 그 환삼덩굴 말입니다. 조금이라도 틈만 보이면 밭이든 나무든 순식간에 점령해버리는 왕성한 포식자가 집 한 채를 통째로 삼켜버린 것입니다.

제가 머무는 마을에도 빈집이 여러 채 있습니다. 어느 집은 최근까지도 사람이 살았던 흔적이 역력합니다. 빨랫줄은 아직도 팽팽한 긴장감을 놓지 않았고 담장 옆에는 참나리꽃이 습관처럼 피었습니다. 그런데 어떻게 빈집인 줄 아느냐고요? 온기입니다. 사람의 온기가 사라진 집은 아무리 멀쩡해도 표시가 납니다.

빈집을 볼 때마다 그곳에 살던 사람들을 생각합니다. 누군가 아이들을 낳고 키우며 열심히 살았을 겁니다. 하지만 세상은 뜻과 같지 않아 그 집에서 더는 살 수 없었을지도 모릅니다. 농협 빚에 못 이겨 야반도주했을지도 모르고요. 혼자 남은 노인이 적적하게 살다가 세상을 떴을 수도 있습니다. 도시에 사는 자식들이 모셔갔을 수도 있고요.

사람이 떠난 자리에는 슬픔이 고이기 마련입니다. 그렇게 슬픔이 고인 집, 이별의 흔적이 펄럭거리는 집, 온기가 식은 집은 급격히 쇠락합니다. 마당에는 풀이 자라고 멀쩡하던 지붕은 비가 샙니다. 심하면 방 한가운데를 뚫고 아카시아가 올라오기도 합니다. 옛날처럼 흙집에 초가지붕이라면 쉽사리 자연으로 돌아가겠지만, 시멘트 집에 함석지붕은 편히 눈을 감기도 어렵습니다.

그런 집을 점령하는 것이 바로 환삼덩굴입니다. 번식력이 뛰어나서 집 하나쯤 삼키는 것은 일도 아닙니다. 남았던 생기를 빼앗고 추억마저 완전히 덮어버립니다. 마당가의 감나무나 대추나무도 환삼덩굴을 이기지 못합니다. 나무와 꽃을 덮어버린 환삼덩굴은 저 홀로 꽃을 피웁니다. 가끔은 그 위에 나팔꽃이 추억처럼 피어나기도 합니다.

누군가 태어났고, 누군가의 할머니 할아버지가 살았고, 누군가의 외가였을 집들이 그렇게 흔적을 지워가고 있습니다. 그 곁을 지날 때마다 걸음이 자꾸 흔들립니다.

그곳으로 돌아가고 싶다

바닷가 마을에서 지내니, 시골에 눌러살고 싶다는 생각이 더욱 간절해집니다. 고향의 아버지 산소에 들를 때마다 슬그머니 옛집을 찾아가 봅니다. 아, 옛집이라는 말은 좀 문제가 있군요. 정확하게 말하면 옛집 터지요. 우리 가족이 살던 흙벽돌 집은 어느덧 무너져 흔적을 지웠습니다. 새로 지은 슬래브 집은 옛집과 비교도 할 수 없을 정도로 번듯합니다.

하지만 지금은 마당에 잡초가 무성합니다. 건물 자체도 퇴락의 기색이 역력합니다. 사람이 살지 않은 지 제법 되었기 때문입니다. 아무리 잘 지은 집도 사람의 발걸음 소리가 들리지 않으면 금방 낡고 무너지기 마련이지요.

그렇게 잘 지은 집이 혼자 남아 쓸쓸히 늙어가는 데는 이유가 있습니다. 할아버지 산소만 남겨놓고 온 가족이 고향을 떠날 때, 우리가 살던 집과 집터를 산 사람은 같은 마을에 살던 젊은이였습니다. 부지런하고 성실해서 거의 맨손으로 일가를 이룬 사람이지요. 들려오는 소식에 의하면 그 뒤로도 땅을 많이 넓혔다고 합니다. 거기까지는 자수성가한 사람 특유의 성공담뿐이었습니다. 그리고 수십 년이 지났습니다.

초등학교 5학년 때 고향을 떠난 제가 서른 줄에 들어설 무렵 그 소식이 들려왔습니다. 우리 집을 산 청년은 장년이 되었을 때지요. 그 집 아들이 큰 범죄를 저질렀다고 했습니다. 매스컴에서도 대서특필한 사건이었습니다. 그 일은 그 집안에 엄청난 비극을 불러왔습니다. 아버지는 자식의 범죄에 충격을 받아 스스로 목숨을 끊었습니다. 평생 논밭만 뒤지던 농부였습니다. 그 마을에서 살 수 없었던 어머니는 다른 자식이 사는 도시로 떠났습니다. 그렇게 해서 빈집이 된 것입니다.

저는 평생 그 집을 그리워하며 살았습니다. 정확히 말하면 그 집이 아니라, 그 집터지요. 남들은 흉가라고, 흉가 터라고 손가락질할지 모르지만, 제 추억들은 흉가가 되기 전에 만들어진 것들이니까요. 아버지가 태어나고 우리 형제들이 태어난 곳. 가난 때문에 쫓기듯 떠났지만, 어찌 그곳을 잊을 수 있을까요. 제 기억의 다락방 저 안쪽에는 어린 날들이 얼마나 아름답게 색칠돼 있는지요. 시간은 아무리 큰 고통도 흐리게 지워버리고, 깨알만 한 행복을 호박만큼 키워놓는 마법을 부리고는 하지요. 땔감을 구하러 다니던 낮은 뒷동산, 가뭄에도 물이 마르지 않던 샘, 바람이 불 때마다 노래를 불러주던 대나무 숲…. 제게 문학적 소양이 있다면 모두 그 집이 선물한 것이었습니다.

서울에 있다는 그 집 어머니에게 간접적으로 집값을 물어본 적이 있습니다. 돌아온 대답은 터무니없는 가격이었습니다. 물론 제가 동원할 수 있는 돈으로 따져본 결과지요. 그쪽으로 도청이 들어오는 바람에 땅값이 오른 이유도 있었습니다. 제가 포기한 뒤로도 그 집이 팔렸거나 누가 들어와 산다는 이야기를 듣지 못했습니다.

포기는 했지만 여전히 그 집을 기웃거립니다. 홍안의 아이일 때 떠난 집터를 중년의 사내가 그리움 가득한 눈으로 바라봅니다. 뒷산은 사람이 올라가지 못할 정도로 빽빽하게 우거졌습니다. 팽이를 치고 썰매를 타고 연을 띄우던 집 앞의 논들. 헤엄을 치고 물고기를 잡던 냇가…. 학교로 가던 길은 저 홀로 산을 넘고, 아침저녁으로 뛰놀던 은행나무 마당은 손바닥만큼 작아졌습니다.

노년을 그곳에서 보내고 싶다는 생각을 끝내 버리지 못하고 있습니다. 그 집이 아니면 또 어떨까요. 적당한 곳에 움막 하나 짓고 살아도 귀향은 귀향이지요. 태 자리 근처에 녹슨 육신 뉘일 수 있다면 그 또한 행복한 일이지요. 사탕을 아껴가며 먹는 아이처럼, 추억을 조금씩 되새김질 하며 살고 싶습니다. 글을 쓰고 산책을 하고, 어딘가에서 늙어가고 있을 옛 친구들을 만나고 싶습니다. 바닷가까지 걸어나가, 그 옛날 만났던 갈매기의 후손들을 만나고 싶습니다.

벌써 마음은 이렇게 따뜻합니다.

길 위에서 맞는 고독

서울에 일이 있어 가는 날은, 보통 오후에 출발해서 오밤중에 돌아오는 강행군을 합니다. 서울 집에 들러 하룻밤 자고 돌아와도 되지만, 쓰던 글의 리듬이 깨질까 봐 무리해서라도 돌아옵니다.

보통은 천안아산역까지 차를 가지고 가서 KTX로 갈아탄 뒤 서울까지 가는 방법을 택합니다. 그래야 늦은 밤에 다시 내려올 수 있으니까요. 한밤중에 돌아오는 길은 고적합니다. 특히 바닷가 마을로 들어오는 도로는 대부분 혼자 달리기 마련입니다. 그 길에 들어서는 순간 고적은 고독으로 바뀝니다. 아무도 없는 길을 한없이(밤에는 30분 정도도 그렇게 느껴집니다) 달리다 보면 '절대 고독'이라는 말을 실감할 수 있습니다.

고독으로 들어가면 사람들 속에서는 볼 수 없던 또 다른 나를 만날 수 있습니다. 그게 바로 허세와 거품을 거둔 진짜의 나입니다. 불가佛家에서는 진아眞我를 '열반의 경지에 이른 진실한 자아'라고 설명하지만, 제 진아는 때로는 무서움에 떨고 때로는 현실에서 도망치고 싶어 하는 여전히 '미숙의 나'일 뿐입니다. 캄캄한 어둠 속 거울에 비춰진 벌거벗은 나를 보면 숱한 생각이 스쳐 지나갑니다. 라디오도 끈 채 그 시간을 온전히 받아들입니다.

밤길을 달리다 보면 어린 짐승이 헤드라이트 불빛 안으로 들어오기도 합니다. 밤에 산짐승을 만나본 사람은 알지만, 당혹스런 상황이 일어나는 경우가 많습니다. 불빛을 빤히 바라보며 마주 서 있거나, 헤드라이트 불빛이 가는 방향을 따라 마냥 달려가기도 합니다. 스스로는 생명을 건지기 위해 도망치는 것이지만, 실제로는 죽음을 향해 달리는 것입니다.

어젯밤 만난 동물은 정체를 알 수 없었습니다. 모양은 고라니 같은데 크기는 치와와만큼이나 작았습니다. 산토끼인가 했는데, 달리는 모습은 고라니나 사슴을 빼닮았습니다. 너구리나 족제비도 아니고 그렇다고 민가에서 나온 개나 고양이는 더욱 아니었습니다.

녀석은 헤드라이트 불빛 속에서 죽자 살자 달렸습니다. 옆으로 살짝만 벗어나면 숲으로 돌아갈 수 있는데, 불빛이 닿는 곳이 유일한 활로라고 생각하는 것 같았습니다. 언제 다른 차가 올지도 모르니 라이트를 끌 수도 없었습니다. 비상등을 켜고 천천히 가면서, 그 어린 친구가 생각을 바꿔주기를 간절히 바랐습니다. 그러다 또 저 자신을 보고 말았습니다. 지금의 내가 저런 모습은 아닐까? 조금만 비켜서면 살 수 있는데도 전혀 눈치채지 못하고 불빛을 향해서 죽어라 하고 달려가는.

밤은 깊어가고 길은 여전히 소실점을 향해 달렸습니다. 비도 쉬지 않고 내렸습니다. 사람이 사는 집은 모두 숨어버리고 숲이 자꾸 키를 키웠습니다. 낮에 본 것들은 모두 허상이었던 게 틀림없습니다. 고독이 약간의 공포로 바뀔 때쯤 산모롱이에 홀로 서 있는 가로등을 보았습니다. 따뜻한 불빛이 내려와 길을 열어놓고 있었습니다. 누가 아무도 살지 않는 저곳에 등을 켜놨을까. 마치 저를 위해, 늦은 밤 고독 속에 지나갈 것을 알고 준비해놓은 것 같았습니다. "너는 혼자가 아니야" 말해주고 싶어 하는 것 같았습니다.

아! 그랬구나. 내 곁에는 여전히 누군가 함께하고 있었구나. 오랫동안 고마워하는 법을 잊고 살아왔다는 생각에 몰래 얼굴을 붉힌 밤이었습니다.

자작나무 숲으로 간 당신에게

copyright© 2015 이호준

글 이호준

1판 1쇄 발행 2015년 10월 12일
1판 2쇄 발행 2015년 11월 10일

발행인 신혜경
발행처 마음의숲

대표 권대웅
편집 송희영, 김보람
교정 노시은
디자인 고광표
마케팅 노근수, 황환정

출판등록 2006년 8월 1일(105-91-03955)
주소 서울시 마포구 동교로 144-13(서교동 436-32, 2층)
전화 (02) 322-3164~5 | **팩스** (02) 322-3166
페이스북 facebook.com/maumsup
ISBN 978-89-92783-96-5 (03810)

마음의숲에서 단행본 원고를 기다립니다.
따뜻하고 생동감 넘치는 여러분의 글을 maumsup@naver.com으로 보내주세요.